向上抑或向下

现代性思想及文艺论稿

邱晓林 著

四川大学出版社

项目策划：黄蕴婷
责任编辑：黄蕴婷
责任校对：毛张琳
封面设计：胜翔设计
责任印制：王　炜

图书在版编目（CIP）数据

向上抑或向下：现代性思想及文艺论稿 / 邱晓林著
. — 2版. — 成都：四川大学出版社，2020.12（2024.5重印）

ISBN 978-7-5690-4134-7

Ⅰ．①向… Ⅱ．①邱… Ⅲ．①文艺理论－文集 Ⅳ．① I0-53

中国版本图书馆 CIP 数据核字（2021）第 000720 号

书名	向上抑或向下：现代性思想及文艺论稿
	Xiangshang Yihuo Xiangxia: Xiandaixing Sixiang Ji Wenyi Lungao
著　者	邱晓林
出　版	四川大学出版社
地　址	成都市一环路南一段 24 号（610065）
发　行	四川大学出版社
书　号	ISBN 978-7-5690-4134-7
印前制作	四川胜翔数码印务设计有限公司
印　刷	四川省平轩印务有限公司
成品尺寸	152mm×230mm
插　页	2
印　张	19
字　数	224 千字
版　次	2021 年 3 月第 2 版
印　次	2024 年 5 月第 2 次印刷
定　价	78.00 元

◆版权所有 ◆侵权必究

◆ 读者邮购本书，请与本社发行科联系。
　电话：(028)85408408/(028)85401670/
　　　　(028)86408023　邮政编码：610065
◆ 本社图书如有印装质量问题，请寄回出版社调换。
◆ 网址：http://press.scu.edu.cn

四川大学出版社
微信公众号

再版自序

2017年，我在四川大学出版社出版了《向上抑或向下：西方现代性思想及前卫艺术论稿》*一书，书名有点唬人，其实就是拼凑了几篇讲稿和一些论文，不得已的应时之物，我内心是有些惭愧的，但讲稿部分却得到了我的责编黄蕴婷女士的青睐，竟至出版后她还不辞辛劳主动为我申报了一个我不太可能得到的奖项，虽未如愿，这份心意却是让我深为感动且深受鼓励的。

初版至今两年有余，出版社告我存货无多，愿意为我再版。说实话，我很觉意外，同时也再次感受到莫大的鼓励。原因大家都清楚，像这样的书是不可能为出版社赚钱的，所以我现在的愿望是，至少不要让出版社亏本。

原本，这本书就只想收入据我平时上课录音整理出来的那些讲稿，上次是因为来不及整理（或整理出来不太满意），所以只收入了五篇讲稿，有了这次再版的机会，我就想多加一些

---

* 初版时副书名为"西方现代性思想及前卫艺术论稿"，再版更改为"现代性思想及文艺论稿"。——出版者

讲稿进去。但就像（在我这样的懒汉身上）经常发生的情形那样，等到交稿时限，新的讲稿我也只整理了两篇出来。上次就为此而遗憾，这次也只好继续遗憾了。当然，名为再版，本来就不宜替换太多内容，所以我也可以自我安慰。另外，因为增加了两篇讲稿，我就把意思不大的两篇论文（一篇书评和我的硕士学位论文）撤了下来，增加了一篇谈艺术理论的文章，毕竟副标题有"文艺"二字，艺术相关内容初版里太少，捉襟见肘，现增加一篇算是适当加持。

关于书名，初版里有说，跟讲巴塔耶和舍勒的两篇讲稿有关，读了就明白了，这里同样不多说了。

邱晓林

2020年年底于成都幸福梅林

初版自序

这本书本不想出,但今日之学术江湖,时不我待也,故勉力为之。

全书共三编。

第一编是我的两门研究生课程"西方文学思潮"及"西方思想史与文学研究"的部分讲稿(据录音整理)。前者两篇,后者三篇,本意更多一些,奈何时间紧迫,来不及整理,憾也。书名主要跟其中解读舍勒和巴塔耶的两篇讲稿有关,分别对应现代性批判的两个维度,即我所谓向上抑或向下的价值预设。具体含义此不赘述,若有兴趣和耐心,不妨读读这两篇讲稿。

第二编是我在期刊上发表的几篇论文,大致上和我的专业兴趣西方马克思主义有关,时间跨度有十年之久,水平参差不齐,但为出书计,也硬着头皮收进来了。

第三编是近几年写的几篇有关前卫艺术的论文和我的硕士学位论文。前卫艺术是我这些年的一个兴趣点,我关心的是:那些奇奇怪怪的前卫艺术究竟在干什么?该如何阐释和评价它们?这几篇文章,或许算是给出了一点我的看法。至于硕士学位论文,二十年前的旧作,未曾发表过,除订正个别字句外,未作其他改动,单薄浅陋,本不愿示人,但也算是年轻时的一股子劲头,趁此机会收入,当是个留念吧。

本书的出版,得到"四川大学一流大学建设人才人物培育工程"专项经费的资助,特此致谢。

目 录

第一编

古希腊文学：日神精神/酒神精神/秩序/正义 /003

诗化人生：德国浪漫主义文学漫谈 /038

何为现实：论作为模仿说的现实主义 /065

《色情史》：为"能量的无用消耗"辩护 /090

《论害羞与羞感》：颠覆"价值的颠覆" /104

《关于人道主义的书信》："出窍地立于存在的真理之中" /120

《无世界的存在》：绊在世界的门槛上 /145

第二编

文化研究视野中的"权力"理论 /165

作为一种阐释学的意识形态文学批评 /182

论卢卡契现代主义文学批评的美学理据及其深层诉求 /196

一种"新的科学规划"是否应当，以及何以可能？
  ——对哈贝马斯与马尔库塞之间的一场"论争"的思考 /211

第三编

论施坦伯格的 "约翰斯赏析"
　　——一个关于前卫艺术批评的反思　/241
论比梅尔的毕加索解读及其蕴含的艺术观　/265
"世界" 和 "异域"：打量装置艺术的两个视野　/279
许燎源的态度和句法　/290

古希腊文学：日神精神/酒神精神/秩序/正义

我是第一次白天给研究生上课，十多年来都是晚上，所以还真有点不太习惯。白天太现实了，不太适合讲述文学，如果说得矫情一点，套用黑格尔的话，"密涅瓦的猫头鹰在黄昏才起飞"，晚上显然更适合去思考这类问题。

我们这门课叫作"西方文学思潮"，今天是第一讲：古希腊文学。该以何种观念、何种角度进入我们的话题呢？我们先考虑一下"西方文学思潮"这个课名。可能大家之前也看过相关的一些教材、著作，比如我的前辈、老师龚翰熊先生写过一本《二十世纪西方文学思潮》，他以前也给我们开"西方文学思潮"这门课，是从后现代开始讲，往前推至十七世纪。① 这种讲法的观念是西方十七世纪之前没有明确的文学思潮。但我们的课是从古希腊讲起，所以"思潮"二字，并非取狭义用法。狭义上的"文学思潮"，通常会有相关的文学主张、理论表述、松散或紧凑的作家团体，甚至有些还有明确的宣言。尤其现代主义时期，未来主义、达达主义、超现实主义皆如是。

---

① 参龚翰熊：《20世纪西方文学思潮》，河北人民出版社，1999年。

我们是在比较宽泛的意义上运用"文学思潮"这个概念的，简单点说，它就是文学中的思想。但这与一般意义上的思想又不太一样。我们都知道，文学是唯一一种以体验为目的的文字表述形式。那么，若去分析文学中的思想，就必须去理解文学中呈现出的由人的情绪、信仰、价值系统等所构成的生活世界，这便是"思"的开启。从现象学的视角看，文字并非可诉诸直观的对象，能被直观到的只是它的物质载体，像纸张、墨迹等。文学文本是意向客体，我们接触的只不过是书页上的符号。这些可理解的符号唤起我们的想象，而如何想象则基于我们自身的经验储备。我们在阅读中唤起的经验，并不完全与我们的生活经验对应，它通常是后者的变体。但按照现象学的说法，想象仍然是一种直观。那么，通过调动我们的想象而浮现出来的文学世界，便是我们可以直观到的世界。这个世界，是不是一个"单纯"的对象，不携带任何意义色彩？不是这样的。我们之所以能用想象把它调动出来，这里面就一定有我们的"立义"。当事物在我们的意识中呈现，我们便已赋予了它意义。那么，了解文学现象中的思想，其实就是把这个"立义"解析出来。可能有人会问，明明我们是去分析这些文学当中的思想，结果你把它看成一个意向客体，然后你认为这个意向客体是自己思维的"立义"，而非文本本身的"立义"，这不前后相左吗？

我想应该这样看这个问题：我们在文本中看到这个世界，我们所赋予它的意义，首先是文字符号作为具有普遍传达性的中介所揭示出来的东西。我们常常会说，你没有理解我讲的意思。但不管怎样，你只要形诸文字这个所谓的"公器"，人家对你以"公器"为中介的表达总能有所理解。也就是说，我们阅读文本，总能在一定程度上理解作者所要表达的东西。当然你会说，由于时间的变更，很多原意可能已经流失了，但这是没办法的事情。我们要承认，即便有时间历程中的磨损，有些意义还是可以流传下来。所以，我们所看到的文本世界，至少有一部分可能是作者愿意给我们看的东西。但的确，很大一部分是基于我们对生活世界的理解，也生发于我们的语言的规约系统。如此说来，理解文学中的表述者，他们的生存体验、生活世界，也是对我们自身存在的理解。这是一种双重的理解。大家如果对解释学文论稍有了解，其实很容易明白这个道理。这里的核心在于：理解什么？我们去考察文学中的思想，究竟是考察什么？一言以蔽之，就是考察其中对存在的理解，此外无他。文学文本呈现给我们的一切信息，不应被视为可以中性地了解的知识。比如，我们尽可以把《荷马史诗》看成一个百科全书式的文本，它为我们提供了关于古希腊日常生活的种种知识，但是，这些知识不会像我们翻百科全书时那样显现，它们是荷马以诉诸我们体验的方式传递给我们的。所以，我们在接触这些知识的时候，事实上是在体验它们背后的生存情绪。

现在，我们就以这种态度来展开对古希腊文学的思考。关于古希腊文学，我提供四个关键词：日神精神、酒神精神、秩序、正义。日神精神、酒神精神这对术语来自尼采，他曾用日神精神和酒神精神的辩证法来阐释悲剧的诞生。这里我无意重述尼采的希腊悲剧观，而是要拿这对范畴来透析整个希腊文化。这是一个尝试，不一定有道理。每一次思维其实都是尝试，未必有结果，可能会失败，但是我们总还是要尝试。

按照尼采的说法，该怎么理解日神精神和酒神精神呢？我们都知道，日神和酒神是希腊神话中的两个神。相对来说，日神要重要得多，它是俄林波斯圣山十二主神之一，属于"天国众神"。而酒神呢，地位要低得多，美国学者盖雷在《英美文学和艺术中的古典神话》里将其归入"陆地众神"。① 但尼采为什么把酒神和日神相提并论呢？这是因为尼采赋予了它独特的价值。其实日神在尼采这里也被抽象化了。尼采先解释了两种冲动：日神冲动和酒神冲动。所谓日神冲动是趋向幻觉的冲动，而酒神冲动则趋向于放纵。我们先看他的第一层解释，他认为这两种冲动，或者说两种心理，对应着两种生命状态：梦和醉。我们天天都要做梦，一夜无梦的人恐怕很少，因为那境界实在是太高了。梦是最稀松平常的，对于梦作为幻觉的呈现，理解起来应该不会有什么难度。醉，人喝醉了往往会放纵，事实上醉本身就是放纵，这也不难理解。然后尼采讲，日神冲动——梦，对应的艺术类型是雕塑、史诗、神话，我们可以给它们一个概括性的表述：造型艺术。而酒神冲动——醉，对应的艺术类型则是音乐。关于尼采所讲的日神精神、酒神精神，我们先作这样一个粗浅的勾勒，接下来具体地谈谈日神精神。②

可以从这样一个话题谈起，即说到东西方文化差异的时候，我们会说西方文化有两希传统：希腊传统和希伯来传统。

---

① 〔美〕查尔斯·盖雷：《英美文学和艺术中的古典神话》，北塔译，上海人民出版社，2005年。

② 参〔德〕尼采：《悲剧的诞生》，周国平译，生活·读书·新知三联书店，1986年。特别参见第2—16页。

希腊传统,如果我们赋予它价值内涵,是一种什么传统?换言之,如果要用一个价值性命名去解说它的文化特征,核心是什么?当然,是理性。而希伯来传统属于神秘或信仰之维。我们为什么会把希腊精神、希腊传统主要归结为理性精神?当然尼采肯定反对这个说法,因为在《悲剧的诞生》里面,他主要强调的是希腊文化中的酒神精神,酒神精神是悲剧性的核心。但我们为何如此强调希腊文化中的理性精神,并且要说——这个似乎是人云亦云的说法,实际上也是正确的——希腊文化最强大的精神肯定不是酒神精神,而是日神精神?一言以蔽之,理性精神在古希腊审美文化中就表现为日神文化。

我们谈古希腊文学,主要会讲几种形态:神话、史诗、抒情诗、悲剧、喜剧。我们都知道,现在能读到的希腊神话都是后人整理出来的,因为从时间上讲,希腊神话最初肯定是口头文学,而非文字记载,它应该早于《荷马史诗》。我们现在能接触到的关于希腊神话的译著,从故事性上讲,斯威布的《希腊的神话和传说》肯定是最好的版本。它里面的英雄传说非常系统,你若追溯一个家族的故事,基本上可以完整看完,不用东翻西翻。① 此外,美国古典学者盖雷的《英美文学和艺术中的古典神话》也非常好,天上的神、地上的神、主要的神、次要的神,有专门的目录编排,你可以像翻词典一样准确地找到某个神的故事。这本书还有个好处,它在所有神的故事后面都有一些提示:后来哪些著名的文学作品曾经讲到过他们。对你

---

① 参〔德〕斯威布:《希腊的神话和传说》,楚图南译,人民文学出版社,1990年。

们写文章来讲，这可能会提供很大的方便。除了这两个版本，还有赫希俄德的《神谱》。这个书也是很早就翻译过来了，商务印书馆出了它和《工作与时日》的合本。但据一些希腊文学专家讲，《神谱》有可能不是赫希俄德写的，只不过现在归到他名下了。① 还有就是古罗马时期奥维德的《变形记》，基本是用诸神的罗马名字转述希腊神话。② 如果只作一般性的了解，我觉得这四本书已经足够了。但大家要切记，它们记叙的都不是我们所考察的原始的神话。

　　神话是最早出现的审美文本，虽然它是口头的。强调这个时间序列，也就引出了一个问题：既然我们关注的是这些文本里面呈现的古人对于他们所身处其中的世界的理解，那么，我们要从神话这个审美文化文本里面去揭示的，便是古希腊人的生活世界观。赞美古希腊神话的人有很多，像马克思——当然，他不只赞美古希腊神话，而是赞美整个古希腊文学。他把古希腊称为人类的童年，认为这是不可复制的生命现象。这里还会引出一些看起来很复杂的文艺学命题，诸如物质生产和精神生产的不平衡等，我们暂且不管这些。

　　众所周知，古希腊神话里有一些很美的故事，比如对春夏秋冬四季的解释，就美而伤感。农神得墨忒耳的女儿珀尔塞福涅有一天在沼泽岸边采花的时候，被冥王哈德斯看上，给掳走了。农神很悲伤，就不想干她的工作了，擅离职守，到人间去流浪，结果草枯叶落，麦黍不生，这就是秋冬季节。后来宙斯

---

　　① 参〔古希腊〕赫希俄德：《工作与时日　神谱》，张竹民、蒋平译，商务印书馆，2013年，"译者序"第5—6页。
　　② 参〔古罗马〕奥维德：《变形记》，杨周翰译，人民文学出版社，1984年。

出面，跟他兄长商量：你这事儿做得太过分了，你至少得有半年时间让人家回去团聚吧。这样，秋冬季节结束以后，哈德斯就把农神的女儿放回去了。农神一高兴就回去工作了，而大地也一片生机，欣欣向荣。古希腊神话中还有很多很多这种美丽的想象。我们提到古希腊神话，可能首先想到的就是想象力和故事性，即使一个刚会识字的小孩，看这些神话也会觉得津津有味。此外，对古希腊的神，我们可能还有一个非常深刻的印象，即他们像凡人一样有七情六欲，所谓"神人同形同性"，像宙斯和赫拉，完全就像是一对关系不太融洽的人间夫妻。而且，整个俄林波斯圣山，本来宙斯似乎已经一统天下了，但很多神其实不听他的话。像宙斯的兄长波塞冬，就经常闹事儿，宙斯如果实在没有办法了，就在天上打打雷，用武力威慑他。宙斯还特别害怕他的女儿雅典娜。想想《荷马史诗》，不知大家是否还记得一个场景，就是赫克托尔和阿喀琉斯在地上决战。赫克托尔受英雄主义冲动所驱使，一个人留在城外，要跟阿喀琉斯对决，但瞬间就后悔了。他知道自己太冲动了，但已经没有了退路。这段写得很精彩。其实从武力上讲，赫克托尔不是阿喀琉斯的对手，但阿喀琉斯绕着特洛伊的城墙追了他三圈都没追上，为什么？很大的原因是阿波罗在帮赫克托尔。我们知道，宙斯在天上看的时候，也是有偏心的，他喜欢赫克托尔，因为赫克托尔经常给他献祭壮牛的肥厚腿肉。所以，他其实也想干预这个事情，而且还说了他的心是朝着谁的。结果这话一出口，雅典娜立刻怒目相向，说了句让人觉得匪夷所思的话："掷闪电的父亲、集云之神，你说什么话！一个有死的凡人命运早作限定，难道你想让他免除可怕的死亡？"宙斯立马就收口了，他马上拿了一个天平出来，称了一下，结果赫克托尔那边就掉下去了。这是史诗里面看着让人发凉的一段。

从这些例子来看，古希腊神话不像其他神话，比如说我们中国神话那样有森严的等级、绝对的支配和服从，虽然我们的神话没有他们的那么复杂。这便是古希腊神话系统的人间性。此外，古希腊神话还有一个非常重要的特点：它具有或许除了印度神话以外，其他任何民族的神话都不可比拟的系统性。这是何意？可能大部分同学本科学外国文学都用的是郑克鲁编的教材，这个书里讲古希腊神话，提供了一张老辈神谱和新辈神谱的表：从混沌神卡俄斯到他自己生出的该亚，二者结合又生出其他一些老辈的神，而十年提坦之战以后，又诞生了以宙斯为主的俄林波斯正统神，也即十二主神。大家想一想，除宙斯以外，还有哪些神？我这样问，是要说明一个道理：它不仅颇具系统性，还在系统性中显示出一个特征，即它的功能分布很发达。刚才我们讲，古希腊神话具有人间性，夫妻关系不好啊，下级偶尔不服从上级啊，等等，但它作为一个组织，系统是非常严密的，功能覆盖也非常全面。要知道，现代文明有个重要特征，就是官僚系统的产生。这里，"官僚"一词是中性的。现代官僚系统的功能就是对整个社会的管理，而对整个社会管理的有效性和全面性是衡量这个社会文明程度的重要标准。我们改革开放以来，中央反复调整一些部门的构成和设置，毫无疑问，所有这些调整都是因为社会现实向管理提出了新的挑战和要求。这就是官僚系统，它是文明的一个标志。因为我们都身处共同体当中，谁也无法逃开，所以必须得认可，对共同体的管理是人类文明不可或缺的一个层面。

这是我们在希腊神话中可以看到的东西。或许你会说，那只不过是希腊人的审美想象吧！如果这样看的话，你对希腊神话的认识就太过局限了。神话的诞生不像我们现在，一些奇幻作家坐在书房里，为了征服读者，闭门造车，虚构出一些故事。我们要从本体论意义上去理解神话的产生，它是出于一种生存的需要，所以把它作为审美文化现象来解读是有问题的。从表面上看，它具有审美文化的符号特征，但是它在产生机制上却和现在的审美文化截然不同。马克思讲，神话是古人在生产力还不发达的情况下，"用想象和借助想象以征服自然力、支配自然力，把自然力加以形象化"的结果。这个讲法还是很深刻的。现在，我们往往根据这一界定去看诸种文化的意识形态内涵。所谓意识形态，无非就是某种对环境的反映。从环境和生存的角度来看一种文化的产生过程，其实就是意识形态批评的思路。但这里，我们主要不是要作这种还原性的思考，而是要从存在的本体论上来认识神话的重要性质。

存在必须有它的座架，或者说坐标。这方面，有一个文献就非常重要——霍克海默、阿多诺的《启蒙辩证法》。他们对神话有非常深刻的阐释，就是在我刚才这个意义上来讲的。神话的诞生是为了"摆脱恐惧，树立自主"①。为什么要摆脱恐惧？我们到了晚上，如果找不到住处，还在外面游荡的话，就会有这种恐惧感。当然这是一件很具体的事情。从我们的存在意义上讲，如果没有一个意义的居所，我们同样会有这样的恐

---

① 〔德〕马克斯·霍克海默、西奥多·阿道尔诺：《启蒙辩证法》，渠敬东、曹卫东译，上海人民出版社，2006年，第1页。

惧感。可以说，神话实际上是古希腊人借以立身于世之物，是其存在的坐标，或者说座架、地基。这就是神话在本体论意义上的功能。那么，为什么说它是日神文化的产物？按照霍克海默、阿多诺的说法，"神话即是启蒙"。这是何意？启蒙是什么意思？启蒙（Enlightenment）本有照亮之意，不单纯是指我们读书认字，而是以理性之光照亮对象，照亮我们居处的环境。这种理性之光诉诸我们的内在，如果一个环境、一个对象能和我的内在有一种密切的关联，我能照亮它，便能获得存在的稳定感、安全感。我们把启蒙、启蒙的倾向命名为日神精神，就是取它"照亮"的意思。所有诉诸秩序、意义的冲动，我们都可以称之为日神冲动。一个对自己的存在特别有把握，对人生特别有规划，凡事都有自己的看法和判断的人，就是一个日神精神极其发达的人。但是反过来，我们不能说，一个人每天懵懵懂懂不知道自己在干什么，整天喝得醉醺醺的，呃，这个人就是酒神精神很发达。非也！酒神精神没有这么浅薄。我们待会儿会具体地谈酒神精神，这里先简单说几句。一般来说，唯有在日神精神达到极致之时酒神精神才有可能出场。希腊人在这两个方面都达到了极致。尼采讲悲剧的诞生，高度颂扬希腊人通过神话、史诗、建筑、雕塑所达到的日神精神的高度，但同时，他也指出希腊人的另一个取向，那就是勘破所谓的日神幻象而表现出的酒神精神向度。

尼采这样讲，其实有他的思想语境。我们知道，十八世纪，德国的温克尔曼在《古代艺术史》中将古希腊艺术精神概括为"高贵的单纯、静穆的伟大"。然后，歌德和席勒有一个著名的古典文学时期，此间他们把古希腊——当然是他们眼中的古希腊的完美人性作为他们文学创作的一个诉求,他们认为古希腊人的完美人性就是感情和理性达到了高度和谐的状态。通常我们也是这样理解歌德的,但实际上歌德不符合这一判断。尼采是不同意这种看法的。在他看来,这类观念、视角,及由之而来的平衡、宁静的古希腊文化观,掩盖了古希腊精神当中涌动的酒神精神。为什么尼采特别看重酒神精神?原因在于,尼采视之为艺术的本质,或者说生命的本质、最高的真理。尼采后来反瓦格纳,其实逻辑也在于此。尼采极其讨厌基督教,对基督教有很多可以说是极端的批判,他所依循的价值标准也是这种以酒神精神为向度的生命力,或者权力意志。尼采的论述堪称精彩,但问题是,当我们回过头来,纵览古希腊文化的整体走向时,应该看到,若把古希腊文化看作一棵大树的话,树干应该是日神精神,酒神精神只不过是树干上发出来的枝丫而已。这样讲,不仅可以诉诸古希腊文化实际的呈现,也可以从哲学上进行本质性的透视。

  其实不只是古希腊文化,任何一种文化,在它诞生之初,日神精神一定是最强大的。如我刚才所言,这是本体论意义上的需要。人要从混沌中活出来,必须给自己照亮一个秩序,这就是日神精神,所有的神话一开始都要讲这个。像中国神话里的盘古开天地,把混沌一分为二,便是第一次照亮。大家再想想《圣经》里上帝创世,整一个混沌的渊面,上帝说要有光,就有了光,上帝的言词区分了天地,造了万物。这个混沌分开的过程,其实就是日神精神的开启。再如古希腊的远辈神谱,第一个神就是混沌神卡俄斯,他生出地母该亚,再由他自己和自己的非我——如果用哲学的话来讲,结合而生出其他神,一生二，二生三，如此这般。这便可以解释，为何日神精神是本体论意义上的、比酒神精神更优先的冲动。一个民族的文化若是比其他民族早熟，定是因其日神精神的早熟。就个体来讲，如果一个人比别人早熟，也是因为他身上日神精神的维度比别人强大。这一范畴，大家可以拿来分析各种生活现象，加深理解。

我们再回到古希腊神话。基托在《希腊人》里讲，希腊实际上是多民族的融合，荷马时代的亚该亚人就已历经很多个世纪的融合了。那么神话的产生就是非常复杂的了，每个部落、每个城邦都有过自己的神、图腾崇拜，在漫长的历史洗牌过程中，一些地方的神逐渐地被那些从实际的力量对比关系上讲更具优势的城邦、部落的神取代。① 这样才慢慢地出现了我们现在看到的俄林波斯神谱。用霍克海默、阿多诺的话来讲，神话的产生，就是消灭"泛灵论"的过程。"泛灵论"亦即说，这个地方有你的神，那个地方有他的神，各有主宰，互不服从。如此，俄林波斯这个正统神系统的诞生，其实就是对各自为营的图腾和神的崇拜的一个终结，这是一个统一和收摄的过程。而且，如果暂不管古希腊各民族融合的过程，而是粗糙地把古希腊看成一个整体的话，我们就会看到，这一收摄过程能体现出古希腊人如何建构他们整体的世界观，如何在大地上立下他们的根基。神话就是古希腊人为自己在蛮荒之世所营造的一个以审美形象来体现的日神文化的大厦，而这个大厦在世界民族

---

① 参〔英〕H. D. F. 基托：《希腊人》，徐卫翔、黄韬译，上海人民出版社，2006年，第7—22页。

之林中可能是建造得最为辉煌、最为复杂的，它的功能分布、结构细节可能是最丰富的。我们从古希腊神话中应看出这层含义，而不是单纯从审美的意义上去看它的想象力多么丰富，或者把它和基督教神话、中国神话、印度神话相比，感叹其特质。比如，对于"神人同形同性"，就有一个完全南辕北辙的解释。有些人透过它把古希腊文化视为"原欲文化"。"原欲"这个词很大程度上说来自弗洛伊德，大致可理解为无意识地生出的，没有被理性、意识污染的原本的欲望。没有比这更糟糕的解释了！"神人同形同性"恰恰表现出古希腊人高度发达的理性精神。首先我们要看到，这些神、这些命名，是对整个大自然、宇宙的一个覆盖。海神、雷神、战神、爱神……各种各样的神占领了自然世界，这也就是马克思所讲的，用想象力征服和支配自然的结果。同时，古希腊人又把这些征服者和自己等同起来——赋予他们人性：你看，他们和我们一样嘛。神对世界的占领其实就是人对世界的占领，这当中，神的占领不过是一个中介而已。所以你可以看到，神对世界的这种系统性的，像现代官僚系统式的管理，体现的是古希腊人的理性精神。面对古希腊神话，与欣赏它的想象力、人性色彩相较，这是我们应该看到的一个更为根本的东西。霍克海默和阿多诺在《启蒙辩证法》里对这一点阐释得非常深刻，只不过他们走得太远了。他们把这个思维推向极端，认为这就是工具理性的最初形态，把古希腊的工具理性视为现代社会工具理性的源头；他们还把一切现代性危机都归结于这种工具理性的诞生。当然，这有一定道理，但如果我们考虑到历史和文明的复杂性，这个判断显然失之偏颇。

布克哈特在《希腊人和希腊文明》中提到了一个引人关注的现象：雅典时期，希腊人谈论神话，居然就像谈论历史一样。像《荷马史诗》中的英雄传说，包括我们熟悉的其他神话，在伯里克利时代，希腊人居然还把它们当作似乎别人毫不怀疑的历史事实来援引。这很有意思，可能我们找不到多少论据来说明我们那时的先辈也有这样的历史观，或许其他民族也是如此。布克哈特要说明的，就是古希腊人对待神话的严肃性。这充分说明，这些神话很大程度上已成为他们建构自身历史身份的重要依据，成为他们存在的一种见证。①

接下来，我们看一个具体的例子，就是普罗米修斯的神话。普罗米修斯在希腊神话中地位很高，虽然他没有进入俄林波斯圣山正统神的系统。他是老辈神谱中的一员，属于提坦神族，但他曾帮助宙斯推翻提坦神族。大家要特别注意他这个身份。按说，宙斯该非常感激他，但他做了一件事情，让宙斯无法容忍，就是盗火。普罗米修斯为什么要给人类盗火？大家知不知道古希腊神话中人是谁创造的？正是普罗米修斯。其实说得通俗一点，人类就是普罗米修斯的宠物。他给了他的宠物很多好处，教他们各种技艺，送给他们文明所必需的火。未经宙斯许可，普罗米修斯擅自行动，等太阳车在天空开过去的时候，他拿了一根木本茴香的枝条，伸到火焰里点燃了，把火种带到人间。一个神对自己的宠物好，对此没有理由横加指责，但普罗米修斯欺骗过宙斯，这个火种也是偷偷带走的，宙斯就

---

① 参〔瑞士〕雅各布·布克哈特：《希腊人和希腊文明》，王大庆译，上海人民出版社，2008年，第58—85页。

很不高兴了。接下来就发生了潘多拉的故事。普罗米修斯受罚实际上是他多次惹怒宙斯的行为累积的结果。他被赫淮斯托斯钉到高加索的悬崖上，兀鹰每天去啄食他的心脏。我们知道有一部著名的古希腊悲剧《被缚的普斯米修斯》，很多外国文学作品选都会节选剧中普罗米修斯和歌队长的对话，我们可以看到他的愤怒、怨气、斗士般的慷慨激昂。全剧不长，如果没看过，可以找来看看。

很多人拿普罗米修斯大做文章。马克思称其为"哲学日历上最高的圣者和殉道者"。雪莱写过一部很重要的诗剧《解放了的普罗米修斯》，而且自称这是他写得最好的诗剧。当然，从艺术上说，雪莱最好的诗剧肯定是《钦契》。普罗米修斯一般被视为一个反抗专制和暴虐的斗士，也就是说，关于他的描述通常都是正面的。但也有反面的声音，我们现在能看到国内的一个很有意思的研究，就是刘小枫先生的《普罗米修斯之罪》。这个书也很薄，大家花一个小时就可以把它看完。刘小枫先生认为，《被缚的普罗米修斯》这个剧恰恰不是把普罗米修斯作为一个反抗的斗士来颂扬，而是对他的批判。更有意思的是，刘小枫先生结合一些西方学者的推断指出，这部戏从戏剧结构、语言风格上都不像埃斯库罗斯的戏，应该不是他写的。大家有兴趣的话可以把这部剧和埃斯库罗斯的其他剧进行对照，看看他说得有没有道理。

我们来一点点看刘小枫先生的思路。这部戏包括了几个部分：有一个前台戏，然后呢，我们知道古希腊悲剧的结构，一般有一个进场歌，然后第一场、歌队、第二场……一般不会超过七场，最后是退场歌。在前台戏里面，我们能看到四个角色：威力神、强力神、火神赫淮斯托斯以及被五花大绑的普罗米修斯。根据刘小枫先生的分析，威力神和强力神一组，赫淮斯托斯和普罗米修斯一组，两组分属不同的家族。威力神和强力神对普罗米修斯持批评、斥责的态度，认为他之所以落到这个下场，是因为太过狂妄。他们的原话就是"你口出狂言"。赫淮斯托斯跟普罗米修斯属于同一家族，他很同情普罗米修斯。他们有非常内在的相似性、亲缘性：赫淮斯托斯是火神，也是工匠之神，而普罗米修斯最在行的就是教会人类各种各样的技术。在这个前台戏里，威力神和强力神谴责普罗米修斯，说"他不顾惜自己的本分"，不仅口吐狂言，还不遵守神的规矩，不服从宙斯的统治，太过于怜悯人类。那么这个罪名是否合理呢？普罗米修斯怜悯人类又有什么问题呢？就算他对宙斯言行不恭，也不至于遭受这种酷刑吧？！这是我们的问题期待。接下来是进场歌，这里出现了刘小枫先生所说的一群"轻妙的女子"，她们是大洋神俄刻阿洛斯的女儿，住在海底的幽深洞穴。雅典的观众对这样的形象是比较熟悉的，《伊利亚特》里面就提到"住在海洋深处的涅柔斯的女儿们"。剧中，这些女子和普罗米修斯以对话形式形成了对抗。接下来，普罗米修斯解释了自己和宙斯的恩怨，其说法我们并不陌生，就是讲他如何因怜悯人类而被宙斯施以酷刑。剧中还会出现伊娥、俄刻阿洛斯，普罗米修斯和他们都有对话。在刘小枫先生看来，这些对话的目的就是启蒙他们，要推翻宙斯的专制统治——用现代政治的术语说就是：不能接受宙斯的君主立宪制，要搞民主共和。我不知道刘小枫先生怎么就可以把宙斯的统治命名为君主立宪，这个说法非常突兀。刘小枫先生的著作，通常表述非常漂亮，叙述很有诱惑力，但在逻辑上非常粗暴。再回过来看，这里纠缠的问题是，普罗米修斯该不该怜悯凡人？他身处高位，凡人身处低位，他该不该自我"降格"，跟那些低位的人搞在一起，破坏在宙斯眼里非常重要的所谓上下有别、尊卑有位的秩序。刘小枫先生的结论是，普罗米修斯的启蒙失败了。首先，那些"轻妙的女子"在对话中转变了态度，劝他说，你现在还是不要讲什么未来，讲什么推翻宙斯的宏伟目标，先救救自己吧！此外，俄刻阿洛斯也劝告普罗米修斯该遵守本分，普罗米修斯当然针锋相对，这位神便不耐烦地离开了。然后伊娥出现了，我们都清楚伊娥的悲惨命运：由于赫拉的嫉妒，她被变成了一头小牛，赫拉还命牛虻骚扰她，让她整天在大地上游荡。普罗米修斯在和伊娥的对话中，要预言她的命运。但是，这当中他不断地卖关子，一会儿要讲，一会儿又不讲，当然最后还是说了：伊娥将来会再和宙斯结合，到第十三代的时候会生出一个儿子，推翻宙斯。不过这个命运呢，伊娥仍觉得很悲惨。普罗米修斯想通过讲述伊娥将来的命运，让伊娥意识到宙斯不可靠，进而反抗宙斯，这是对伊娥的启蒙，但同样以失败告终。刘小枫先生的意思是，若我们以现代的话来讲，普罗米修斯用自由主义民主政治那一套来启蒙这些人，结果遭到了抛弃。不管你认不认同这个结论，这个文本分析是非常有意思的。我们分析戏剧，一般的思路是从里面找几个点，高度概括，会漏掉很多细节。但刘小枫先生基本上是从剧情一开始分析到最后，贯穿以统一的思路。这一方法值得学习。①

---

① 参刘小枫：《普罗米修斯之罪》，生活·读书·新知三联书店，2012年。

我们已经看到了现代人对普罗米修斯的两种完全不同的解读。同一文本，我们当然可以有各种各样的解读，这些解读确实都带着我们的处身情绪，而不是什么客观的知识。那么，哪一个更合理呢？我们可以看看刘小枫先生的这一思路在另外一个文本中的体现，作一个扩展性的阅读。这个文本叫《李安是一个不道德的导演》，这是刘小枫先生在上海某大学做的一个演讲，有人把文字整理出来了。其实在对普罗米修斯的解读里面，刘小枫先生就已提到了李安和《色戒》，认为普罗米修斯启蒙海神的女儿们，就是告诉她们要自由恋爱，而刘小枫先生对自由恋爱这一点颇不以为然。在当今社会公然反对自由恋爱，认为包办婚姻比较合理的人肯定会显得比较独特，而刘小枫先生就是这样的人。

演讲一开始，刘小枫先生就讲，那么多人喜欢《色戒》，要引起我们的警惕了！在他看来，《色戒》不仅低下，而且反动。我们为《色戒》辩护，无非是认为它深刻地表现了人性，没有把女主人公单纯地塑造成一个进步青年，而是让她呈现为一个具有非常复杂微妙甚至痛苦的纠结的充满血肉的人。从艺术上说，这好像没什么问题，因为这是真实嘛！但刘小枫先生认为，这是我们的价值观出了问题。然后他拿阿里斯托芬的剧作《蛙》来说事儿，说这部剧批判了欧里庇德斯。戏里讲，酒神觉得著名的悲剧诗人都死了，决定去阴间请一个回来，他见到了欧里庇德斯和埃斯库罗斯。酒神让他们两个辩论，谁更好，就带谁回来。很有意思的是，这里没有提到索福克勒斯，因为欧里庇德斯死的时候，索福克勒斯还活着呢！看来阿里斯托芬没有把索福克勒斯放在眼里，因为如果他还活着，就不能说世上没有悲剧诗人了,如果他已经死了,酒神在阴间怎么会只碰到两个悲剧诗人呢!当然这里有艺术的因素。这件事情的结果,是埃斯库罗斯战胜了欧里庇德斯。辩论中,埃说,你经常写一些不道德的女人。欧反驳说,我没有写一些不好的女人啊,比如妓女之类的。埃说,不是,你写的那些女人整天就是爱过来爱过去。欧说,你说得不对,我就要写这样的女人,这就是人生啊!爱就是爱得死去活来嘛,而你的作品就是没有这种人性的真实。埃说,我的作品就是没有这样的爱恨才好,没有才是高贵的戏剧。

这里争论的核心是:埃斯库罗斯认为,你呈现的东西虽然真实,但是不好;欧里庇德斯认为,我呈现的东西真实,所以就是好的。埃批判欧,意思是诗人的任务不是反映真实,而是要教人,就像小孩子需要老师教,成年人需要谁来教呢?在埃眼里,悲剧诗人就是成人的教师。我们知道,看戏在古希腊是公共活动,现代人把古希腊悲剧看成严肃高深的艺术,其实对于当时的人来讲,它就是大众艺术,希腊各地都是剧场,现在还能看到很多剧场的遗迹。罗念生先生讲,在古希腊,没钱看戏的人能得到政府的补贴,看戏是他们的日常活动,也是他们精神生活中的一件大事。从这个意义上说,埃斯库罗斯的话有其道理。而欧里庇德斯要反映真实,这是表达的自由,有什么问题吗?刘小枫先生接下来就要辨别、批判我们谈论的自由,同时剑指民主政治。他认为埃斯库罗斯和欧里庇德斯之间的分歧在于,一个赞成贵族政治,一个赞成民主政治。阿里斯托芬也赞成贵族政治,因为他肯定的是埃斯库罗斯。那么贵族政治为什么就比民主政治好?

我们为民主政治辩护，是从自由出发的。因为我们首先肯定了一个前提：每个个体的权利诉求是最优先的。这意味着一个正义的框架必须允许每个人尽可能充分地表达他的权利诉求，也就是说，不能在个人权利之外去找某个根据来压制它。既然每个人的权利都是正当的，那么最好的方式便是每个人都能够充分地表达权利诉求，然后相互妥协，找到一个尽量让大家都满意的框架。这便是民主政治，它要去寻找共识框架，而不是某个具体的价值。我们讲自由，其实就是确立框架意义上的自由。但刘小枫先生认为，自由在古希腊有完全不同的含义，简单点说就是"有闲暇"。他提到了苏格拉底跟朋友的一段对话。有天，苏格拉底对他的朋友说，如果把两个年轻人交给你教育，他们一个想去统治别人，另一个不想统治别人，你怎么教育他们？苏格拉底的朋友说，这要看他们的心性，统治者和被统治者的心性不一样，对他们的道德要求就不一样。苏格拉底说，你把自己算哪一类？他的朋友说，两种我都不喜欢，统治别人太累，也不愿被别人统治。苏格拉底问，为什么不愿被别人统治？他的朋友回答，被别人统治也不好，等于去当奴隶。最后这句话，大家要特别注意。希腊人的民主政治观念出现得是很早的，他们在区分野蛮和文明的时候，就是根据是否有民主政治，而不是根据技术的发达程度。对他们来说，没有民主政治，就是野蛮状态，这是希腊人非常重要的政治文化观。所以苏格拉底的朋友会讲，被人统治等于去当奴隶，这意味着，并不是奴隶制社会的那种奴隶才叫奴隶。然后苏格拉底又问，两种人你都不想做，你究竟想过什么样的生活呢？那人说，我只想过我自己意愿的生活。这不就是我们现在通常讲的那种自由吗？刘小枫先生针对的就是这句话：一个人想要过自己意愿的生活，这就叫自由。他认为这不是全部，还得看你是什么样的人。简单点说，人是有差异的，有的人喜欢思考那些整体问题，比如天体的运转啊，太阳落下去怎么又升起来啦，美丑善恶啊，等等，这些人我们不妨称其为哲学家，他们思考的是跟我们的实际生活没什么特别关系的问题。在刘小枫先生看来，这些人就配拥有"闲暇"这个意义上的自由。但不是所有人都关心这类问题，刘小枫先生的意见是，如果你不思考这样的问题，为什么要给你闲暇呢，为什么要给你这样一种自由呢？

这就是他在整个演讲里所要突出的一个思路，这个思路瞄准了民主政治。为何会涉及民主政治？因为在他看来，李安这样的导演能大行其道，根源就在于民主政治。所以，他来探讨什么是民主政治，而民主政治来自对自由的诉求，他便追问什么是真正的自由。这里我们可以看到一种"人心秩序"的观念，说得通俗一点，有的人素质高，他们思考那些整体问题，所以我们就给他们闲暇，给他们自由，但是你没有这个素质，为什么要给你闲暇和自由呢？刘小枫先生可能无法接受跑到丽江去晒晒太阳、发发呆的这种生活状态。在他看来，这怎么要得呢，这个社会不就乱了吗？这就是他的立场，一个把时间用来发呆的人，就是在浪费，对资源的浪费，这无法容忍。我们来看看他这个演讲的结尾："一个漂亮女人她满是辛苦，一个漂亮女人满是安逸、舒服。是选这个女人还是那个呢？这是个古希腊的传统故事，涉及的就是自由的问题。苏格拉底讲这个故事就是来反驳这种自由。一种是什么时候都是干净的女人，睡觉都是三个软枕，两个海绵丝垫，舒服得不得了啊，这是安逸的舒服。而另外一个女孩子的舒服是艰辛的，总是哪里有艰苦我就出现在哪里。为什么要歌颂这样一种艰辛的道德，反对那个安逸的道德呢？就是因为，人生离不开艰辛。好了，你要把这种少数的自由变成大众的自由，就会鼓励大众去追求那样一种安逸的闲暇，他没有沉思嘛！没有沉思的天性没有沉思的习惯也没有沉思的爱好。我上周看一个什么金榜歌曲，有一个女孩子上台，第一句上来，'我没有工作'，我以为她失业了；第二句'我什么活也不想干''我就想悠游自在，永远和爱躺在一起'。哎呀，这种人悠游自在干什么，你又不沉思什么是美什么是好，这种人就应该是强制劳动！"刘小枫先生真是见解惊人！那么这跟我们刚才讲的普罗米修斯的故事有什么关系呢？在刘小枫先生看来，那些凡人不配拥有普罗米修斯给他们的火，而普罗米修斯自降其格，和他们搅在一起，这就把秩序搞乱了，犯了这样的错误，当然要受惩罚。但是古希腊人是怎么想的呢，他们也持这种观念吗？我们知道，古希腊的民主政治，即便是在雅典时期，"民主"也是要加引号的，它其实是自由人的民主政治，城邦里面真正有政治表决权的就是那些自由人，奴隶被排除在外。古希腊人难道没有想过，那些奴隶跟他们是一样的人吗？他们如果有这个想法，就不会为他们所谓的民主政治相对于其他民族的优越性而那么自豪了。也就是说，他们的民主政治是有盲点的。按照刘小枫先生的解释，他们的民主政治只是给具有他们那种心性的人的民主政治，而奴隶不配拥有它。这种歧视在现代社会并不少见，比如它在一些种族主义者那里仍然根深蒂固，美国南北战争的时候，很多白人，尤其是南方的一些白人便是如此。这里面隐含的政治文化观念，就是所谓的"人心秩序"所赋予的。柏拉图在《理想国》里讲到了这种"人心秩序"：人最高的状态是理性，次之是意志，最后是情欲。这好像是一个当然的结构，从下到上，对应的是三个阶级：工、农、商阶层对应着情欲，武士对应着意志，而哲学家对应的则是理性。美国政治哲学家列奥·施特劳斯把这个见解称作"自然正当"，它似乎成了不受我们的好恶影响的客观真理。古希腊人是不是真有这个思想，我们这里不能给出一个截然的判断，但是，的确可以好好思考思考这个问题。为什么要特别把刘小枫先生对普罗米修斯的解读，以及他在这个演讲中对一些古希腊文本的阐释介绍给大家？原因在于，在现在的古希腊研究中，这是一个很重要的取向。刘小枫先生的影响很大，他也身体力行地组织了大量的阐释经典的翻译工作，国内很多人解读古典文本都接受了他的思想。从学术研究来讲，刘小枫先生在做一件功在千秋的事情。但是，每个打算从事这方面的研究的人，除了去接触这些资料以外，对以什么样的视角去切入研究，可能要非常谨慎。

  回到话题，我们刚才主要是从日神精神的维度来解读希腊神话。如果说刘小枫先生在这些故事里看重的是"自然正当"，我们仍可视之为日神精神的一部分。所有的秩序文化都是日神文化，只是尼采把日神文化看成是一种幻象，为自己建构幻象是我们存世的本体论需要。但刘小枫先生和施特劳斯所理解的那一套人心秩序，他们视之为自然正当，那就是客观的，而非幻象。这些都是秩序，都是日神所建构之物。日神精神表现在方方面面，认识的、伦理的、审美的，等等，它们皆服务于存世的需要。

关于古希腊哲学，有一种说法：它是一种纯粹的爱智的思想。我对这个说法从来都不以为然，因为它好像没有我们的存在情绪的加入。哪儿有纯粹的爱智呢！爱智的哲学所开启出来的东西，在古希腊人那里，就是对世界本质的思考。被称为古希腊第一个哲学家的泰勒斯认为水是世界的本质，后来有人认为是火、土、风，等等。柏拉图认为世界的本质是理念，亚里士多德对世界的解释就更为复杂。到了十三世纪，托马斯·阿奎那在亚里士多德的体系之上建立了辉煌的神学大厦，那可能是关于世界的最繁复的解释。可以说，古希腊人对世界的解释，这种架构性描述达到了"高精尖"的境地，但它不是出于单纯的认识兴趣，而是为了给存在提供座架或坐标，得益于此，古希腊的理性精神才能成为强劲涌动的活的源头。当然现在的希腊衰落了，以德国为核心国家的欧盟甚至想把它踢出去，觉得这种国家在拖他们的后腿。但西方人得承认，他们整个文化，除了希伯来这个层面，从希腊那里吸收得最多。如果没有这样一种持之以恒、始终不懈地认识、抓住世界的兴趣，他们发达的技术文明何以可能呢？所以，从神话到宇宙论时期的哲学，到亚里士多德无所不包的体系，我们应视之为一个连续的过程，唯有如此，我们才能理解西方文化的"发达"取向。也即是说，他们最初以想象、感性的方式把握世界，然后以被马克思主义称为朴素的唯物主义的方式——这已是形而上学思维了，只要在了解世界的本质，就已是形而上学，到了亚里士多德，无所不包的阐释呼之欲出。

这真是个非常不得了的过程啊！你们在图书馆的时候，不妨去观摩一下《亚里士多德全集》。我们现在还能找到那样无所不包的著述吗？肯定找不到啊！你不能去纠缠其中一些表述正不正确，像有些物理学知识肯定是错误的，但这不重要，重要的是那包罗万象且对每个领域进行专门把握的取向的强度。这是一种科学的兴趣，也可以说是哲学的兴趣，这种思维我们东方是没有的，我们喜欢讲整体，讲天人合一的智慧，从这个意义上说，我们没有真正的哲学，没有真正的哲学之问。就像刘小枫先生所说的，屈原的天问不是真正的天问，他有情绪而问天，不是形而上学之问。有人讲中国古代思想，喜欢拿西方的那些概念，本体论啊，认识论啊，等等来用，那是错误的，不能那样讲。可以说，中国所有的哲学思想、伦理学思想都是服务于政治权威的。关于这一点，我们学院的吴兴明先生有非常深刻的研究，他一九九三年在上海三联出了一本书，《谋智、圣智、知智》①，你们不妨找来看看。十多年前，瑞士有位叫毕来德的汉学家在杭州一家书店发现了这本书，给吴老师写信说：就我所了解，自五四以来，还没有人如此清晰、透彻地论述过中国文化。这位汉学家现在都还很活跃，和弗朗索瓦·于连有过一些论战。这是从整体的文化质态上对文化进行的描述、判断。如此我们就会明白，中国科学不发达确实是有原因的，这当然不是说不好，只能说不同。不过现实来讲，不能说你智慧很高别人就不欺负你了，智慧很高，打不过人家，还是要受欺负。不过如果脱离实用的角度，我这里强调的不是好

---

① 吴兴明：《谋智、圣智、知智：谋略与中国观念文化形态》，上海三联书店，1993 年。

古希腊文学：日神精神／酒神精神／秩序／正义

坏，而是不同。

以上我们主要是理解古希腊文化中的日神精神。但是，我们不能忽视古希腊文化的另一个取向，就是尼采所看重的酒神精神。尼采的深刻之处在于，他虽然强调古希腊文化中的酒神精神，但其前提是高度肯定古希腊的日神建构。这是个辩证法，唯有在日神精神这个维度的建构上达到极致的民族，才可能真正拥有酒神精神。尼采讲，酒神精神对应着"解个体化"原则，而日神精神则是"个体化"。何义？所谓"个体化"，可以在我们作为个体的人的意义上来理解，若要在浑茫的世界中确立自己的身份，就需要给自己建构一个意义框架。你总有自己的信念，总有自己的行动规则，对自己的人生总有一个可以展望的想象，这就是个体化原则。但尼采是把整个人类作为个体的，在这个意义上，古希腊神话就是个体化原则的产物。有一句话，"入乎其内，出乎其外"，但大部分人只能入乎其内，而不能出乎其外。入乎其内其实就是我们刚才所讲的个体化原则，个体或人类存身于世，要搞很多东西来支撑自身，要有很多参照，我们的各种技术、制度、文化、宗教……我们搭建的一切文化的游戏，都只不过出于我们存世的需要。但如果谁认为这就是人生的全部，那就实在太没有智慧了，因为人总有一死。稍稍有点抽象精神的人都会预先思考这个大问题，对这个问题，你可能麻木，也可能深入思考而不得其解。如果不得其解而感到痛苦，如何解脱呢？尼采给出的一个途径就是"解个体化"。为什么要"解个体化"？我辛辛苦苦好不容易建构出一个属己的世界，却又把它拆掉，这怎么会是一种解放呢？尼采说，你建构的这个东西本来就是幻象，你的这个个体本来就不属于你。

我们知道，尼采谈酒神精神，是从抒情诗讲起的，在《悲剧的诞生》中，尼采对抒情诗的谈论非常精彩。他说所有的抒情诗里都有酒神精神，这些诗人同时都是乐手，也就是说，抒情诗里流动的是音乐的情绪，而音乐就是酒神文化。他认为音乐是原始太一的摹本，这里他还用了像"原始的痛苦"这样一些很玄妙的词，确实无法用理性的概念把它言说清楚，只可意会。你听《二泉映月》的时候，是不是就能稍稍意会到一点尼采所讲的"原始的痛苦"了呢？我相信只要审美不是太愚钝的人，《二泉映月》肯定能击中他。还有西方像贝多芬等人的音乐，它确实能一下子斩断你凡俗的情绪，把你带到一个完全陌生但愿意沉醉其中的世界。对于音乐所传达的东西，语言确实无力表达。用列维纳斯的话来说，如果我们要讲述音乐，那就只有把它重放一遍。音乐可能是最契合我们心理表达的一种形式，所以尼采认为它是太一的摹本、原始的摹本。他说在"原始的痛苦"中我们就回复到了整体。他讲在古希腊收获葡萄的时节，人们于丰收之夜点燃篝火、纵饮狂欢，"大地终于和她的浪子握手言欢"，这就是回到整体的生命当中来了。尼采的意思其实很清楚：真正的生命是所谓大生命，我们的个体意识是从这个大生命中分离出来的，我们的兴奋、痛苦都源于这种分离。我们的兴奋是由于我们的日神构建，我们的痛苦在于我们的局限性。尼采认为，打破幻象，让我们的个体回复到这个原始的整体当中，应该产生一种极大的喜悦，这就是酒神精神。

酒神精神也就是勘破幻象。古希腊文化里有很多这样的表述,比如我们之前提到的潘多拉的盒子。潘多拉到人间打开盒子以后,飞出了各种各样的灾祸,唯独没有"希望"。这个故事看得让人发凉,其他民族没有这样的神话。但是这个如此悲观的民族,又建立了如此辉煌的日神文化,这就是张力。希腊文化的伟大可能就在于此。这个故事叙述得如此轻松,但它所包含的东西却是那样沉重。当然,你也可以说,希腊人借此表达了他们的智慧。这就是"出乎其外"的一种观照。

还有俄狄浦斯王的故事,情节就不用我重述了,它也让观众生发出一种"出乎其外"的视角。我们知道俄狄浦斯王最后是刺瞎双眼去流浪,这其实是别有深意的。一个人遭此厄运,为什么不自杀呢?按说完全是可以去自杀的。刺瞎双眼首先意味着不再为幻象所迷惑,这样的人是很多的,但有勇气去承担幻象破灭后的生命状态,确实只有极少的人才能做到。布克哈特在《希腊人和希腊文明》里谈到了一个现象,让人有于无声处听惊雷之感:希腊某些地方,一些老人尚未寿终正寝,便集体自杀。生命有限的意识太强烈了!提前自杀,在某种意义上说,是不敢去面对死亡这个自然的结果,不能承受幻象的破灭。我们知道,俄狄浦斯的母亲(也是他的妻子)自杀了,就是因为不能承受幻象的破灭。而俄狄浦斯呢,看到了幻象的破灭,所以他刺瞎双眼拒绝幻象,但他并不自杀,而是坚韧地承担幻象破灭后的结果,这就需要极其强大的心脏了,所以尼采把他称作伟大的酒神英雄。为什么喝得醉醺醺的到处放纵的人未必有酒神精神,原因正在于此。有酒神精神的人首先应该有强大的日神向度,但是同时又知道这一切不过是幻象。

我们也可以把酒神精神称作酒神智慧。尼采高度称赞过一位叫作阿尔基洛科斯的古希腊抒情诗人，我们在《古希腊抒情诗选》中可以看到他的诗，极具后现代气质。尼采把他和荷马相提并论，抬得极高，为什么？阿尔基洛科斯有一首诗叫《诗人之盾》，讲他和色雷斯人作战的时候，被打败了，他为了逃命，就把盾牌扔了。但他的表述是，色雷斯人爱上了我的盾牌，我就给他了，由它去吧，我回去再弄个一样好的。在古希腊人的意识里，这真是一声惊雷。可以设想，若是在《荷马史诗》里，这人肯定是个被猛烈抨击的对象：没有集体主义精神、没有爱国情怀、没有道德和勇气的胆小鬼！但阿尔基洛科斯如此轻松地处理了这个尴尬：色雷斯人看上了我的盾牌，我就扔给他，跑了。他还会描述自己的一些状态，比如说倚在长矛上喝酒啊，等等。① 你可以看到一个极具我们现在称为"后现代"的调侃、反讽、视人生为游戏的生命态度。这和酒神精神有什么关系呢？其实就是勘破幻象。《荷马史诗》强调的那种英雄主义的价值，稍稍跳出来看——一个人充满英雄主义情绪就很伟大吗？到了十八世纪，像笛福、理查生等人就猛烈抨击了《荷马史诗》，认为荷马是一个很糟糕的诗人，表现了文明的糟粕。笛福等人有了不同的价值观，所以不能接受古代文化里表现出来的野蛮，但在荷马的时代，有人能跳出来调侃这些东西，这就很不得了了。美国汉学家宇文所安在他的《迷楼》里解读了阿尔基洛科斯这首诗，说这首诗表现了从"盾牌阵"中解放出来的情趣。"盾牌阵"是一个军事术语，是一个很形象的说法。宇文所安"盾牌阵"所指称的，就是把我们每

---

① 参《古希腊抒情诗选》，水建馥译，人民文学出版社，1988年。

个个体绑在一起的诸如集体主义、英雄主义等价值。他说阿尔基洛科斯是很早就能脱离"盾牌阵"的人。①

如果说我们一直瞄准的是古希腊文学表现出的存在感，那么阿尔基洛科斯就是个值得大谈特谈的现象。他能从"盾牌阵"里逃出来，是因为能意识到那些东西都只不过是幻象。他曾被斯巴达人捕获，但斯巴达人知道他写了这么一首诗，就把他给放了。这就是个废物嘛，让他跑了也没关系！我估计尼采对阿尔基洛科斯大唱赞歌的原因就在于，他看中了阿尔基洛科斯逃脱"盾牌阵"的本事。这里，或许我们可以拿克尔凯郭尔来作个比较。克尔凯郭尔谈信仰的时候，呈现出没有逻辑的跳跃，信仰就是一种绝对的跳跃，没有任何理由的跳跃，它是一个绝对个体的事情，不诉诸理解。他认为信仰是个体从伦理中分离出来、比伦理更高之物。本来伦理高于个体，但是在克尔凯郭尔这里，信仰个体比伦理更高。克尔凯郭尔给自己写了个墓志铭："那个个人"。这就是拒绝被"盾牌阵"收纳。人生之路上，你如果总处于"盾牌阵"当中，就是一个很平庸的人；你若总能从"盾牌阵"中突围，而且还很强健，那肯定是个成功者。

这种对日神幻象的突破，会带出超越幻象的诗。我们想想，为什么像陈子昂的《登幽州台歌》、聂鲁达的《马楚·比楚高峰》这类诗歌能击中你？其实就在于它们有勘破幻象的大气象。读这些诗的时候，你的生命意识一下子就苍茫起来了，

---

① 参〔美〕宇文所安：《迷楼》，程章灿译，生活·读书·新知三联书店，2003年，第10—15页。

周围的一切好像都很陌生,你会获得一种全新的观照视野。虽然那可能只是五分钟的事情,但是,那毕竟也是你生命中的五分钟,你有可能在这五分钟里面获得一种极高的存在状态!

这就是尼采所强调的悲剧精神。虽然戏剧有舞台、演员、台词这些日神的东西,但他认为,日神搭了台,酒神来唱戏,这就是悲剧诞生的秘密。他以很长的篇幅激烈地批判了欧里庇德斯,认为他败坏了悲剧,为什么?他从欧里庇德斯的戏剧中概括出一个公式:思考加情感,然后理解。如此,欧里庇德斯的"悲剧"已经不是悲剧了。我们可以拿《美狄亚》来说明问题。这部戏里,美狄亚对伊阿宋心怀怨忿,原因是她曾经帮伊阿宋取了金羊毛,然后,跟伊阿宋回去以后,没能在伊阿宋的祖国享受荣华富贵,又跟他到了另一个国家。这时伊阿宋居然还想抛弃她,去娶这个国家的公主。美狄亚认为伊阿宋对不起她:我为你付出了那么多,你却这么对我。大家注意,美狄亚的叙述逻辑是计算:我付出了那么多,得到的却那么少。而伊阿宋怎么反驳她呢:你是帮了我很多,但我把你从那个蛮荒之地带到了文明之邦啊!而且,我现在这么做,还不是为你们母子几人今后的幸福着想嘛!大家可以看到,这已经是一地鸡毛了。这里没有任何一个我们在其他悲剧里面可以看到的那雕塑般的、因对某种价值的坚守而突显出来的人。《美狄亚》就像现代的一些情感剧一样,确实是一地鸡毛。站在美狄亚的立场上,好像她有道理;站在伊阿宋的立场上,好像他也可以理解。这是尼采所极度鄙视的,这都是些极度庸俗、现实的人,哪里还有一点酒神的向度。这就是尼采批判欧里庇德斯的原因,而且他认为欧里庇德斯把这些东西呈现给观众,其实是在取悦观众，悲剧的主角已变为观众，而不再是英雄人物了。也可以说，刘小枫先生所称的那些凡人，那些"位格"很低的人成了欧里庇德斯戏剧中的主角。由此，尼采认为欧里庇德斯杀死了悲剧，而且在他看来，强调理性的苏格拉底是"幕后黑手"——强调理性就是执于幻象而不能回到更为根本的原始太一。

尼采对这个问题的阐释是很有意思的，他从《悲剧的诞生》出发，进一步发展他的思想，提出了"权力意志"学说。他强调的这种生命的强度，就是敢于勘破幻象，去从容地面对存在的洪流和深渊，也就像鲁迅先生所说的，"真正的勇士敢于直面惨淡的人生，敢于正视淋漓的鲜血"。要知道，鲁迅先生也是尼采的信徒。问题在于，俄狄浦斯这样一个荒诞英雄——这当然是加缪的说法，尼采把他奉为有"权力意志"的人，但尼采本人把这条路坚持到头了吗？我们看到，就连他这样的人似乎也做不到。我们知道他后来提出一个思想，就是"永恒轮回"。说起来很有意思，尼采产生这个思想也源于很偶然的触发。他在瑞士休假的时候，在一个高山湖边思考他的哲学，突然想到：或许多年以后，还会出现这样的场景，还会有一个尼采在这里思考这个问题。这便产生了"永恒轮回"的思想。德勒兹曾解释，尼采不是讲有规律的轮回，如果有规律的话，还是可以把它看作理性的幻象。在某种意义上，世界很难有我们理性理解的那种规律，规律总是会被打破，没打破我们也知道它们是幻象，拿天体物理学来讲，一次又一次，那些学说都被证明是虚妄的。德勒兹举了一个例子来说明尼采的"永恒轮回"，简单点说：假如我们拿两个骰子来抛，你不知道每次抛出来是多少,这是很偶然的,但不管你怎么抛,最多只有那么多种组合,一切总会穷尽了再来。这就是尼采的"永恒轮回",是他对世界、宇宙运行的一个认识。① 现在看来,这就说明连尼采这样的人都无法接受世界毫无法度、纯属偶然的存在。不能接受就意味着他仍然有形而上学的要求,讲永恒,讲轮回,讲本质,讲系统,讲结构,等等,都出于形而上学冲动。用海德格尔的话来说,我们要克服我们的形而上学冲动,虽然这个冲动无法避免,但是我们要尽可能地克服。我们能苛责尼采吗?不能!因为我们尚且跟不上尼采迈出的那么大胆的步伐,怎么能苛责他给自己这个小小的哲学安慰呢?我们尽可以轻松地讲,世界是毫无法度的、偶然的、永远处于流变中的存在;可以像赫拉克利特那样讲,它是一团永恒的活火。但我们讲这样的话,也不过就是个话而已。如果把这个话沉浸到你的存在意识里面去,你可能就会感到极度不安。而尼采这样的人确实是以思想和精神过活的,所以他稍稍有所节制,给自己最后这么一点小小的安慰,也是可以理解的。

我们在强调古希腊酒神精神的时候,通常会盛赞《荷马史诗》里面的阿喀琉斯、埃阿斯、格劳科斯等人物。特洛伊的大将狄俄墨得斯和希腊联军的大将格劳科斯对阵时,狄俄墨得斯问起格劳科斯的家世,格劳科斯这样回答:"豪迈的狄俄墨得斯,你何必问我的家世?/正如树叶荣枯,人类的世代也如此,/秋风将枯叶洒落一地,春天来到/林中又会滋发许多新的

---

① 参〔法〕吉尔·德勒兹:《尼采与哲学》,周颖、刘玉宇译,社会科学文献出版社,2001年,第38—45页。

绿叶，/人类也如是，一代出生一代凋谢。"这里表现出的就是酒神意识。《荷马史诗》中很多英雄身上都有一种，用世俗一点的话来讲，视死如归的精神。但对很多人物的评价，学界不乏争论，比如阿喀琉斯。我推荐过沃格林的《城邦的世界》，在沃格林的眼里，阿喀琉斯就是个贪生怕死之徒，他对人终有一死这件平常的事情作出了极不平常的反应①，用我们刚才的思路来看，他太没有酒神精神了。但是真那么容易拥有酒神精神吗？从希腊的审美文化上来讲，我认为酒神精神分量极小，若要具体到个人的话，那可能更是凤毛麟角。所以，酒神精神是不是希腊文化的主导精神，我们要慎言。在我看来，酒神精神永远都不可能是主导精神，它永远属于极少数的人。

酒神有两种表现形态，一是像格劳科斯所表现出的，可以说是一种悲凉情绪、一种智慧，它不一定有强度，在阿尔基洛科斯那里就更没有强度，这种解构精神就是一种智慧。当然还有视死如归的，那就有强度了，俄狄浦斯是更有强度的。若想拥有格劳科斯那种悲凉情绪，阿尔基洛科斯那种解构意识、调侃意识，或许不是太难，但是你要做一个俄狄浦斯那样的人，基本上是不太可能的。

前面提到的关键词中，关于秩序和正义，其实我们在探讨日神精神和酒神精神的时候都已涉及了。"自然正当"就是个正义问题，也是秩序问题，所以我就不针对它们再说什么了。关于古希腊的学问，属于古典学，是要求很严格的学问，我本

---

① 参〔美〕埃里克·沃格林：《秩序的历史》卷二《城邦的世界》，陈周旺译，译林出版社，2009年，第152—162页。

人完全不懂古希腊语,所以这些讲述其实都很不靠谱。刘小枫先生好像在中国人民大学成立了一个古典学院?虽然我对他的诸多立场和见解都很不认同,但很尊重他的治学态度。古典学在国内是一个很薄弱的学科,因为真正懂希腊语的学者实在太少了,当然,如果你对自己要求不是太高的话,尽可能地多读些中译本吧。

古希腊文学:日神精神/酒神精神/秩序/正义

诗化人生：德国浪漫主义文学漫谈

上次因为我日常生活的掣肘，缺了大家一次课。提及这一点，是因为这跟我们今天要讲的浪漫主义的诗化人生的主题有关。用勃兰兑斯的话说，"诗与生活之间的关系这个大问题，对于它们的深刻的不共戴天的矛盾的绝望，对于一种和解的不间断的追求——这就是从狂飙突进时期到浪漫主义结束时期的全部德国文学集团的秘密背景"[①]。这段时间，我对这个问题尤有体会，就是你对自由的渴求和生活对你的绝对命令之间有着不可化解的冲突。就拿今天来讲，我很想坐下来对今天晚上的话题再好好地翻翻书，好好地做点准备，但就是坐不下来。所以坦白地说，今天就是凭感觉讲。虽然维特根斯坦说，一个大学教师不可能同时是一个诚实的人，但我还是想诚实一点，因为我很清楚，我并非对我所要讲的所有问题都胸有成竹。我本想为大家解读诺瓦利斯的小说《亨利希·封·奥夫特尔丁根》，我以前仔细地读过，也做过笔记，但现在回头看笔记也

---

① 〔丹麦〕勃兰兑斯：《十九世纪文学主流》第二分册《德国的浪漫派》，刘半九译，人民文学出版社，1997年，第37页。

不太清楚这个小说的内容了,又来不及重看,所以没法讲。我要把这个愿望说出来,虽然今天做不到,这就是一种浪漫主义的态度。

为什么要从诗化人生的角度讲德国浪漫主义?因为我认为从其他的角度讲都有点隔靴搔痒。关于浪漫主义的理解,有几个比较有名的观点。首先是韦勒克的观点,在他的《批评的诸种概念》里,有一篇专门谈"文学史上浪漫主义的概念"的文章。① 文章先有一个驳论的姿态,反驳美国思想史家洛夫乔伊对浪漫主义的看法。洛夫乔伊认为,"浪漫派"一词的含义过于复杂,已经停止履行它作为一个术语的功能,为了挽回这桩"文学史与文学批评的丑事"的影响,有必要向人们证实,一个国家的浪漫主义和另一个国家的浪漫主义之间根本就没有什么共同点。韦勒克将这种态度称为文学研究上的极端唯名论。唯名论是中世纪的哲学观,与唯实论相对,二者之间曾有过激烈的论争,涉及多样性和共性的问题。唯实论主张共性的实在性,认为它穿透于多样性之中,而唯名论则认为只有多样性是实在的,共性不过就是一个名而已。因为洛夫乔伊只承认各个国家的多样的浪漫主义,而否认它们有一个共通的浪漫主义的内涵,所以韦勒克称其为极端的唯名论。韦勒克本人既反对极端的唯名论,又反对极端的唯实论,在这里,他要反对的是洛夫乔伊关于浪漫主义的极端唯名论观点。韦勒克写这篇文章是要论证"欧洲各主要的浪漫主义运动事实上形成了一个理论、

---

① 参〔美〕R. 韦勒克:《批评的诸种概念》,丁泓、余徽译,四川文艺出版社,1987年,第125—192页。

哲学和风格的统一体"①。经过一番相当烦琐的分析，韦勒克对浪漫主义作了三个尺度上的概括："从诗的观点来看的想象，作为世界观沉思对象的大自然，以及构成诗的风格的象征和神话。"②

第一点"从诗的观点来看的想象"中的"想象"，不是修辞意义上的想象，也不只是一种心智功能，而是一种本体论意义上的想象。雪莱在《诗之辩护》一文中讲，唯有诗人可以为世界立法。③为什么这样讲？因为雪莱认为，唯有想象才是通达真理的途径，而诗人乃是最有想象力的人。这里的想象是在本体论意义上言说的，就像象征之于象征主义的意义一样。我们谈到奥·威·施莱格尔的《启蒙运动批判》时还会涉及这个问题。

第二点"作为世界观沉思对象的大自然"中的"大自然"，显然不是启蒙理性下的作为科学研究对象的大自然。那个自然是可以肢解的，没有灵魂和精神，而作为世界观沉思对象的大自然是一个活的自然，用浪漫主义者爱用的说法来讲是有机的自然，那里面有所谓活的种子，有灵魂，有精神，或可称为泛神论意义上的大自然。

第三点"构成诗的风格的象征和神话"与前两点紧密相关。为什么在浪漫主义文学中会出现大量的象征和神话？这是因为，对于那个活的有机的有精神、有灵魂的自然，除了想

---

① 〔美〕R. 韦勒克：《批评的诸种概念》，前引书，第 126 页。
② 〔美〕R. 韦勒克：《批评的诸种概念》，前引书，第 154 页。
③ 参王春元、钱中文主编：《英国作家论文学》，汪培基等译，生活·读书·新知三联书店，1984 年，第 92—93 页。

象，还得有象征和神话的方式才有可能通达。

以上三个特征，韦勒克认为在整个欧洲浪漫主义文学里都可以看到，他称之为占支配地位的几个要素。韦勒克的分析非常学术化，大家看他的文章不一定有耐心，我建议你们先把周围收拾干净，然后泡上一杯茶，把浮躁的心稍微沉一沉，再来读他的东西。韦勒克治学的风格需要我们有这种阅读的心态。但是在我看来，这个分析虽然堪称严谨，可是读完之后，你可能还是无法对浪漫主义有一个简洁而感性的把握。这是我的习惯，对任何一种现象或理论，一定要有一个感性的把握，就是它究竟是怎么回事儿，要用一两句话把它生动感性地讲出来。做不到这一点的话，对那个对象的掌握一定是不自由的，你们不妨在自己的思考中不断地尝试。

韦勒克关于浪漫主义的研究非常学理化，与之相比，哲学家罗素对浪漫主义的认识倒是非常感性。他在《西方哲学史》里专门有一章讲"浪漫主义运动"，从卢梭的善感性讲起，然后对浪漫主义有一个简括的理解，即"用审美的标准代替功利的标准"。他举了一个感性的例子，说浪漫主义会颂扬美丽而危险的事物，比如老虎（布莱克有《老虎》一诗），但不喜欢实用而丑陋的东西，比如蚯蚓。这是很有用的一个例子，特别有助于一般人理解浪漫主义的内涵。[①]

关于浪漫主义的理解，我读研时的导师伍厚恺先生还有过一个较为精辟的总结，即三个"回到"——回到自我，回到自

---

① 参〔英〕罗素：《西方哲学史》（下卷），商务印书馆，1996年，第218页。

然，回到中世纪。前两个回到比较容易理解。在浪漫主义文学里可以看到大量的自我意识的涌现，自我情感的抒发。而对于自然的崇奉，则更不用说，华兹华斯、济慈、夏多布里昂、拉马丁等人的作品中都有明显的表现。歌德的成名作《少年维特的烦恼》是有助于我们理解这两个"回到"的经典作品。小说开头部分维特出现时，正是春光明媚的季节，维特在自然的怀抱中怡然自得，读的也是《荷马史诗》，其生活的环境瓦尔海姆村不仅有美丽如画的大自然，更有单纯质朴的人际关系。自然在这里已经包含了两个含义，即物理环境和社会环境的自然。除此而外，还有情感的自然。维特的恋爱悲剧，至少一半是由其不加节制的情感喷发导致的，而维特对于其情感自然的坚持，及至最后因不能如愿而选择自杀，则强烈地显示了浪漫主义的自我意识。

不太好理解的是第三个"回到"，即回到中世纪。按说它和以上两个"回到"不属于同一逻辑层面，但它对于理解浪漫主义，尤其是德国浪漫主义却至关重要。它来自海涅的理论著作《论浪漫派》，在书中，海涅说："可是德国的浪漫派究竟是什么东西呢？它不是别的，就是中世纪文艺的复活。"① 这是一部妙趣横生的作品，充分展示了海涅的理论洞见和讽刺才华。在以前的教科书里，海涅被视为一个革命民主主义及浪漫主义诗人，以一种不恰当的方式被拔得太高，而当学术研究中的意识形态色彩有所消退时，其重要性似乎又一落千丈，几乎

---

① 〔德〕亨利希·海涅：《论浪漫派》，张玉书译，人民文学出版社，1980年，第5页。

无人问津。关于他的作品，我们记住的似乎只是《德国，一个冬天的童话》以及《西里西亚的编织工人》这类被我们认为向封建专制发出战斗号角的诗歌，殊不知海涅作为一个诗人的成就主要在于他的漂亮的抒情诗。马克思在巴黎极其困窘的时候，海涅经常去拜访他，而他们之间主要的交流内容，就是海涅指导马克思如何写诗。除了写诗，海涅的思辨力也相当厉害，我们接下来会讨论到的《论浪漫派》就是最好的证明。他说德国浪漫派就是"中世纪文艺的复活"，究竟是什么意思呢？

刚才我们提到了好几种理解浪漫主义的方式，但无论是韦勒克的三个尺度、罗素的感性概括，还是我们容易理解的回到自然和自我，就德国浪漫主义而言，都只能让我们停留于理解的外围，只有当我们对海涅所说"中世纪文艺的复活"的内涵有了真正的领会时，我们才能对德国浪漫主义的内在关怀进行切实的把握。为避烦琐，我们可以预先简括地说，这个内在关怀就是对于一种诗化人生的追求。但这样讲可能会引发一些人的质疑：难道其他国家的浪漫主义不追求诗化的人生吗？比如拜伦，其极端叛逆的人生还不够诗化吗？在这里我想指出的是，对"诗化"的含义不能作如此宽泛的理解。接下来我们就来看看到底什么是德国浪漫主义的"回到中世纪"，以及它和诗化人生有一种什么样的内在关联。

先看一篇德国浪漫主义的纲领性文献——奥·威·施莱格尔的《启蒙运动批判》。在文中，施莱格尔将浪漫主义的取向和启蒙运动的取向作了全方位的对照，并在这种对照中为其浪漫主义的文学主张进行辩护。

我们需要弄清的是：启蒙运动的内涵是什么？施莱格尔为

什么要批判启蒙运动？对于启蒙运动的本质，文德尔班在其《哲学史教程》里有过精辟的概括：从理智生活的角度来讲，十八世纪是一个人类学性质的时代，倾向于对世俗问题的研究，虽然也关注对主体内在本性的反省，但是厌恶形而上学的苦思冥想，喜欢从经验发展的角度考察人类的精神生活，对科学知识的可能性和极限性充满了探索的热情，对社会问题的讨论也葆有浓厚的兴趣。① 这里的人类学可以理解为世俗中心主义，这是文德尔班的用法。与此类似，柯林伍德在《历史的观念》中认为，启蒙运动就是"使人类生活和思想的各个方面世俗化"的努力，"而阿诺德·汤因比则提醒我们，对于历史上大多数人和大多数时代来说，宗教是'主要兴趣所在'。但是启蒙运动挑战这个习惯"。② 这些看法都着重强调启蒙运动的世俗化取向，这个取向实际上意味着一个历史性的思想转向，即神义论向人义论的转向。有了这个简要的回顾之后，我们就能大致理解施莱格尔为什么要批判启蒙运动。大家要注意的是，我刚才没有在康德的意义上对启蒙运动作解读。谁都知道他写过一篇关于启蒙运动的雄文《答复这个问题：什么是启蒙运动？》，而他给出的观点是，启蒙运动就是理智的大胆运用。这的确是抓住了根本，因为启蒙运动就是理性在各个领域的运用，比如在政治领域，诞生了契约论；在经济领域，诞生了市场的"看不见的手"；在宗教领域，诞生了宗教宽容；等等。

---

① 参〔德〕文德尔班：《哲学史教程》（下卷），罗达仁译，商务印书馆，1993年，第600—601页。
② 〔美〕罗兰·斯特龙伯格：《西方现代思想史》，刘北成、赵国新译，中央编译出版社，2005年，第129页。

但是，这是从知识话语的生成机制上对启蒙运动所作的阐释，而我们刚才的考察是从价值论意义上进行的理解。对于知识话语，不仅要掌握它的生成机制，更要领会其价值取向，因为价值取向乃生成机制的动力源泉。

作这个简要的回顾，是为了理解施莱格尔为什么要对启蒙运动进行批判。简括地讲，施莱格尔认为启蒙运动太庸俗了。用他的话来说，"左右启蒙运动者的乃是经济的原则，所以这个原则也是精神的，只能解决尘世间事务的能力，即身陷于纯然的有限性领域之中的理智，启蒙运动者们在其间把它也投入了使用，并借此贸然执取理性最高的任务"①。浪漫主义与其形成一系列的范畴对立：功利与真理，人类学与神学、形而上学，理性与想象，散文与诗歌，印刷术与手抄本，等等。前者是启蒙运动的，后者是浪漫主义的。在施莱格尔看来，启蒙运动太过着眼于世俗，把理性及其运用当成了全部的存在。他批判启蒙运动目光短浅，仅在一个有限的世界里追求所谓理性之光的照耀和运用，以为一切问题都可迎刃而解。但生命的真谛、存在的真谛根本就不在这里，这种功利的追求不过意味着幸福而已，相对于浪漫主义的真理要低级得多。在这里我们再次看到现代性批判所涉及的一个背景，即向上抑或向下的取向。我们较为熟悉的是向下的取向，即批判现代社会对人的生命的异化，诉求于一种丰盈感性的反动和回归，诸如法兰克福学派中的霍克海默、阿多诺、马尔库塞，以及法国的福柯和巴

---

① 〔德〕霍夫曼等：《德国浪漫主义作品选》，孙凤城等译，人民文学出版社，1997年，第376页。

塔耶等人，都是这个路数。但我们不能忽略另一个维度的现代性批判，即对沉浸于世俗和感官世界的精神危机的批判，这是向上的维度。前些天我去开了一个会，有位青年学者发言时非常激动。他发言的题目叫作"保卫美学，保卫美！"，开口的姿态就令人愕然，说我们现在的生活深陷于感官的泥潭之中，现代人的精神已面临极其严重的危机，之后他所开出的药方就是回到康德美学。我们暂且不论其观点是否恰当，但可以看到他的取向，即向上的一维。施莱格尔所取的也是向上的一维。海涅在《论浪漫派》里有精到的论述，他认为德国浪漫主义是基督教的唯灵主义，正是从唯灵主义那里，他看到了浪漫主义"回到中世纪"的倾向。

由于唯灵主义，中世纪的造型艺术表现出精神对物质的胜利，"因而在雕塑和绘画中就出现了那些令人望而生厌的主题，殉难图，钉十字架，垂死的圣人，肉身的毁灭。这种任务本身就是雕塑的一次殉难。那些丑化的雕像上，人头微斜，满脸虔诚，双臂瘦长，两腿干瘪，身上的衣衫拘谨笨拙，它们应该表现出基督教六根清净的禁欲思想"①。这是海涅对中世纪艺术的理解。确实，我们只要大致看看中世纪时期的绘画和雕塑，就会知道他的判断不算极端，这些艺术里确实没有我们可以在文艺复兴时期的艺术里感受到的那种人的气息，从艺术本身上讲它们也不会引起我们太多的兴趣，除非是对它们所涉及的宗教故事抱有好奇心。正是因为中世纪艺术的这个取向，所以才会有后来文艺复兴艺术的反动：

---

① 〔德〕亨利希·海涅：《论浪漫派》，前引书，第15页。

我谈的那种宗教，其最初的教条就判定肉身有罪，这种宗教不仅承认精神高于肉身，还想消灭肉身，以炫耀精神；我谈的那种宗教，由于它违反自然的任务，才使罪孽和伪善来到人世，正因为他判定肉身有罪，连最纯洁无邪的感官的快乐也变成罪孽，正因为人不可能完全靠精神生活，于是伪善便应运而生；我谈的那种宗教，教训人们一切世俗的财富都是过眼云烟，做人应该具有狗样的谦卑，天使般的忍耐，这样，它就变成专制主义最得力的支柱。人们现在已经认清了这种宗教的本质，再也不会让人用一张到天堂里去兑现的支票搪塞过去。他们知道，物质也有物质的好处，并非完全是魔鬼的把戏，他们现在要求尘世的享乐，尘世是座美丽的上帝的花园，是我们继承到的、不可转让的遗产。①

这是海涅对中世纪艺术向文艺复兴艺术转变的阐释。因为他把德国浪漫主义称作从受难的基督的鲜血里开出的一朵受难之花，所以他在德国浪漫主义这里看到的是和感性丰沛的文艺复兴艺术相反的唯灵主义倾向。关于文艺复兴和人文主义，我们虽然讲到过意大利的皮科·米兰多拉、菲齐诺及庞波纳齐等人强调精神优越于肉体的人文主义取向，以及这一取向意义上的人的尊严，但要注意的是，这些人文主义精英的思想并不代表文艺复兴时代生活的主流。自文艺复兴始，时代生活的主流肯定是不可逆转地从所谓的彼岸向此岸回归。但德国浪漫主义是

---

① 〔德〕亨利希·海涅：《论浪漫派》，前引书，第6页。

一个反动，其途径是追求诗化的人生，相对于启蒙运动的理性、世俗和功利，它强调真理、本质和神秘，也就是海涅所谓的唯灵主义，这是其诗化人生的根本含义。所以这个诗化不是一般意义上的诗化，不能把它理解为拜伦式的叛逆行为，因为叛逆行为有可能深陷感官的泥潭，而这与德国浪漫主义的取向就完全背道而驰了。德国浪漫主义的诗化类似于中世纪艺术的唯灵主义，强调的是灵相对于肉、精神相对于物质的优越性，它看到整个时代精神迅速下坠的趋势，为此，它要来一个反向的扭转。那种追求理性与感性、精神与肉体和谐的都不是它想要的东西，因为和谐于它而言不过是一种妥协而已。

说到这里，就需要谈一谈德国浪漫派和歌德的关系。海涅在《论浪漫派》里说"浪漫派所供奉的一尊大神实际上对他们是非常不利的"，这位大神就是歌德。在海涅看来，歌德与唯灵主义格格不入。歌德号称健康之神，还有一个说法是自然之子，他对自然以及各种世俗事物的兴趣，都是浪漫派不喜欢的。那么浪漫派为什么要去供奉这尊大神呢？从这里可以看到浪漫派的妥协，而这一点非常不符合他们的价值取向。浪漫派初登文坛时，出于混圈子的考虑，去接近歌德，颂扬歌德，把歌德捧得很高，但后来羽翼渐丰时，态度就有了变化。勃兰兑斯在《十九世纪文学主流》里也谈到了这一点。一开始他们认为歌德给他们提供了一个可资借鉴的范本，这个范本就是《威廉·迈斯特的学习时代》，但是后来他们逐渐意识到，歌德在《威廉·迈斯特的学习时代》中所提倡的有用的人生观与他们的浪漫派精神是格格不入的。诺瓦利斯在给蒂克的信中非常严厉地批判了歌德，直接把歌德看成是浪漫主义的敌人。何以如此严重？其根本原因就在于，他们在歌德的作品里看到了妥协。在歌德的笔下，它表现为威廉·迈斯特殚精竭虑地去做一个有用的人，过一种所谓有意义的人生。这样的追求在浪漫派看来太庸俗了，这是对他们的唯灵倾向的侮辱，所以他们和歌德虽然在表面上还没有撕破脸皮，但在内心里已经完全地站到了歌德的对立面。事实上海涅在《论浪漫派》里也谈到了，《浮士德》的第一个悲剧，即所谓知识悲剧的含义，就是浮士德认识到唯灵的生活是不行的，必须要有个转折，得首先向世俗这里有所沉坠，方有得救的可能。这当然是浪漫派所反对的。然而，浪漫派的唯灵主义倾向究竟如何坐实为一种生活的形态呢？这就需要结合一些具体的浪漫主义作品予以说明。

回顾一下，刚才主要是依据奥·威·施莱格尔在《启蒙运动批判》里的表述，再结合海涅等人的观点来理解浪漫主义的取向。简括地讲，在德国浪漫派看来，人类生活过分世俗化、功利化了，所以它要来一个反向的扭转，诉求一种唯灵取向的生活，其所依托的则是来自中世纪的价值背景。这个背景在西方文化传统价值中的影响非常强劲，在二十世纪的现代性批判话语里，舍勒就是这方面一个突出的例子。对于现代性批判的思想，我们不能只是熟悉一条路径，即我们称之为激进哲学的那套话语，认为向上的东西对向下的东西进行了戕害，要用向下的东西去反向上的东西。同样是现代性批判，另一个甚至更强大传统的思想则认为人类的生活越来越背离精神，越来越背离对真理的追求，而陷入有限的世俗世界里去了，由此，它要来一个反向的诉求。浪漫主义就属于这个价值取向，并将其落实为一种无目的生活态度。

德国浪漫主义的理论家之一、奥·威·施莱格尔的弟弟弗里德里希·施莱格尔写了一本叫作《卢青德》的小说①，里面基本上找不到一般小说里都有的清楚明白的叙事，主要就是喋喋不休的思想和情感的表达。这也是大多数浪漫主义小说的特点，除了霍夫曼、克莱斯特，像蒂克、诺瓦利斯、艾亨多夫等人基本上都是这个路数，在他们的小说里，基本上看不到什么造型能力，也就是叙事的能力，小说情节大多模糊不清，不堪卒读。尤其是诺瓦利斯的《奥夫特尔丁根》，我相信没有多少人能够把它读完，我也只是因为要讲课才痛苦地读过一遍。那么这些小说为什么要写成这个样子呢？或许在浪漫主义者看来，热衷于叙事，本身就是庸俗的表现，在精神上不够高级。那么他们追求的是什么呢？以诺瓦利斯的《奥夫特尔丁根》为例，主人公要去寻找的那朵梦中的蓝花，究竟意味着什么？或许它寄寓着主人公一切理想的投射，但说实话，要给它一个清晰的阐释是非常困难的，甚至是不可能的，那是一个完全不同的世界，或许就是所谓心灵的故乡。这样讲有点玄，勃兰兑斯的相关理解或许能对我们有所启示。②

勃兰兑斯把小施莱格尔的《卢青德》的取向归结为一种无目的的人生。从小说情节、人物塑造等方面来衡量的话，这是一部很糟糕的小说，但勃兰兑斯视其为德国浪漫主义文学的奠

---

① 该小说节译见〔德〕霍夫曼等：《德国浪漫主义作品选》，前引书，第86—122页。勃兰兑斯相关论述见《十九世纪文学主流》第二分册《德国的浪漫派》，前引书，第69—92页。

② 诺瓦利斯的小说《奥夫特尔丁根》，载刘小枫主编：《大革命与诗化小说——诺瓦利斯选集卷二》，林克等译，华夏出版社，2008年。勃兰兑斯的相关论述见《十九世纪文学主流》第二分册《德国的浪漫派》，前引书，第207—224页。

基之作。还有一部被他视为奠基之作的是瓦肯罗德尔与蒂克合作的《一个热爱艺术的修士的内心倾诉》，此书国内有翻译。书中有对拉斐尔的极度颂扬，但颂扬的点却不在于拉斐尔的艺术，而在于其宗教的、神性的取向。什么是勃兰兑斯所谓无目的的人生呢？他用了一些颇有意味的词来命名追求这种人生的主体形态：结晶化，植物化，数学化。这些词看起来很怪异，其实不难理解，它们都有内在一致的东西。结晶，代表凝固和静态。植物，无欲无求。数学，纯粹先验的领域，不属于经验世界；在传统的哲学思想里，数学一直被认为是最严格的科学，因为它丝毫不受偶然性的干扰。这三个词都指向一个寂寂不动的、不朝向任何对象的、不与经验世界的任何东西沾边的主体，这就是所谓无目的的人生形态。在《卢青德》里，那对恋人曾经思考永恒拥抱的可能性，其实就是追求一种结晶化。济慈在《希腊古瓮颂》里也有过类似的表达，他说在那个古瓮的画面上，虽然爱人们永远无法接吻，但爱人永远不会消失，笛声也永远都在吹响。这也是一种结晶化。

德国浪漫主义这种奇特的主体形态，和浪漫主义这个词在我们脑中引发的感性想象是完全相反的。浪漫一词，顾名思义，给人由内而外泛滥的感觉，呈一种动态，但德国浪漫主义的主体形态却是寂寂不动的。为什么不动？因为担心一动就会沾染上那些世俗的、功利的东西。但这在实际的生活中怎么可能呢？所以这种结晶化、植物化和数学化的主体只能是一种理想，真正现实的只能是一种反讽的主体。这个理解起来有一定的难度，但我们可以把它讲得感性一点。所谓反讽的主体，是指一个不断否定自己的主体，一个不断后退的主体，在哲学上，可以用费希特的"绝对自我"予以描述。费希特主张一种绝对自我，但是想一想，一种绝对自我何以可能？按照现象学的理解，我们的意识总是包含着某物的意识，不可能绝对"干净"。你能想象出一个空白的意识吗？不可能。我们的意识从来都是和对象在我们的意识屏幕上的投影水乳交融的。实际上，投影的说法并不恰当，它让人感觉到，好像一开始有一个没有被投影的东西存在。在现象学看来，这只是一种抽象的分离，事实上，意识只能是包含了对象的意识，对象也只能是被意识的对象。所以，绝对意识，或者说绝对自我，是不可能存在的。胡塞尔想要做的，是把那个投影不断地过滤出去，由此找到那个先验的自我，那个没有沾染任何东西的绝对自我。从现代哲学的精神来看，这可能是一个错误的取向。这是非常复杂的认识论问题，不宜在此探讨，我只想在这个背景下谈一谈什么是费希特的绝对自我。自我总有对象，但有了对象，自我就不可能绝对。费希特的做法是，把那个对象看成是自我造出来的非我，所以，要达到绝对自我，就必须无限地否定对象，在这种否定中来无限地确立自我。特里·伊格尔顿讽刺地说，这是一种"在虚空中召唤自我的把戏"，话虽刻薄，但是较为准确地把握到了费希特的思路。

　　所以可以认为，浪漫主义的反讽主体和费希特的绝对自我类似，在文学中，它落实为一种没有目的的人生态度，持有这种态度的主人公与一般现实主义小说里的主人公大不相同。后者在每一段经历中好像都能收获某种教益，然后由此去追求一个更有意义的人生。浪漫主义的主人公也会有一些经历，但其经历不过是无所用心的漫游，一种没有特定趋向的无所为的状态。艾亨多夫的《没出息的人》①，就是这一思想的典型表达，要注意的是，"没出息"在这里是一个褒义的说法，因为没出息就意味着不追求世俗和功利。我没记错的话，国内还有一个较早的译本叫作《废物传》，"废物"在这里也是一个褒义词，因为一无所用就是浪漫主义的最高境界。在《没出息的人》里，艾亨多夫给我们展现了何为没有功利的漫游的人生。主人公是一位十六世纪的青年。值得说明的是，十五、十六世纪往往被德国浪漫主义作家视为理想的世纪，其特点是行会制度非常发达，属于手工艺人和学徒的时代。蒂克的《施特恩巴尔德的游历》以及后来黑塞的《纳尔奇斯与歌尔德蒙》，主人公生活的时代也大致是这个时代。

《没出息的人》一开篇就是春天来了，布谷鸟在叫，还有水车的声音（水车和磨坊是最具代表性的中世纪符号）。因为主人公一无是处，父亲就叫他出去漫游，他得偿所愿，拿着一把琴就出去了。他唯一的才能就是会弹点琴，唱几首歌，结果被一个贵妇人欣赏，给他介绍了一份收税员的工作。但他是怎么做这个工作的呢？他穿着前任留下的睡帽、睡袍和拖鞋，拔掉了前任种在地里的马铃薯，改种上玫瑰。在一个浪漫主义者的眼里，马铃薯太丑了，玫瑰虽无用，但足够好看。他每天早晨从地里采摘玫瑰花，把它们放在一张石桌上，以此献给一个经常路过的他暗恋的女孩。这家伙在那里没干出什么名堂，后来就到意大利去漫游，路上遇到的，要么是疯狂的大学生，要

---

① 该小说载于〔德〕歌德等：《德国古典中短篇小说选》，刘继中译，上海译文出版社，1978年，第94—198页。勃兰兑斯的相关论述见《十九世纪文学主流》第二分册《德国的浪漫派》，前引书，第224—234页。

么是浪漫的音乐家,给人的感觉好像满世界都是漫游的人,也不知道他们哪儿来的吃、哪儿来的穿。总之,人人都活得既自由,又舒坦。而这个懒汉主人公呢,漫游一圈回去后,也来了个爱情和财产的双丰收。据说这部小说出版时在欧洲风靡的程度,不亚于歌德当年的《少年维特的烦恼》,所以说浪漫主义的心态其实是有现实的土壤的。

我刚才提到的其他几部小说,也都没有什么明确的叙事,无非就是做梦啊,作诗啊,而其人物,除了诗人,就是隐士啊,矿工啊,等等。为什么会有矿工呢?因为矿工在大自然的深处工作,属于自然而不属于世俗。总之,浪漫主义小说展现的是和功利人生完全不同的人生形态。正是在这个意义上,诺瓦利斯对歌德有极其严厉的批评。他在给蒂克的信中写道:

> 歌德是个完全务实的诗人,他的作品就像英国人的商品一样:简单,干净,便利,耐用……他像英国人一样,有一种天生的节俭性格,一种通过理智获得的高雅趣味。……《威廉·迈斯特的学习时代》似乎全然是近代的散文。浪漫气息,还有天然的诗意,还有神奇现象,都从这里消失了。这本书只写普通常见的人事,自然和神秘主义被忘却得一干二净。它是一个以诗的形式出现的市民家庭故事,里面把神奇现象明明当作诗和空想来处理。艺术的无神论就是这本书的精神。……《威廉·迈斯特》真是一本以诗

为敌的《康蒂德》。①

这些话相当诛心，但非常准确地表达了浪漫主义的价值观。有意思的是，对诺瓦利斯激赏的蒂克的《施特恩巴尔德的游历》，歌德也有相当尖刻的批评。在歌德看来，这部作品除了没完没了的日出和景物描写，基本上什么都没有讲，但诺瓦利斯认为，正因为《施特恩巴尔德》模糊不清和毫不连贯，所以它比《威廉·迈斯特》显得高级。从这里大家可以看到，不同的价值取向，会导致不同的修辞评价。海涅在《论浪漫派》里，其实也主要是在这个意义上理解德国浪漫主义，以及德国浪漫主义和歌德的分歧的。

要注意的是，除了没有目的的人生取向以外，还有一个与浪漫主义有关联的取向，就是我们前面提到过的唯灵主义。因为没有目的的人生所要避开的，恰恰就是世俗人生的幸福追求，而所谓幸福追求往往是非常物质的，与内在精神相去甚远。正是在这个意义上，海涅谈到了歌德的一部重要作品——《西东合集》，并且深刻地揭示了浪漫主义者不喜欢它的原因。从歌德传记中我们可以了解到，歌德对这部作品倾注了巨大的心血，而且自认为这部作品的重要性不亚于《威廉·迈斯特》和《浮士德》。一般研究者不太重视这部作品，不免会对歌德的这一说法感到奇怪。我们来看看海涅是如何评价这部作品的：

---

① 〔丹麦〕勃兰兑斯：《十九世纪文学主流》第二分册《德国的浪漫派》，前引书，第213—214页。

书中充满了鲜艳夺目的短诗，坚实有力的格言，包含着东方的思想方式、感情方式，全书香气馥郁、情绪火热，犹如一座东方的后宫，到处是浓妆艳抹、柔情脉脉的嫔妃宫娥，明眸漆黑、纤背如雪，读者会感到浑身战栗、心旌动摇，就像那幸运的加斯帕·德皮罗，他在君士坦丁堡时，站在梯子上，居高临下地看着教民的统治者经常自下而上望见的东西。有时候读者还仿佛四肢伸展、舒舒服服地躺在一张波斯地毯上，从一把长颈水烟袋里吸着土耳其斯坦的黄色水烟草，一个女黑奴手执一把色彩斑斓的孔雀毛扇给他打扇，一个俊俏的小厮递上一杯真正的摩卡咖啡；歌德在此把令人心荡神迷的人生享乐变成诗句，这些诗句是那样的欢快轻柔、那样的飘忽空灵，不由人不感到惊讶，德国语言竟能写出这样的诗句。同时歌德也用散文对东方的风俗习惯、对阿拉伯人家长制的生活做了优美无比的说明。①

由此可见，浪漫主义者之所以不喜欢歌德，是因为歌德身上的自然习气太多了。按照海涅的理解，《西东合集》给我们呈现了令人心醉神迷的感官生活，这是浪漫主义的唯灵论倾向所不能接受的。但我们可能会有疑惑，小施莱格尔在《卢青德》里不也对性爱给予了高度的颂扬吗？这与《西东合集》对感官迷恋的表现有什么不一样呢？如果整体地看浪漫主义对性爱的态度，应该说他们的取向是很不一样的。在浪漫主义这里，性爱

---

① 〔德〕亨利希·海涅：《论浪漫派》，前引书，第58页。

所实现的其实主要是感觉的精神化，也就是说，性爱其实是对感觉的提升，通过这种提升，使浪漫主义者倍感痛苦的灵与肉的分离得以克服，所以其颂扬性爱，并非出于对感官生活的迷恋。

浪漫主义者的唯灵论倾向，还可以通过他们对席勒和歌德的不同态度，得到一些感性的理解。他们一度在歌德和席勒之间搞区别对待，把席勒捧得很高，而把歌德贬得很低，因为在他们看来，席勒身上的崇高精神更符合他们的价值，而歌德对世俗妥协得太多，难免沾染庸人气息。看爱克曼的《歌德谈话录》就知道，席勒的确不像歌德那么随和。歌德会花很多时间跟一些喜欢附庸风雅的来访者聊天，在任何场合也都是一副彬彬有礼的外交家派头，但席勒却没有这份耐心。有一次，一位宫廷乐师未经通报就直接去拜访席勒，席勒暴跳如雷，吓得宫廷乐师抱头鼠窜。这位乐师不知道，拜访席勒必须预约，而且要预约好几次，即便是到了最后关头，席勒也可能变卦。席勒花费很长的时间专门研究康德，又搞历史研究，这些都不是歌德的兴趣所在。席勒作品的主人公常有一种英雄主义的气质，其超拔于世俗的取向，是浪漫主义所喜欢的。

在这个意义上，席勒的美学也值得一谈。他的《审美教育书简》不是一般的美学著作，而是对法国大革命进行反思的产物。大革命时期的恐怖专政，在席勒眼里不只是一个政治问题，还意味着人身上未经驯服的兽性的爆发。我们知道，按照孔多塞的说法，启蒙运动要掀起的是两场革命：一是对于在上者的专制主义，我们要用诉求民主的政治革命去消灭它；一是我们意识中的偏见和迷信，我们要用诉求理性的知识革命去消灭它。但是在席勒看来，还有一样可怕的东西，即我们作为肉身的兽性，还有待一场深刻的审美教育来驯服。这就是他写《审美教育书简》的根本意图。但有意思的是，席勒在写《秀美与尊严》的时候，突然对审美教育的思路有了怀疑。我们知道，美学的本来含义是感觉学，鲍姆嘉通建立这门学科的意图是用理性去照亮在他看来晦暗不明的感觉领域，所以美学所实现的，就是理性对感性的驯服，亦即所谓理性与感性的和谐。但在席勒看来，这种和谐其实也是理性对感性的妥协，理性如此俯就感性，长此以往，会不会令自己遭受损害？故此，他在秀美与崇高之间选择了崇高，因为崇高是不将就感性的。在《判断力批判》里，康德讲，当一个对象引起我们的知性力和想象力和谐运作的时候，我们就称它是美的。但是有一些对象，在力量或体量上无比巨大，面对它们，我们的感性想象就力不从心了，甚至因此而产生一种痛感，遇到这种情况该怎么办呢？康德说，这时就需要理性直接出场了。理性直接出场将其把握为一，把握为全体，而所谓崇高感，就是我们对这个直接出场的理性的敬仰，而并非针对那个对象而发的。懂得这个道理，我们就能理解席勒为什么会在秀美和崇高之间选择崇高了，因为在崇高中，无需担心感性对理性的袭扰和下拽。

这是席勒美学思想里的一次波动，当然他后来又回到了审美教育的路子上，但这次波动却很有意味，它反映出德国古典哲学的一个根本取向，即主体的控制感。这个控制感是作为一种价值被反复强调的，缺失了它，就意味着一种危机。德国浪漫主义对世俗生活的极端拒绝，对功利、有限以及幸福的贬低和反对，就是担心主体陷于这些低级的束缚进而导致控制感的丧失。在这个意义上，我们可以从更深层次上理解它为什么要反启蒙运动，其实也就是因为，它不愿意把主体局限在狭隘的世俗生活的层面上，这个层面配不上主体的尊严，所以它要追求诗化人生。其实，德国浪漫主义因生活过分世俗化而起的焦虑是整个现代时期的普遍焦虑，这是它能够产生深远影响的重要原因，这也提示我们，德国浪漫主义和现代主义具有深切而内在的关联。

但有一个问题还有待说明：如果说浪漫主义追求主体的控制感，那它和启蒙运动的理性主宰有什么区别呢？需要辨析两种控制。浪漫主义的主体控制是稳守自身的回缩，而启蒙运动的主体控制是征服占有的出场。另一方面，浪漫主义不止担心主体被世俗限制和侵蚀，它还有对整体的追求，这就要谈到它对神秘的强调。

如果和启蒙运动作比较，浪漫主义喜欢的是夜晚，启蒙运动照亮的则是白昼。但在奥·维·施莱格尔看来，白昼实在是太有限太无趣了，相反，夜晚却能给我们极其丰富的东西："阳光，就是作为伦理运用于实践生活的理性，而我们在实践生活中正是被束缚在现实的条件上。夜晚却用一块舒适的面纱隐去了这个现实，反过去借用星辰给我们展示可能性的天地：夜是梦的时间。"① 诺瓦利斯更是夜的迷恋者，有著名的《夜颂》一诗。夜晚有什么好歌颂的呢？因为在夜里，万物处于混沌的状态，按照新柏拉图主义的说法，个体就有可能实现与绝对者的弥合，而白昼，照亮的永远都是差别和距离。这些思

---

① 〔德〕霍夫曼等：《德国浪漫主义作品选》，前引书，第377页。

想,如果以现代语言哲学的眼光来看,简直不知道在讲什么,但恐怕我们也不会承认,现代语言哲学就是判断真理的唯一标准。我的看法是,读浪漫主义的这些作品,要有一种感觉上的调动,不然真的是不知所云。那触动他们的东西,或许对于他们自身而言,都太过于神秘而难以把握,故只能通过暗示和象征来表达,所以他们喜欢的语言是诗而不是散文。与此相关,他们也强调梦的重要性。在《奥夫特尔丁根》里,主人公和他的父亲有过一个争论,主人公的父亲指责他的梦荒诞不经,但主人公却认为只有在梦里他才有真正的人生。他据理力争道:"可是,亲爱的父亲,你有什么理由排斥那些梦呢?它们毕竟变幻莫测,轻盈柔曼,绝对可以激发我们的深思。每个梦,甚至最混乱的梦,不也是一个异象,它即使未令人想起神的旨意,却也在垂入我们内心的那副缀有万千褶裥的神秘帷幕上,撕开了一道意味深长的裂缝?"[①] 他强调梦的价值。对于梦的理解,大家要特别注意,奥·维·施莱格尔已经预言了一种糟糕的理解方式,即后来以弗洛伊德心理学为代表的批判心理学的方式。浪漫主义拒绝批判的心理学,因为批判的心理学不过是一种经验科学,它试图把神秘的梦境解释为清楚明白的现实,这当然是浪漫主义所不能接受的,奥·维·施莱格尔反对这种解释。

在奥·威·施莱格尔所列举的启蒙运动和浪漫主义的诸种对立中,有一组看起来非常奇怪的对立项,即印刷术对手抄

[①] 刘小枫主编:《大革命与诗化小说——诺瓦利斯选集卷二》,前引书,第37页。

本。为什么会有这个对立？他为什么要批判印刷术而褒扬手抄本？他批判了地理大发现，批判了商业，批判了工业，然后用了很大篇幅来批判印刷术。在他看来，书籍印刷术使肆无忌惮地滥用文字成为可能，它只做过一件好事，那就是传播了古典作家的作品，但在产生这一作用之后，它就应该急流勇退了。这是因为：

> 任何人都看得出来，一次印刷五百册书，远比一本一本手抄出来便利得多。问题仅仅在于，一定要大量复制书籍的目的何在？所印刷的如果是法令、命令，或其他有益于公众幸福的公告，那么一块置于大庭广众之中的黑板就可以完成同样的任务。如果是能丰富一个专业的知识的经验、观察，那么把这些经验和观察在一个或几个图书馆手抄出来也就足够了。严谨的学者总需利用大图书馆，不可能自己购置一切书籍。现在这样没完没了复制教科书到底是为的什么？在一切并非只是术语汇编的知识中，实际的推断乃是最重要的，如在医学中便是这样。就是在哲学界，希腊人也认为口头授课更加优越，他们在这个专业内最好的著作是自由传达的艺术作品的摹本。——尤其对于诗，僵死的字母传达的便利极大地减弱了对活生生的表达的魔力感受性。①

不得不承认，他讲得很有道理。尤其在书籍泛滥成灾的今天，

---

① 〔德〕霍夫曼等：《德国浪漫主义作品选》，前引书，第387—388页。

这些话更能引起我们的共鸣。接下来这段话令人印象深刻："书籍印刷甚至几乎把字体的魔力抛弃了。既然书籍得之不易，那么一册书也就是一份宝贵的财富，世代相传：这乃是一种浪漫的贫穷。（把书拴在链子上阅读的习俗。）"可以想象，把书拴在链子上阅读，这是一个多么动人的情景。而"现在，占有书籍不过举手之劳，人们对书中的珍品完全漫不经心，大多不再怀着虔敬的心情来阅读，看书只是为了不动脑筋的消遣。过去人们对书籍的占有欲如此之强烈，乃至人们一日无书便不能生活，所以人们宁愿手抄而藏之，而诸侯们则因此互设使馆以获取信息"。① 新中国的知青一代对这些表述可能最有感触。中国的农村没有什么书，有一本就极其珍贵，要传播，要分享，有时就得动手抄写。因为书太少，所以读得就特别细。作家张贤亮曾在他的小说《绿化树》里频繁地引用《资本论》，他为什么要这么做？一个很重要的原因，就是他当时几乎只有这本书可读。学者袁伟时也说过，当年他把马恩全集全都读了，因为没有其他什么书可读。这是很厉害的做法。我们现在有很多书可读，但要论阅读的有效性，恐怕反而不能和书籍太少的时候相比了。

关于手抄本这件事，为什么要讲这么多，这么具体？我的意图是想让大家从细节上去体会浪漫主义的诗化人生。想要更多地了解，就得去读那些浪漫主义作家们在小说里给我们呈现的漫游生活。值得提及的是，不少人喜欢的黑塞，也写过一本关于漫游生活的小说，即《纳尔齐斯与歌尔德蒙》。如果与蒂

---

① 〔德〕霍夫曼等：《德国浪漫主义作品选》，前引书，第389页。

克的《施特恩巴尔德的游历》①相比，黑塞的这个小说就相当拙劣，从细节上可以看出，他对中世纪漫游生活的理解相当抽象，基本停留在模式化和符号性的层面上。

最后，我们要对德国浪漫主义诗化人生的取向有个总的评价。我们曾经对诗化人生的扩大化有过一个批判。所谓扩大化，是指把诗化人生作为人类生活的终极理想，进行这种高端设定之后，就对所有不符合此高端设定的现实进行批判性的扫射。为什么要批判这个扩大化？因为人类共同体的生活，其道德和正义依据，不可能是未经证明的价值设定，而只能是基于相互承认或主体间性的规范构建。说得通俗一点，就是什么事儿都得大家商量着来办。由商量着办就可以推演出更多的东西，即在制度、文化、思想、价值等方面，我们都得接受多元性。你可能会说，多元性岂不是要导致冲突吗？所以，多元性还得有一个跟它配合的东西，即游戏规则。当你表达你的诉求时，你必须知道，别人也有表达类似诉求的同等权利，妥协是必然的，而游戏规则就是妥协的产物。但是，你可能又会说了，相互妥协的社会不是一个平庸的社会吗？你说对了，一个处处讲究规范的社会很可能是一个相当平庸的社会，因为各行其是，互不相犯，谁也不是领袖群伦的英雄。然而，一个平庸的社会里，是不是个个都是平庸的人呢？这就不一定了。因为实际上，看起来平庸的社会，赋予个体的自由空间相对而言更大，所以个性的孕育更能获得保障，出现不平庸之人的概率也

---

① 参〔德〕路·蒂克:《施特恩巴尔德的游历——蒂克小说选》，胡其鼎译，上海译文出版社，2010年。

就更大。究竟会有多少不平庸的人出现并不重要，关键是要意识到，不管一个人多么不凡，他也没有权利把他的喜好凌驾于别人的头上。就拿浪漫主义的诗化人生来说，如果它仅仅只是某些个人或是团体的追求，那没有任何问题。你或者你和你的朋友们，可以拿诗化人生作为生活目标，也可以去影响别人，甚至引导社会，只要不超出法律和社会规范许可的范围。现在这个时代，这么快的节奏，恐怕大多数人都想慢一点，即便过不上浪漫主义憧憬的诗化人生，至少也可以停顿一下，休息一下。当然，也有很多心智强大的人，他们属于另外的人类，他们想要的是更高、更快、更强的人生。然而，即便是每个人都怀有诗化人生的理想，除非经过投票授权，我们也不能把它制度化为共同体的生活目标，更不能将其作为衡量整个文明成就的标准，否则，所带来的将是比平庸社会更可怕的东西。

何为现实：论作为模仿说的现实主义

今天我们讲现实主义。上一讲浪漫主义，我讲得很简略，只涉及它的两个点：自然观和想象力。想象力部分我讲得很少，着重在自然观。自然观涉及哲学的内容比较多，可能很多同学听起来比较抽象，但它的确是一个有待厘清的观念，因为其中包含了浪漫主义的一种根本的世界态度，表面上看起来似乎只是如何去看待自然，但实际关涉的是他们认为什么样的世界可被接受、什么样的世界更具价值等核心问题。这当然主要是指德国浪漫主义，它也是整个浪漫主义最难搞懂的一部分。浪漫主义或许称得上是西方文学思潮中最复杂的一次思潮，关键原因就在于它和德国的浪漫派哲学关系密切，从康德到费希特、谢林，再到黑格尔，德国古典哲学里的这些大人物都要拉进来讲，才说得清楚，其中还包括一些可称为诗人哲学家的人物，像赫尔德、歌德、荷尔德林、诺瓦利斯，尤其是施莱格尔兄弟，等等。国内现在已经有了很多关于德国浪漫派的翻译，不管是作品还是理论，都出版了不少，对这个问题如果有进一步关注和思考的兴趣的，不妨去找相关的著作和文章来读，加深一些了解和认识。

我刚才讲浪漫主义可能是所有西方文学思潮中最复杂的一次思潮，接下来我们还会接触到其他各种各样的思潮，像浪漫主义一样，它们中的大部分都有较为明确的纲领，有核心作家，有代表作品，在论及它们的时候，我们当然会甚至主要会探讨它们的文学主张，结合相关作品分析它们的风格和手法等，但我要提示的是，所有这些大的思潮的提出者或是参与者，他们的态度都不是纯粹文学的。并不是有一种纯粹文学的精神在现代文学里养成了，比如把波德莱尔和福楼拜看成这种精神的两个标志性人物，也不是像一些理论家那样用现代性的分化来谈艺术或者文学的自律，等等。这些说法都没有错，但归根结底，比如就波德莱尔来讲（在福楼拜那里或许更加隐晦一点），难道他真的只是一个文体意义上的现代诗人吗？显然没有这么简单。比如我们谈现代性，很多时候都要从波德莱尔谈起，我们谈的是什么？谈的是他的世界观、价值观，他的那些文学主张，其实都跟他的世界观、价值观有关系。包括唯美主义，可以去看沃尔特·佩特在他的《文艺复兴》一书最后一章的表述。① 唯美主义要做什么事情呢？我们都知道它的口号是"为艺术而艺术"，但"为艺术而艺术"究竟要干什么呢？中国现代文学史上有过一个论争：究竟该"为艺术而艺术"，还是该"为人生而艺术"？这其实是一个伪问题，因为在唯美主义那里，为艺术而艺术，其目的也是为了人生。② 你看，佩

---

① 参〔英〕沃尔特·佩特：《文艺复兴》，李丽译，外语教学与研究出版社，第297—303页。

② 周作人认为无论是"为艺术而艺术"还是"为人生而艺术"都是一种割裂，因而主张"浑然的人生的艺术"。参《周作人精选集》，北京燕山出版社，2015年，第4页。

特解释得很清楚：为什么要唯美主义？唯美主义把艺术认可为最高的价值。何以如此呢？因为只有在美的艺术里，才能找到最具强度的人生体验，追求美的艺术，就是追求被强烈打动的一个个瞬间。在某种意义上，唯美主义的虚无感就来自此。人生没有什么不得了的终极意义，不过就是收集那些被强烈打动的瞬间而已，这其实是一种加缪所谓唐璜式的荒诞激情，也就是追求量的累积，当然，得是有质地的量的累积。我记得迈克尔·杰克逊在他的自传里也说过，他孜孜以求的就是那些被强烈打动的时刻。

以唯美主义作为一个例子，是想说明，任何一种思潮，包括今天我们要讲的现实主义，比如像新小说这样的宽泛意义上的现实主义流派，其代表人物罗伯·格里耶，你看他讲的似乎都是相当纯粹的文学主张，其实内里仍有一个价值观的问题，也就是他想要一个什么样的世界。即便看起来只是从认识论的角度谈论世界，也仍然可以转化为另一个表达——我们要这样认识世界才能得到些什么，这还是有它的价值诉求。所以对任何一种思潮，我们都不妨问一问：以其认识到的世界是一个什么样的世界？其参与者想要一个什么样的世界？想要成为什么样的人？想要过一种什么样的生活？归根结底，我认为所有这些严肃的文学艺术思潮都逃不开这些问题。你一开始可能在它们作为门类艺术的具体的主张上还看不出这些东西，但你还是要努力去找。你只要找不到，就还没有真正懂它。说白了，任何思潮都是主张一个世界，所以我反复强调，一定要找到它的世界感。浪漫主义的世界感，用通俗的话说，其实就是想过一种诗化的人生，但它不是一般意义上的诗化人生，而是对一个特定时代的精神反应,也就是对我们现在仍然处身其中的"更高、更快、更强"的现代化浪潮的第一次大规模的反思。不是说在它之前就没有过这样的反思,但在文学乃至哲学上对现代化浪潮的第一次全面反思则非浪漫主义莫属。在这个意义上,我们可以说浪漫主义和现代主义一脉相承,只不过它们具体诉求的东西不太一样而已。勃兰兑斯在《十九世纪文学主流》里讲以诺瓦利斯等人为代表的德国浪漫派时,有些语带讽刺地谈到浪漫主义的一种心态,即憧憬,也就是对理想世界的向往。① 他这样讲的时候实际上是在对浪漫主义进行某种意义的批判和否定,也就是认为它太无力,太不现实了。但我想,浪漫主义者们不会接受这样的质疑,他们对真实和现实一定有自己的看法,文本本身对他们来讲就是一种现实,创作经验本身就是一种真实,所以拿我们一般人的这套真实观和现实观去评判他们未必是恰当的。反过来,现代主义虽然同样是针对现代化浪潮的反向操作,但它不再认可浪漫主义单纯理想的姿态。浪漫主义虽然在否定,但它同时也是建构性的,也就是说它不仅知道它不喜欢什么,对于想要什么它也是很清楚的,然而现代主义对于自己究竟想要什么或许并不那么清楚,至少从以乔伊斯和艾略特为代表的经典现代主义来看是这样的。它更多的是反思和提出问题,所以它有一种相对纯粹的批判姿态,这是浪漫主义与现代主义很不一样的地方。但我们要看到它们所面对的问题是类似的,只不过基于具体的历史语境而有不同的反

---

① 〔丹麦〕勃兰兑斯:《十九世纪文学主流》第二分册《德国的浪漫派》,刘半九译,人民文学出版社,1997年,第207页。

应而已。我们要记住斯特龙伯格那句话，即"在思想史上，革命比我们想象的要少，而连续性比我们想象的要多"①。以上是就上一讲作的一点补充，而它的问题实际上还非常复杂。接下来进入现实主义这个部分。

我们看到"现实主义"这样一个术语可能会产生一种特别的反应，因为从来没有哪一种文学理论，哪一种思潮，像现实主义这样得到过如此隆重的礼遇。韦勒克的《文学研究中现实主义的概念》一文，一开始就谈到一个现象，说在当时的苏联，社会主义现实主义的创作和理论都极大地繁荣，那些有关社会主义现实主义的汗牛充栋的文献会让西方的同行们感到不可理喻。② 我们国家也曾经有过这样一个阶段。那么，为什么在社会主义国家，这种现实主义的理论和创作都受到特别的优待呢？大家知道，一直到现在，主流意识形态对现实主义都是持正面的肯定态度的；相反，什么现代主义啊，后现代啊，解构啊，一般都被认为是消极的、颓废的、不可取的。这是为什么呢？原因当然不是一种纯粹的文学观点那么简单，比如文学应该模仿现实，只有模仿现实我们才能拥有客观真理，等等，而是因为文艺要为政治服务，为人民服务，也就是所谓"二为"。但为什么文艺模仿现实就能"二为"，而现代主义、解构主义以及其他各种各样的主义就不能更好地为政治服务，为人民服务呢？这个问题大家有没有想过？在理论语境里，这是应

---

① 参〔美〕罗兰·斯特龙伯格：《西方现代思想史》，刘北成等译，中央编译出版社，2005年，第2页。
② 〔美〕R.韦勒克：《批评的诸种概念》，丁泓等译，四川文艺出版社，1987年，第214页。

该首先面对的问题。但我们先把它摆在这里，暂时抛开这个语境来一般性地对待"现实主义"这个术语，以及相关的理论和文学现象。

显然，"现实主义"这个词的重点在"现实"上。不过我们这里要先考察另一个相关的词，即"真实"。有时候我们根据一部作品的内容是否具有真实感来判断它是否是现实主义的。为什么先讲这个问题？因为在我看来，我们讲一部作品的内容是否真实，是否可信，跟我们讲的现实主义文学观其实是两回事，不做区分的话，就会造成一些混淆。现实主义的文学观，肯定就是模仿的文学观，也就是说，当我们讲现实主义的时候，一定是在"文学是对现实的模仿"这个意义上来讲的；前提必须是模仿，至于怎么模仿，模仿到什么程度才能够反映现实，这可以见仁见智，观点不同。这是现实主义的第一法则。但如果只是强调一个作品是否真实、可信，就不一定是在主张模仿；真实、可信完全可以是非模仿的。所以我们首先要区分模仿和非模仿。

我们不妨举一些例子来说明这个问题。比如我们看卡夫卡的《变形记》，看第一段的时候可能会觉得非常突兀，就像马尔克斯当年读到时大吃一惊一样。格里高尔·萨姆沙一觉醒来发现自己变成了一只甲虫。毫无疑问，这太荒谬了，跟我们对现实的认知太相悖了。但我们知道一个说法——阅读就是和作者签订契约。读第一段或者说作品的开头部分，你就要和作者签约：你愿不愿意接受他这样的表述？你只要愿意读下去，你就跟他签约了。昆德拉也专门讲过个问题。如果你接受格里高尔·萨姆沙一觉醒来变成甲虫这样的叙述，你就和卡夫卡签约了。接下来你要做的,就是去判断随后发生的那些事情是不是可信的。我们可以就此来追究一些细节:已经变形为甲虫的格里高尔,听到外面催促他开门的声音,艰难地起床,挣扎着走到门边,用他甲虫的嘴咬住门把手,旋转着要把门打开。卡夫卡的这段描写可以说是高度准确、逼真可信,绝对是大师手笔。在这个意义上,我们可以说它具有一种文本内的现实主义,然而这不是我们说的模仿论意义上的现实主义,因为现实中不会有甲虫去开门这样荒唐梦幻的事情。还可以举一个反面的例子,是我的同事姜飞老师讲过的。他说奥威尔在《动物庄园》里写到马抓笔写字,可能一般人随便就看过去了,但如果你较真的话,你会想:马蹄子怎么抓住一支笔啊?确实很难想象。所以它不够真实,从艺术上讲,它就有瑕疵。即便是一部纯粹虚构的作品,像什么穿越啊,架空啊,细节上的高度可信仍是其获得成功的一大保证。然而,这种可信与否,根本不关乎它是否在模仿现实这个问题,它完全可以不模仿现实,所以逼真不等于现实主义。在我看来,如果还想把现实主义作为一个规范的文学术语来使用,那么就必须界定它意味着"文学是对现实的模仿"这样的观念。在这个前提下,我们才来讲文学如何模仿现实。

  模仿论毫无疑问是西方文学本质性的出发点之一,但我不打算对模仿论作知识谱系上的过多阐述。柏拉图对文学的看法就是一种模仿论,但他认为文学是一种坏的模仿,后来的一些理论家和作家则为模仿进行辩护。艾布拉姆斯《镜与灯》的前面部分讲文学的几个要素,论及世界这个维度时,就是在梳理文学的模仿论。文学究竟如何模仿现实呢?这种模仿建立在一个区分之上：文本是一个层次，文本之外的现实是另一个层次；文本作为内，现实作为外。它们之间如何发生关系，如何相互转化，这个双向可逆机制是模仿论考虑的核心问题。正是在这个问题上，我们可以看到各种各样、五花八门的观点。

我们先来看一个人的说法，也就是昆德拉的观点。当然，昆德拉不用"现实"这个词，他用的是"现在"，在我看来，这就是他对现实的一种理解。在《被背叛的遗嘱》里，有一章叫作《寻找失去的现在》。在这一章里，通过探讨"现在"这个问题，昆德拉建构起属于他自己的特别的文学史观念，即文学史实际上就是一部如何把更多的现在、更多的存在装到文学中来的演进史。较早的文学装得比较少，密度比较低，而晚近的文学则装得比较多，密度就高一些。这就是他的一个大致的文学史观念。我们不妨来看看他的梳理。一开始他举了一个例子，就是大家可能都读过的海明威的《白象般的群山》，很短的一个短篇小说，大概十来分钟就可以读完。这篇小说有什么讲头呢？我们知道，这篇小说不是那么有情节，写的就是在巴塞罗那和马德里之间的一个小火车站，火车在这里停靠，两位乘客——一个美国人和一个年轻姑娘在这里喝酒小憩，过程中有一番似乎有点冲突的谈话，但最终什么也没有发生，等火车再次开动的时候两人就一起走了。这是这篇短篇小说的基本结构。小说的主体部分就是他们之间的对话，二人对话的内容大致是这样的：

这个男人，也就是这个美国人，对年轻姑娘说，你不要害怕这个手术，这手术没什么特别的，甚至都算不上一个手术，然后还说，做完以后我会一直和你待在一起，一切都会好起来的，完全和以前一样。姑娘没怎么回应他，他就继续说，你要实在不愿意就不要做，我完全不在乎。结果就在他再次保证说这个手术没有危险的时候，姑娘压抑着愤怒抗议道："请你请你请你请你请你请你请你请你不出声好吗？"此前，这个姑娘曾指着远处的群山对这个男人说："你看，那些山就像一群白象。"这就是小说篇名的来历。但美国男人对这句话毫无反应。现在，等年轻姑娘歇斯底里地小小发作之后，美国男人也不再出声了。最后呢，两人很平静地离开了这个小站。

那么，昆德拉转述这样一个故事，是要讲什么呢？昆德拉说，这个故事既非常抽象，也非常具体。抽象在什么地方呢？抽象在我们完全不知晓美国男人和年轻姑娘的背景。所谓抽象，就是孤立，当我们把一样东西从它所属的整体中拿出来的时候，它就显得抽象，这是抽象的一个含义，即斩断一个事物的关联。但是昆德拉说它又非常具体。具体在哪儿呢？当然就是这个情景中的可感性。对于它的抽象，我们可以进行各种各样的填充。一般认为，肯定是男人让姑娘去做堕胎手术，而姑娘不太愿意或是有些害怕，所以他们之间就产生了一点小摩擦。但是昆德拉认为：你凭什么就认定他们之间是这种关系呢？他设想了很多种可能性：男人已婚并强迫他的情人堕胎以对付他的妻子；他是单身汉，他希望堕胎，因为他害怕把自己的生活复杂化；但也可能是一种无私的做法，即预见一个孩子会给一个姑娘带来困难，也许人们能够想象，他病得很重，怕留下姑娘单独一人和一个孩子，甚至可以想象孩子是一个已离开姑娘的男人的，而这位美国男人已做好准备，如果姑娘拒绝堕胎，他将承担孩子父亲的责任……除此之外，还有关于两人的性格特点的猜测。总之,我们可以做很多所谓补白的工作,这是他讲的抽象的部分。至于具体的部分,除了那些对话的内容,当然就是指我们可以从中感受到的语气、表情和心理。然后昆德拉建议我们不妨在日记里作这样一个训练,就是记录你和你的爱人之间的一次怒气冲冲的争吵。他要让我们做的,其实就是把整个事情的可感性表达出来;记录这个可感性,就是他所说的"寻找失去的现在"。事件或存在在时间中的密度,这是昆德拉在意的东西,他根据这个标准所作的文学史勾勒虽然相当粗糙,甚至有偏颇,却明确地表达了他的价值取向。他认为早期的小说,比如薄伽丘式的短篇小说,采取的都是一种概述式的写法,属于抽象小说的范例。读过《十日谈》,我们大致的确会有这种印象,薄伽丘很少直接呈现情景。为什么要特别提到这一点呢?不知道大家有没有看过布斯的《小说修辞学》,他在第一章里专门区分了两个手法:一个是讲述,一个是显示。① 为什么从这两个手法开始呢?可能他当时面临一个小说诗学的价值背景,即一般人认为显示比讲述更为可取。显示法——比如福楼拜在小说里就用得很多——就是作具体的情景描写,而不只是概括性的转述,后者就是所谓讲述或叙述。大家有没有注意到,现在的小说其实比较常用的手法是薄伽丘式的,这一点很有意思。网络小说似乎以叙述型居多,就拿对话来说,很少用直接引语加伴随动作和表情的写法,现在一般都不这么写了,标点符号也几乎只用两个,逗号和句号,但我

---

① 参〔美〕W. C. 布斯:《小说修辞学》,华明等译,北京大学出版社,1987年。

们都能读懂，而且还会感到轻松一点；相反，再读那种冒号加引号的很多直接引语的小说会觉得不习惯，甚至不耐烦。事实上，太多的直接引语是很考验技巧的，有的写作者害怕太多的这个说、那个说显得累赘，就把很多直接引语排列在一起，结果搞得读者有时候为了分清究竟是谁在说话还不得不专门去梳理一下，这就比较麻烦。这是有关当代小说写作的一个联想。我们还是说回薄伽丘。他的小说都是昆德拉所谓概括性的叙述，即讲述，但布斯认为，它在艺术上的难度其实并不比显示小，其艺术魅力和效果也并不比显示差。布斯认为两种手法只是不同，而没有高下之别，他列举了薄伽丘的两个故事来说明讲述手法的高明运用。但昆德拉可能不会同意布斯的观点，他会认为在薄伽丘的小说里现实太稀疏了，所以他说那是抽象小说的范例。讲到这里，我想到一个小说家，就是陀思妥耶夫斯基，我认为他在概括性叙述的部分才华横溢，而且姿态极其从容，甚至非常幽默，读起来有极大的快感，但是，他一旦进入显示的部分，即情景再现，似乎就变得笨拙起来。何以如此，值得揣摩。

昆德拉接下来提出，在薄伽丘之后的小说家用什么来解决这种抽象问题呢？用场面，戏剧性的场面。昆德拉的步子迈得比较大，一下子就到了十九世纪。他说，在司各特、巴尔扎克、陀氏那里，小说被结构为一连串精心描写的有布景、有对话、有情节的场面，而且一切与戏剧性没有关系的东西都被视为多余而剔除了，所以小说颇像一个丰富的剧本。注意这里的关键词，即"戏剧性"，这非常重要，昆德拉接下来还要对戏剧性开刀。但在他看来，戏剧性已经是对概括性叙述的一种超越,也就是说,进步了,毕竟我们在戏剧性里感受到的东西比在概括性里感受到的东西要多。戏剧性可以从两个方面去看,一是结构,一是修辞。先说结构,以巴尔扎克的《高老头》为例,我们完全可以把它改编成一部五幕剧。戏剧最重要的手法是集中,而集中是为了制造冲突。我们来看看《高老头》的集中手法。这其实是一部教育小说,虽然名称是《高老头》,但拉斯蒂涅才是主角,他的心路历程才是小说的主题:拉斯蒂涅通过对他所经历的人、事、物的观察,最后形成了一个什么样的心态。那么,巴尔扎克是如何使用最经济的手法集中呈现这个主题的?他安排了拉斯蒂涅的两处拜访,和苦役犯伏脱冷的对话,见证包赛昂夫人盛大的告别晚会,以及最终亲睹高老头的死亡,这一切走马灯式地在舞台上一幕幕地上演,不容间隙。从结构上,可以看到巴尔扎克绝不容许那些拖沓的、偶然的、可能让情节和主题偏离的东西出现,这就是所谓结构上的戏剧性。至于修辞上的戏剧性,我们可以看看他的对话描写,这些对话往往都是高度封闭的。比如在《驴皮记》里,得到驴皮的主人公和他以前暗恋的女子波莉娜再次奇迹般地相遇后,在后者的公寓里有一段对话,那是高度戏剧化、舞台化的一段对话,完全没有两个互生情愫但分离已久的青年男女重逢时所可能有的那种尴尬、扭捏、含蓄和节制。二人直奔主题,都是喊着说话,我粗略统计过,喊着说过至少不下十次。我们完全可以把那个房间看成一个封闭的舞台,似乎两位演员生怕底下的观众听不见他们说话,所以把嗓门提得很高。如果你是福楼拜小说的崇拜者,无论就结构还是修辞来说,你都会觉得巴尔扎克的手法非常拙劣,但巴尔扎克看重的就是这个东西:戏剧性,或者用亚里士多德的说法,即可能性真实,而不是所谓眼见的真实。这是巴尔扎克的手法,那么之后呢?昆德拉认为之后的小说又进了一步,走向福楼拜的日常真实。昆德拉提到了海明威。海明威在给福克纳的信里把福楼拜称为"我们最可敬的大师",认为是他使小说走出了戏剧性,关于这一点,我相信读过《包法利夫人》的读者都会有深刻印象。固然,《包法利夫人》不可能完全摆脱戏剧性,比如当福楼拜在小说的构思中把包法利夫人引向自杀结局的时候,我们可以设想他如何为这个自杀心理的养成一点点地做加法,而这就是戏剧性,所以从大的结构上讲,要说福楼拜摆脱了戏剧性恐怕并不成立。然而从福楼拜小说的修辞,也就是从具体的行文编织看,其质地呈现确实是高度日常化、绝对氛围感的。我们可以说还不够完美,但总体来讲那几乎就是对日常生活的复制。包括雷蒙德·卡佛的小说,它最大的特点,留给我们的最为深刻的印象,也是日常生活。所以对福楼拜的小说,暂不考虑其深层构造的话,至少从表面看,它就好像是从日常生活中这儿裁一块、那儿裁一块,最后把它缝起来一样,这是一个非常值得学习的结构手法。我们试图叙述一段非常复杂的经历(无论虚构还是现实)时,总会觉得千头万绪、难以下手,这个时候就可以学习福楼拜的手法,即选择那些最具代表性的、富有意味的场景,像电影剪辑那样把它们一帧帧地连缀起来就可以了;作为文字作品,还可以适当地加上一些叙述性的补充,让整个叙事看起来更加流畅合理,这是福楼拜给我们的启示。其实在我看来,他主要就是把巴尔扎克的可感性场景微观化了,并且褪去了后者的舞台味,在整体结构上并没有摆脱戏剧性,只不过不像巴尔扎克那么明显罢了。我在这里要强调的是，这只是二者之间的不同，并不意味着高下之别。巴尔扎克对自己的方式是非常自信的，我想，他即便有幸读到福楼拜的小说（他去世七年之后《包法利夫人》才问世），也不会觉得自己的方式有什么问题，在他看来，小说就得那样写。你们去看看巴尔扎克《人间喜剧》的前言，那是何等自信！他在前言里说，动物学家贝丰写了一部书讲全体动物，所以他也要写一部类似的书讲人类社会。最终他选择了法国社会作为他的写作对象，但体量如此巨大的对象该怎么去写呢？我们看看他的做法："法国社会将写它的历史，我只能当它的书记。编制恶习和德行的清册、搜集情欲的主要事实、刻画性格、选择社会的主要事件、结合几个本质相同的人的特点揉成典型人物，这样我也许能写出许多历史家没有想起写的那种历史，即风俗史。"[①] 我们可以看到，恩格斯后来在致玛·哈克奈斯的信里所说的经典现实主义观点——除细节的真实外，还要真实地再现典型环境中的典型人物——在巴尔扎克这里已经有相当清晰的表达了。

昆德拉认为，小说在福楼拜之后再进了一步，那就是意识流小说，在意识流小说里，时间中的"现在"的密度最大。他说：

> 抓住现在时间中的具体，这是自福楼拜起的持续的倾向，它给后来小说的演进打上了烙印：它后来找到它的顶

---

① 伍蠡甫等：《西方文艺理论名著选编》（中卷），北京大学出版社，1986年，第111页。

峰,一座真正的纪念碑,是在詹姆斯·乔伊斯的《尤利西斯》(ULYSSE)。此书在将近九百页中,描写了十八个小时的生活;布鲁姆(BLOOM)和麦格衣(M'COY)在街上停下来;一秒钟内,在两句相连接的对白中间,无数的事情发生了:布鲁姆的内心独白;他的姿式(手插在兜里,触到了一封情书的信封);他所看见的一切(一位太太登上一辆马车并让人看见她的大腿,等等);他所听见的一切;他所闻到的一切。现在时间的一秒钟在乔伊斯那里,变成了一个小小的无限。①

大家还可以联想其他一些意识流小说,像伍尔夫的《达洛卫夫人》、普鲁斯特的《追忆似水年华》,等等,都是这样的写作方式。在昆德拉看来,单位时间内所能够呈现的具体的"现在"分量越大、密度越高,小说质地就越优,他所担忧的就是小说对存在的简化和抽象,这就是他的不算特别严谨的文学史观。大家注意,意识流小说所诉诸的仍然是一种真实观。我们都知道,意识流小说描写的是人的意识屏幕上的印象,所以它其实还可以叫作印象派小说。从直观感受来讲,意识流小说和一般意义上的现实主义小说的差异实在是太大了,那么,它有没有背离我们一开始提出的"现实主义是对现实的模仿"这个现实主义的第一法则呢?至少昆德拉认为并没有背离,因为在意识流小说家的眼里,外在的现实不如内在的现实真实,所以

---

① 〔法〕米兰·昆德拉:《被背叛的遗嘱》,孟湄译,上海人民出版社,1995年,第120页。

模仿现实是要去模仿内在的而非外在的现实。对此,弗吉尼亚·伍尔夫在她著名的《现代小说》一文里有过非常经典的表达。针对那种"提供故事情节,提供喜剧、悲剧、爱情穿插,提供一幅真像那么回事的外表,像得足以保证一切都无懈可击"的传统小说,伍尔夫不以为然地说道:

> 向内心看看,生活似乎远非"如此"。仔细观察一个普通日子里一个普通人的头脑吧。头脑接受着千千万万个印象——细小的、奇异的、倏尔而逝的,或者是用锋利的钢刀刻下来的。这些印象来自四面八方,宛然一阵阵不断坠落的无数微尘;当它们降落,当它们构成星期一生活或者星期二生活的时候,着重点所在和从前不同了;要紧的关键换了地方;这一来,如果作家是个自由人而不是奴隶,如果他能写他想写的而不是他必须写的,如果他的作品能依据他的切身感受而不是依据老框框,结果就会没有情节,没有喜剧,没有悲剧,没有以成俗套的爱情穿插或是最终结局,也许没有一颗纽扣钉得够上邦德街裁缝的标准。生活并不是一连串左右对称的马车车灯,生活是一圈光晕,一个始终包围着我们的意识的半透明层。传达这变化万端,这尚欠认识尚欠探讨的根本精神,不管它的表现会多么脱离常规、错综复杂,而且如实传达,尽可能不羼入它本身之外的、非其固有的东西,难道不正是小说家的任务吗?①

---

① 崔道怡等:《"冰山"理论:对话与潜对话》(下册),工人出版社,1987年,第616—617页。

这段著名的表述可以说极其雄辩，我们恐怕是没法否认它的真理性的，这也就是伍尔夫的小说何以能够在读者中赢得极大共鸣的根本原因。我个人非常喜欢她的《达洛卫夫人》，在我看来，或许它是最好的也是最为成功的意识流小说，这和它使用第三人称的聪明策略也有关系，这是个值得探讨的话题，不过不宜在这里展开。此处的核心问题是如何定位现实。

　　昆德拉的这条小说发展线算是给出了一个角度，也就是计较单位时间中现实的密度，或者说存在的密度。这个角度不单纯是文学的角度，也是一个伦理的角度，值得重视。但要注意的是，它也的确只是一个角度、一种看法，无论从文学上还是伦理上讲都是如此。我们不妨联系奥尔巴赫的《摹仿论》来谈谈这个角度。《摹仿论》的副标题叫作"西方文学中现实的再现"，书中考察了很多作品，经常被人提及的是第一章《奥德修斯的伤疤》里比较《奥德赛》和《圣约·旧约》相关内容的例子。①

　　在《奥德赛》里，奥德修斯经十年漂泊终得返乡，但他还有事情要做，所以乔装打扮，没有暴露自己的真实身份，只是作为客人被他的妻子接待，但家中的老女仆欧律克勒亚在给他洗脚的时候从他脚上的伤疤认出了他。《模仿论》第一章《奥德修斯的伤疤》所要分析的就是这段内容。奥尔巴赫注意到，老女仆给奥德修斯洗脚这段叙述被七十多行诗句拦腰截断，中断前后各有大约四十行。中断描写出现在老女仆认出伤疤的紧

---

① 参〔德〕埃里希·奥尔巴赫：《摹仿论》，吴麟绶译，商务印书馆，2016年。

要关头，插入了对伤疤来历的叙述，那是年少的奥德修斯去看望外祖父时在一次猎猪中受的伤，插入部分还一并交代了与此相关的一系列事情。等这些事情都讲完以后，认出奥德修斯的老女仆才在惊喜中松开了手，让奥德修斯被抬起的那只脚掉进了水盆之中。对于这样的叙述方式，我们该如何理解呢？我记得我曾经谈到过《荷马史诗》在叙述上的高度成熟，我举的例子就是《伊利亚特》里阿喀琉斯和赫克托耳在特洛伊城前交战的时候，他们骑着战马前后追逐，跑到了一个护城河那样的地方，然后荷马笔锋一转，诗意地呈现了和平时期特洛伊妇女们在这里浣衣的情形。这种转换可以看成一种巧妙的穿插，它既可以缓解紧张的氛围，也能引起更大的悬念。但奥尔巴赫却不这样看，还说歌德和席勒也不这样认为。这是什么意思呢？他说荷马的叙述不是为了制造修辞效果，而是他认为要交代的任何一件事情，一旦提到就必须讲清楚。他的叙述永远处于前景，他讲什么事就是讲什么事，这个事不是为那个事服务的。因为提到了伤疤，怕你不明白，所以要给你讲讲它的来历。这是一种朴素的真实观，其意是说，在荷马的叙述中，没有一丝一毫遮遮掩掩、模糊不清的部分，你看到的就是全部。诗人海子曾经盛赞荷马，说荷马的世界是一个绝对透明的经验世界，完全满足于经验本身，没有任何意义的焦虑。海子非常敏锐，而他本身是一个有巨大焦虑的诗人。

奥尔巴赫说为了更好地领会荷马的风格，可以拿《旧约》里亚伯拉罕献祭以撒的叙述来作个对比。这件事在《圣经》里是这样开头的："这些事以后，神要试验亚伯拉罕，就呼叫他说：'亚伯拉罕！'他说：'我在这里。'"奥尔巴赫说，如果我们读了荷马再来看这个开头，就会感到震惊，因为按照荷马的标准，我们会问：这两个人置身何处？尤其是上帝，他要对亚伯拉罕说话，他从哪儿来的？说话时他们各自站在什么方位？等等细节一概没有交代，但奥尔巴赫却不认为这有什么问题。在《圣经》的世界里，看得见的世界并不那么重要，真正重要的是它背后的那个世界，即神意的世界，神意才是一切真实的源泉，所以无须在一件俗事的肌理上过多着墨、花费工夫。从奥尔巴赫的比较分析，我们可以看到，所谓真实或现实，其实是相对的，这取决于叙述者持一种什么样的世界观和价值观，要想找到一个通约所有时代的客观现实或真实是不可能的。

华莱士·马丁在《当代叙事学》里以"视为成规的现实主义"为题对此作了很好的论述。① 所谓成规，意指关于何为现实的那套观念，比如"事出有因"就是很典型的一个成规，它与作为时代（十九世纪）概念的现实主义密切相关，其意是说：你不能单纯孤立地讲一件事情，你必须讲出它的前因后果，不然它就不是真正的现实。华莱士·马丁提到，那些被视为非现实主义的文学流派为自己进行辩护时一般采取两种方式，其中一种与此相关。第一种：我们并不反对模仿现实，但你不能反对我们可以有自己的理想。第二种，直捣龙门：你说你在模仿现实，但其实你的那个现实也不够现实，只是一个加了引号的现实，穿着各种成规衣衫的现实。不得不说，这几乎无法反驳。你能说，你口中所谓的现实可以脱离你的主观性，

---

① 参〔美〕华莱士·马丁：《当代叙事学》，伍晓明译，北京大学出版社，2005年。

脱离意义，脱离视角吗？自然不能。就像詹姆逊所说的，历史没有原本，历史只能以文本的形式接近我们。① 桑塔格也讲，什么不是在头脑里？我们的世界本来就是一个人工的世界，没有主观性的参与，就不成其为世界。但这样一来，那个所谓"客观的现实"就崩塌了，不成立了。

"事出有因"的确是现实主义的最大成规。因为事出有因，所以在叙事里要排挤掉那些偶然的不可解释的事件。我们可以就此来比较一下流浪汉小说和后来那些所谓成熟的戏剧性小说。流浪汉小说里一个很大的问题就是很多事情没有得到有效的阐释，也就是说这些事情没有在整个事件的有机链条中发挥它们的作用，流浪汉的行为就像烤串一样被串在一起，相互之间没什么有机关联，这就不能叫事出有因。你不能说你去趟图书馆，一路上遇见的所有事物相互之间都是有关联的，因为它们都被你看见了，因为你穿越了那个空间。事出有因是说，你遭遇的事情之间有一个内在的线索或者主题，它们环环相扣，形成一个事件之链。十八世纪英国小说家菲尔丁的《汤姆·琼斯》之所以被人盛赞，就是因为在事出有因方面做到了在当时那个文学史阶段的极致，小说中没有任何一个人物被浪费，没有任何一个事件不在后来的进程中发挥作用。到了巴尔扎克那里，这种事出有因的叙述更是发展到一个新的高度。如果你接受这个标准，你就会认为昆德拉所看重的单位时间中"现在"的密度没什么了不起，甚至非但不是进步，反而是一种退化。

---

① 参〔美〕弗雷德里克·詹姆逊：《政治无意识》，王逢振等译，中国社会科学出版社，1999年，第26页。

事实上，被称为二十世纪四大批评家之一的卢卡契就与昆德拉的观念完全不同。他在著名的《叙述与描写》一文中就高度称赞巴尔扎克型的小说，昆德拉所认可的那类小说（无论是福楼拜、左拉还是意识流）则遭到他的极力贬低，被他称为"肤浅的浮世绘"，意思是说这类小说不过是一些表面印象的堆积，没有为我们揭示隐藏其后的深层机制，也就是事出无因。① 对卢卡契来说，只有整体性的东西才能被称为现实，从这点来看，黑格尔对他的影响很大，追溯得更远一些的话，这属于斯宾诺莎的观念。黑格尔曾经说过，每一个哲学家都应该是斯宾诺莎主义者，其意即在于此。②

正如我们说昆德拉的线索只是一个角度、一种观点一样，卢卡契的论述同样也只是一个角度、一种观点，没有谁比谁更接近真理，皆属一种现实主义的成规。韦勒克在《近代文学批评史》里用了大量篇幅来阐释他的总体论的现实主义文学观，那卢卡契又是基于什么来界定他所说的作为总体的现实呢？我们知道这个总体论是在他的《历史与阶级意识》里提出来的，有人认为他是想借此纠正马克思主义的经济决定论原则，把意识形态的、文化的诸种因素纳入整体的运作机制。卢卡契有没有这样的意图呢？肯定是有的。但卢卡契后来又否认了他对马克思的批评，这当中可能会有一些特定处境下纯粹政治因素的考量，这里不去管它，就拿马克思主义文学批评本身来

---

① 参《卢卡契文学论文集》（一），中国社会科学出版社，1980年，第38—86页。
② 参〔德〕黑格尔：《哲学史讲演录》（第四卷），贺麟等译，商务印书馆，1997年，第101页。

讲,它的确是一种总体论的文学观,其终极底牌乃历史唯物主义,即生产力决定生产关系,经济基础决定上层建筑,它要求所有的现象都必须在这个总体的框架中得到阐释,否则都只是抱残守缺,见木不见林。这种总体的社会观、历史观,我们称之为社会科学。马克思的理论可谓社会科学的最后一座高峰。为什么这样讲呢?因为在马克思之后,我们再难找到一个人,像他那么自信地基于一个居于山巅的总体原则来对整个世界进行无所不包的阐释。在马克思之前有过一个类似的粗糙版本,那就是孟德斯鸠的《法意》,或曰《论法的精神》。这种社会科学的观念是受牛顿力学启发的产物。牛顿力学的万有引力定律,用康德有些夸张的话来说是"为自然立法",也就是说发现了支配整个宇宙的定律,这就启发了十八世纪的那些思想家:有没有可能在历史的领域里也找到一个类似于万有引力定律这样的法则来解释整个历史的生成呢?这就是社会科学诞生的动机。

卢卡契在《问题在于现实主义》一文中对马克思主义的总体文学观有相当经典的阐释,而这种文学观在批评方法上也有它的一套操作策略,卢卡契本人以及后来的一系列西方马克思主义批评家在这方面贡献了极其丰富的文献。在我看来,作为马克思主义文学批评方法的总体化策略大致可以分为三个环节,当然,这三个环节并不截然分开,而是侧重点各有不同。我们设想一下,要把一个文本置入它产生于其中的总体现实,需要经历哪些步骤?最容易想到的做法是把它看成作者之心意和观念的表达,也就是把它归入作者的生命整体中去,这是一种常见的做法——知人论世,我们称之为传记批评。但从总体的文学观来看，把一部作品归结于作者的心意及其生活历史，仍然不够，因为这个人还处于和其他人的关系当中，尤其是与他所属的群体即阶层和集体有密切的关系，所以我们还必须用他所属的阶层或集体意识来阐释他的个人情感和思想观念，这样就把他作为个人的整体置入了他所属的阶层或集体之中。这方面一个经典的批评实践就是吕西安·戈德曼的《隐蔽的上帝》。他在书中对拉辛的戏剧作了雄辩的考察，按照编年顺序，将其一一对应于拉辛的生活历史和法国当时的社会状况，最终以拉辛所属的社会集团即冉森教派的观念对它们进行了主题演变的阐释。你可能觉得这很有点庸俗社会学机械决定论的味道，但不得不说其分析很有说服力，甚至让人有叹为观止之感。这是第二个环节，即阶层或集体意识批评，但从总体论的文学观来看仍然不够，因为一个阶层或集体还会和其他的阶层或集体发生互动，这种互动内在于整体的历史运动之中，所以还需要一个更大的视角，才能让总体化达到令人满意的地步。那么这个更大的视角是什么呢？其实就是"历史"这个被詹姆逊视为终极的视角。在这个所谓终极的视角里，文本又被视为文化革命的表达。那么什么又是文化革命呢？就是一个历史阶段里同时并存的各种生产方式之间的斗争。这些并存的生产方式会带着它们各自关联的意识形态和思想观念进行较量，而文本就是这些较量过程和结果的表征。这是詹姆逊在他的《政治无意识》一书里所阐述的思路，这里讲得非常概略，所以可能会比较晦涩。詹姆逊在书中不仅有大量的理论表述，而且还结合巴尔扎克、乔治·吉辛和康拉德的小说作了具体的批评演示，值得认真研读。

以上是我就总体论这个现实主义的主要成规所作的一些分析，它从文学理念到批评方法都有一整套东西，然而，仅停留在文学这个层面上还不能真正认识到它的意义。我们所熟悉的西方马克思主义一众理论家，从卢卡契到法兰克福学派，再到新一代的伊格尔顿、詹姆逊这些人，其实都不是单纯的文学理论家，他们脑子里最为关心的其实主要是政治问题。比如伊格尔顿，他虽然主要在文学和美学领域写作，但政治关切跃然纸上。詹姆逊同样如此，他批判解读现代主义和后现代文化，最终目的是要获得对这个时代的"认知图绘"，而这个"认知图绘"其实就是卢卡契念兹在兹的无产阶级总体意识的当代版本。对卢卡契来说，只有他所谓"伟大的现实主义"文学方能体现他所追求的总体意识，而总体意识的养成则有助于克服资本主义生产方式所带来的社会生活的全面物化。可以说，这样一种政治和伦理的关切是马克思主义关于现实主义的一切论述的核心，只不过在哈贝马斯看来，卢卡契在这个问题上犯了一个马克思可能会犯但终究避免了的致命错误，即"他把实践化又一次理论化了，并且把它想象成哲学在革命中的实现"。这是什么意思呢？用通俗一点的话来讲就是，卢卡契认为，可以通过拥有总体意识（无产阶级意识）的特殊阶层（无产阶级）来重铸社会的结构以克服历史的异化。但哈贝马斯认为这是错误的诉求，因为在他看来，任何一个主体（无论是个体还是阶级）都不可能拥有这样的总体意识，所以历史异化的克服只能寄望于多元主体之间基于规范正义的交往行为。

　　通过以上这些探讨，我们会发现"现实主义"这个概念是非常复杂的，即便是坚持现实主义特指一种模仿的文学观这样一个基本的法则，内涵同样复杂多变，难以定于一尊，而以上关于现实主义之成规的分析，则可能让我们对现实之为现实的内涵感到更加难以把握。但我们不必为此苦恼，因为现实无他，现实即存在，而我们每个人对存在的理解和领会都是独特的，不可替代的，不可能有一个通货一样的存在等在那里为我们所拥有。所以不可能有一种精确再现现实的文学，也不应该有一种寻求客观真理的现实主义观念，在某种意义上，那可能只是一种疾病，一种严重的内在匮乏症。

《色情史》：为"能量的无用消耗"辩护

刚才几位同学给我们作的报告，他们没有按照本书章节的顺序介绍内容，而是根据色情的双重运动，也就是从脱离自然到回归自然这一逻辑线索进行了梳理。这样讲可能会让大家感到很抽象，尽管他们讲述了不少细节，也引用了巴塔耶的许多原话。接下来我将按照我的理解再为大家把这本书的思路理一下，当然，有可能我会讲得更加抽象。

报告开始前我说巴塔耶堪称最富原创性的思想家之一，那么这个原创性体现在什么地方呢？如果简化一点理解，不妨从这个问题入手，即巴塔耶如何应对现代性危机。对此，哈贝马斯在他的《现代性的哲学话语》第八章讲巴塔耶时有过概括，他把巴塔耶和海德格尔相提并论，说过这样一句话："巴塔耶和海德格尔一样，致力于打破现代性的牢笼，打破西方理性的封闭空间，尽管它在世界历史范围内取得了巨大的胜利。"[①]这话不难理解。这学期的课程，从霍克海默和阿多诺的《启蒙

---

① 〔德〕于尔根·哈贝马斯：《现代性的哲学话语》，曹卫东等译，译林出版社，2004年，第249页。

辩证法》，到现在，一直都在瞄准一个视野，即现代西方理性所带来的危机，以及如何从这种危机中走出来。巴塔耶也属于这个大视野，但关键是如何从这个大的视野来切入他的思想的独特性。这种独特性必须由他的文本来说明。我们暂且回到上一次课的马尔库塞，我抛开他的《爱欲与文明》分析过一个东西，即那个爱欲，它究竟是什么；我也谈到过爱欲这个范畴在马尔库塞书中的界定可以说是相当混乱；我们还探讨了两个概念或一对范畴，即生本能和死本能。我们发现马尔库塞所讲的那个爱欲的很多含义，其实恰恰是我们称之为死本能的那些东西。我为什么要提这个呢？因为它和巴塔耶对色情的强调有很大关系。在巴塔耶所说的色情里，爱欲的死本能倾向表现得更为明显。实际上我们可以这样讲，如果马尔库塞认为文明的发展史是一个压抑爱欲的历史，而这个爱欲在某种不严格的意义上被我们等同为死本能的话，那么在巴塔耶看来，文明的发展史就是一个压抑和排斥色情（死本能）领域的历史。所以可以认为，巴塔耶和马尔库塞一样，都持价值预设向下的现代性批判，但需要具体弄清的是，他所强调的色情领域，相对于他认为存在问题和缺陷的文明，其价值是如何得到说明和辩护的。我们还是借助哈贝马斯的思路来理解。哈贝马斯在文章里首先谈到了巴塔耶的一个好友——莱里斯，这人说巴塔耶有一个理想，这个理想就是"成为一个不可思议的人"。说得很玄妙，或许这样讲更清楚一些，就是如何成为一个真正的人，这是巴塔耶的一个理想。他谈到所谓人的自主，瞄准如何成为一个真正的人这样一个目标。那么如何才能达到这个目标呢？他的朋友是这样讲的：巴塔耶意识到，"人只有在这种没有标准的状态下找到自己的标准,才会真正成人。只有当他到达这样的境界,即在狄奥尼索斯的迷狂中让上下合一,消除整体与虚无的距离,他才成为一个不可思议的人"①。

我们接下来好好理解一下这里所谓真正成人,以及巴塔耶在他的著作中提到的总体性究竟是什么意思。画一个不一定恰当的示意图:

比如说,这个就是曾经一团的混沌。几乎在所有创世神话中,都有一个关于混沌状态的环节。中国神话里讲盘古开天地;《圣经》里讲一开始是渊面混沌,有灵飘于其上,然后是上帝说要有光才有了光,以及天与地的分离,等等。所有神话都讲要从这个混沌中分离出东西来,这就是霍克海默和阿多诺所讲的启蒙。启蒙的含义,我们都知道就是照亮,是从混沌中脱颖而出的照亮。所以在神话里是有理性之光的。在霍克海默和阿多诺那里,神话这种启蒙进一步发展为史诗、哲学,哲学后来又分了很多个阶段,出现比如逻辑实证主义这个高级形态,这个过程实现的是对曾经难以把握的神秘混沌的最为简括的掌握。这就是理性的启蒙之光所做到的事情,也就是服务于认知功能。虽然我们去看史诗和哲学本身也还有其他丰富的层面,不可能完全是认知,但从大的线条上可以这样说。然后是实践形态的(当然认知本身也是一种实践),比如技术、科学,

---

① 〔德〕于尔根·哈贝马斯:《现代性的哲学话语》,前引书,第247页。

还有道德、政治，这一切通通都属于理性世界。现代的思想家，从尼采开始，或者说更早一些，有一个明显的觉醒，即意识到这个理性世界是乏味的，这个理性世界之所以如此发达，是因为它实际上建立在对生命的敌视之上。问题就在于，我们可能会反问，这样的一些形式，认知的、技术的、道德的、政治的，种种实践，难道它们不同样是一种生命的形式吗？为什么它是对生命的敌视呢？这个"敌视"说的是生命的某一部分对另一部分的敌视，或者说是对另一部分的遗忘。所有这些现代性的拯救方案，要做的一件事情就是，把被敌视、被遗忘的那一部分给找回来，要有一种重新回到当初那种混沌的力量。圆圈中上升的箭头可以说是生本能，往下的箭头可以叫作死本能，而巴塔耶所讲的总体就包括这全部。

"总体"这个词，在西方思想里是一个非常关键的词，尤其是黑格尔的哲学，最爱讲总（整）体、全体，等等，但它不是巴塔耶的总体。黑格尔的总体、《启蒙辩证法》里的总体，基本上只包括理性世界，其特点是排斥一切不能被理性之光照亮的东西。黑格尔的总（整）体观喜欢讲对立面的转化，也就是辩证法。我们一开始可能看到某些东西是对理性的悖反，但最后却发现它是服务于理性的，这就是黑格尔所谓"理性的狡计"，就是说有些事情看起来是违背理性的，但是用总体理性的眼光看，它又是符合理性、为理性服务的。通过辩证法，所有异质、多样的因素被编织进一个系统的具有某种逻辑贯穿的总体，这也就是启蒙辩证法的含义。辩证法是什么意思？就是把部分纳入整体。霍克海默和阿多诺批判启蒙辩证法，就是批判它把一切异质多样的不可化约的东西编织进启蒙之光所照亮的那个总体里去。但是巴塔耶的总体不是这样的。他一开始就谈到了距离和对立。他开篇谈到阶层的对立，也就是类属意义上的人的阶层之间的对立，是如此之明显，用他举的例子——盗贼阶层和加尔莫罗修道院来讲，我们在修道院里看见那些献身信仰的圣徒，但同时我们还知道那些罪大恶极的盗贼，两者同属人类，却形成一种极端的对立。另一方面他认为，即便是一个个体的内部，同样存在这样一种对立。如他所说，与家人在一起，这个人是善良的天使，但当夜晚来临，他便沉溺于荒淫。这些例子举得很有意思。所以你看巴塔耶的这个总体不是辩证的总体，而是充满了距离和对立的总体。

为什么色情会表现为两个运动？上升的运动，理性在混沌中苏醒，开疆拓土，从神话开始，逐渐地发展、开花，到现在如此丰富、林林总总的理性世界，实际上是伴随着一系列的禁忌的。这个禁忌服务于什么呢？服务于巴塔耶所讲的生产性、有用性，也就是说，我们所做的一切事情，都服务于某个目的，在这样一个朝着有用目的的操作过程中，凡是不符合这种有用目的的都会被排斥，也就是遭到禁忌。下降的运动也就是违反禁忌的运动，它的目标正是那个被排挤、被忽视乃至被敌视的领域（自然）。为什么要有这两个运动呢？因为色情不等同于兽欲。巴塔耶讲，没有禁忌，也就没有色情；动物的兽欲是完全无意识的本能反应，而色情是一个辩证运动——先有禁忌和界限的设立，然后有对禁忌和界限的违反与超越。所以要看到，巴塔耶不是单纯地主张回到原始这么简单，现代主义运动中有一种原始主义倾向，但巴塔耶不是。他并没有说色情领域、被理性排斥的那个领域是唯一的真理领域，而是说我们在维持一个理性世界的同时，要让生命和文明向着被理性排挤的神圣领域敞开，这个双向运动才构成整个色情的世界。这是巴塔耶的主张和其他的现代性诉求很不一样的地方。大家有没有意识到他和马尔库塞的差别在哪里呢？马尔库塞始终想把被理性排斥的东西、巴塔耶试图敞开的那个神圣领域里面的陌生化的东西纳入理性世界，比如他设想一种非压抑性的文明存在的可能性。所以马尔库塞是相信辩证法的，但巴塔耶不相信，这就是巴塔耶具有原创性的地方。

巴塔耶和海德格尔也不一样。海德格尔猛烈批判技术世界所带来的异化，认为技术把我们从大地上连根拔起，而他的诗性超越的方案，反过来也要把技术的那一维完全斩断。我认为其方案不具备实际操作的可能性，最多构成一个现代性批判的价值视角。马尔库塞的方案有没有可行性呢？我认为操作空间也不大，他设想的那种非压抑性的文明，如果是一个整体性愿景的话，我觉得永远都不可能出现。虽然现在有人讲消费社会的解分化的可能性，比如我们学院的吴兴明老师，对这个问题有非常深入的思考和研究，但在我看来，解分化的程度始终是有限的。举个例子，你做房地产开发，本来是一个纯求利的经济行为，但因为你吸纳了好的设计，结果你不仅赢得了可观的经济效益，收获了良好的社会评价，还提供了非常高级的审美呈现，这就是解分化，在这里，实用的、伦理的、审美的诉求都得到了相对完美的满足。这的确是未来产业的方向，也是说设计是未来社会最强大的生产力的原因。但我们要看到，这始终只能是局部的解分化，就整个社会而言，一方面，我们不得不进行强制性的劳动，以维持我们的肉体和精神的再生产；另一方面，在强制性劳动之余，我们尽可能地享受闲暇和自由游戏。这就是阿多诺所讲的职业生命和个人生命的险恶式分割。我认为人类文明不太可能克服这个分割，虽然我对消费社会的解分化的可能性充满了期许。在这个意义上，我们可以说马尔库塞的非压抑性文明的方案并不可行，如果它是就整体文明而言的话。

巴塔耶有没有提出他的现代性方案呢？这就要涉及他的一个学说，叫作普通经济学。普通经济学和我们熟悉的经济学的差别在哪儿呢？巴塔耶说后者是纯粹瞄准生产目的的经济学。然后他考察资本主义社会的生产机制，发现了一个令人瞩目的现象（其实我们也知道），即生产的东西远远超过我们的需求。这个不难理解，马克思就对资本主义生产的过剩现象作过深刻的分析。我们知道，资本主义之所以是资本主义，就在于过剩的这样一些资源必须被不断地投入生产的再循环之中，以积累更多的财富，否则它就不叫资本。巴塔耶不满的就是这个东西，他认为这会进一步带来更多的过剩，这么多的过剩如果不消耗，就一定会出问题。所以他就换了一个视角，即普通经济学的视角，来思考经济中的过剩现象，其哲学基础是生命有机体或整个宇宙的能量守恒。这是一个很有意思的理论，其意是说，如果把整个宇宙看成是一个生命体的话，你不断地生产就是在不断地消耗它的生命力，而这样一个不断被消耗的生命体是需要补充营养的。这个营养从哪儿来呢？巴塔耶认为，就是那些过剩的资源，必须用它来弥补这样一个被不断耗损的生命基础。整个宇宙要有一个生命的平衡状态，也就是巴塔耶所说的能量守恒。但问题在于，我们如果只是限于目前这种狭隘的经济学视野，就不会把过剩的资源用来补充被耗损的生命基础，然后就越积越多，越积越多，到最后不得不以毁灭性的方式来消耗它，即战争。他这个解释很有意思，由此他认为，应该建立一种耗费的经济学。他在书里讲奢侈，讲赠礼，讲节日，讲早期的献祭，这些都是普通经济学所肯定的消费方式，因为它们都不着眼于生产，而在狭隘的经济学视野中，这些消费方式都是遭到禁忌的。

至此我们想想，巴塔耶的现代性方案有没有可行性呢？我们不妨结合消费社会的问题作一些思考。现在有很多人对消费社会充满了忧虑，前些年去世的理论大家波德里亚就是最为突出的一个代表。在他看来，我们的社会落入了一个没有止境的符号消费的陷阱，这是非常危险的状况，但以巴塔耶的普通经济学眼光来看，整个社会的生活出现一种对奢侈的热衷和浪费的追求，恰恰是一个好的现象，因为它是纯粹生命力的耗散游戏，是对神圣的色情领域的致敬和开放。当然，你可以说人们越是追求奢侈，生产商就赚得越多，但这只是狭义经济学眼光的观察方式，如果从普通经济学的视野来看，它就是对已经被有用性耗损得太过严重的生命基础的必要弥补。

除了奢侈、节日和赠礼一类日常生活中的耗费形式，巴塔耶最关注的是性这个特别的领域。他为什么要来专门谈论性领域的色情？其实色情在他那里不只是性领域的事情，还包括所有不符合有用性和目的性的耗散行为。在这个领域，他的有些观点和列举的例子可能会挑战一般人的道德底线。萨德侯爵必然是他不会放过的人物。有一本中文名叫作《萨德大传》的书，大家有兴趣的话不妨找来看一下，我相信会极大地冲击和扩大你对人性的认识。① 巴塔耶在《色情史》中以萨德为例阐述色情领域的追求。我们回到书中的一些细节，看看在萨德这个地方要讲什么，重点关注书的第六部分《色情的组成形式》中第二节《神圣的爱》和第三节《无限的色情》。在第二节开始，他讲"极端色情的两个方向"，一是性虐狂，一是所谓神圣的爱。什么是性虐狂？巴塔耶能谈出什么新东西？我们来看他的表述："其中一种方式（也就是性虐狂）扩展了色情，色情拒绝异己的东西进入；这种方式从根本上与性伙伴的不安对立，这种不安将消耗限制在可以忍受的过度的范围内，无论客体还是主体都有力量承受这种过度。"② 这是什么意思呢？关键是理解"不安"二字的含义。性伙伴为什么感到不安？其实就是沉迷。沉迷是一种快感，但又令人恐惧，这就是巴塔耶所讲的恐惧和诱惑的辩证法。任何沉迷都是这样一体两面的，它将人抛入一种自己无法把控的非理性状态，恐惧即由此而生。为什么恐惧？为什么不安？其实就是因为这样一种心理：我如此不加节制地陷于耗散，会不会带来危害，比如从医学上来讲，身体会不会出问题，从精神上来讲，是不是太过堕落，等等。然而，性虐狂不这样看问题。它要求无限的能量，这种能量不在任何事物面前退缩，也从不虑及后患。所以性虐狂和不安形成对立，实际上就是和性的限制形成对立，这种限制来自对性的有用性的焦虑。性虐狂是一种把性从生产的渠道中拽出

---

① 〔法〕莫里斯·勒韦尔：《萨德大传》，郑达华、徐宁燕译，中国社会科学出版社，2002年。
② 〔法〕乔治·巴塔耶：《色情史》，刘晖译，商务印书馆，2003年，第142页。

来的行为。为什么性还会进入生产的渠道？这个大家都很明白：婚姻，就是把性纳入生产渠道的方式。

极端色情的另一个方向就是所谓神圣的爱。这听起来不太好理解，为什么一个人对上帝或耶稣的神圣的爱也是一种极端的色情呢？巴塔耶是这样解释的：

> 我知道神秘主义者在他们的感性流露中只消耗表面看来极其微弱的能量，但是，如果我们相信他们的话我们就错了。他们的生活其实是热烈的，他们在消耗生命。这些神秘主义者肯定在他们的感性流露中，吸取了支持他们的一切能量，而这些能量是别人的劳动带给他们的。他们的禁欲无法被视为一种增长的模式。这是消耗的一种特殊形式。在这种形式中，沦为乌有的获取赋予自身的消耗一种极端的意义。①

不得不说，这个解释是极富洞见的。所以我们可以看到，性虐狂和所谓神圣的爱都有一个共同点，即对自身能量的绝对消耗，而这种消耗并不有利于生产。巴塔耶如此强调消耗的意义，无非就是为了一个目的——把人类的活动，生命的状态，从那个单纯的生产渠道里拽出来。极端色情的两个方向，一个向上，一个向下，但共同点都是绝对的消耗。我想起有一天看《锵锵三人行》里讲王小波，许子东有一个很有意思的说法，他说王小波和他那个时代其他的小说家不一样，其他人都在想

---

① 〔法〕乔治·巴塔耶：《色情史》，前引书，第145页。

如何处理一些重大的社会历史或是传统文化的问题，想法很大，但王小波不同，他酝酿了好多年，花好大力气写出来的一部小说《黄金时代》，却只写了两个"厚颜无耻"地沉浸于性爱中的人。对此，许子东说从这里面能看出一种清洁精神。这听起来是一个很奇怪的说法，许子东未作解释，其他两人听得也是一头雾水。可能在一般人看来，如此形而下的沉迷行为有什么清洁可言呢？但如果以巴塔耶的眼光来看，这个"清洁"的说法就很精辟，很准确。何来清洁？就在于只为沉迷而沉迷，不与任何有用的、有意义的东西发生关联，这就是清洁。我们可以说，巴塔耶所讲的极端色情的两个方向也是一种清洁精神。

接下来我们看第六部分的第三节《无限的色情》。先看第一小节"上帝的功利性，神秘主义者经验的局限"。我认为这一节非常精辟。它讲什么呢？神秘主义者把一切都投射给他们所崇拜的一个对象，最终使得他们表面上的消耗行为转变为一种功利行为。他这样讲："神秘主义者为爱的没有节制的消耗提供的对象本身也加入到这个与获取对立的世界中：这个对象接受的几乎不是对形式和习俗的不存在的单纯否定，恰恰相反，是一个国家上帝的主要定义：他是创造者，真正的世界和秩序的担保人，他是功利性的突出代表。"① 如果整个世界有大家所认为的那样一个创始者、主宰者，然后大家把所有的崇拜都投射给他，那么在巴塔耶看来，这恰恰就是功利主义的典型表现。神秘主义者的投射经验仍然是有局限的，它符合功利

---

① 〔法〕乔治·巴塔耶：《色情史》，前引书，第147页。

模式。他这个话讲得很精辟:"完美的存在与神秘主义经验的真实的对立,不亚于与色情经验的真实的对立"①,也就是说,色情经验的体验里是不应该有完美存在的,有这种完美的存在就一定有满足和符合,而但凡涉及满足与符合就有功利性。紧接着,他在第二小节里讲,要从性结合的和谐中摆脱出来,以抵达彻底的孤独。为什么要摆脱和谐?因为和谐里就有相互的满足,就是一种完美,亦即功利主义。为什么要孤独?因为只有在孤独中才能摆脱功利主义。巴塔耶借用布朗肖的话说,萨德的道德建立在绝对孤独的首要现实之上,其含义是:"行为的第一法则,就是我喜欢对我产生完美影响的东西,我把那些在我看来会对别人产生不利的东西视为乌有。"② 这就是说,我不要和谐,我只管我自己的满足,伦理在这里遭到了蔑视,而这种纯粹自身的满足,当然也是绝对的孤独了。

然而有意思的是,这种纯粹自身的满足在巴塔耶看来也不够彻底,因为只要有满足就意味着功利主义。所以,狂喜和激情不是色情的最高级,色情的最高级是绝对的淡漠。但问题就在于,就像哈贝马斯所指出的(当然他讲得没有这么明确),巴塔耶如此强调对满足的规避,尤其是当他走到绝对冷漠这一步的时候,就表明他所要的不过是一种自我指涉,然而自我指涉也是一种目的模式。或许只有一种情形可以摆脱自我指涉,即在投入中完全忘我,但这样一来,完全消弭的自我就进入纯粹死本能的状态了,这又不符合巴塔耶所强调的充满了对立和

---

① 〔法〕乔治·巴塔耶:《色情史》,前引书,第 147 页。
② 〔法〕乔治·巴塔耶:《色情史》,前引书,第 149 页。

距离的总体模式。所以在这里，巴塔耶遇到了一个黑格尔哲学的命题，即辩证法，其意是说，我既要保持对那个神圣领域的绝对投射，但又不能被它完全吞噬，还得有一个自我矗立在那儿。如何做到？这是巴塔耶的理论难题。他讲黑格尔对他的影响很大，看来确实是有原因的。

最后我们把巴塔耶和尼采作个比较，可能有点意思。我们知道尼采肯定了两种生命状态，即日神精神和酒神精神，前者在幻象中安顿生命，后者在勘破幻象的前提下仍然迷狂地坚持它，也就是巴塔耶所梦想的在酒神式的迷狂中把上和下都结合在一起，在这个意义上，悲剧乃最高级的艺术。尼采以对生命力的提升与否来判断价值的高低。为什么个体的毁灭会带来更大的快感？是因为小的生命回到了更大的生命中。尼采在早期似乎更强调这种从小生命回到大生命的无所畏惧，越是敢于打破个体的幻觉，回到大生命的深渊状态，就越是为他所看重。但他后期提出了一个"永恒轮回"的学说，即认为这个世界是永恒轮回的。他是什么意思呢？德勒兹给出的一个理解模式是，就像掷骰子，每一次扔的点数都不可预期，但最终来看，扔来扔去都逃不过一些必然的组合，所以世界总体上是循环的。如果我们接受德勒兹的这个解释，就可以说尼采仍然提供了一种形而上学，就像牛顿用万有引力来解释宇宙的运转一样，我们也可以说尼采用组合循环的方式解释了宇宙的进程。那么这意味着什么呢？意味着没有不可控的深渊状态，也意味着尼采终究没有走出形而上学。我认为巴塔耶的问题与尼采类似，他一方面强调向神圣的色情领域的投射（对应尼采强调小生命向大生命的回归），另一方面又生怕陷入各种隐蔽的功利主义而主张一种绝对的冷漠（对应尼采以永恒轮回观显现出的掌控意志），由此形成不可汇聚的两极。这是一件很吊诡的事情，它意味着，或许巴塔耶自己都没有意识到，他要竭力逃避的那个理性自我，仍然在他自以为人迹罕至的冒险之途上等待着他。

以上就是我为大家作的梳理和提示，无法面面俱到，仅就一些关键的地方谈了一下我的理解和看法。说实话，要完全读懂这本书非常困难，它的内容也完全不是"色情史"这个书名向我们暗示的东西。一位女性学者曾经告诉我，当年她做学生的时候在图书馆里看这本书，不经意间让一位男同学看见了书名，搞得人家对她侧目而视，而她也莫名其妙地觉得有点不好意思。其实，那位男同学被这个书名欺骗了。我想，我们大家一开始也都被这个书名欺骗了。然而，至少对我来说，这是一次愉快的被骗，尽管阅读过程相当艰难。如果有些同学还没有读过这本书，那不妨去读一下，看看是不是和我有同样的感受。

《论害羞与羞感》：颠覆"价值的颠覆"

为什么要讲舍勒？大家第一次读《论害羞与羞感》的时候，正如有同学所说的会有一种陌生化的感觉，你会想，他为什么要写这样一篇文章。我记得我第一次读的时候也觉得很诧异，从文笔到思维方式，它都令我耳目一新。后来是因为接触到现代性批判的一些问题，我才意识到舍勒的重要性。我们比较熟悉的现代性批判理论，从马克思主义到法兰克福学派，再到时下的诸种文化批评理论，对现代性的批判都有一个大致趋同的价值预设，即对身体感性的肯定。马克思对异化的批判，霍克海默、阿多诺对理性殖民感性的批判，马尔库塞对爱欲的批判，福柯对权力的批判，德勒兹、瓜塔里对理性的批判，纠缠的都是一个问题，即对人的遗忘，其具体含义是说，文明的现代性就是对人的爱欲即身体快感的抹灭。我把这个倾向概括为价值向下的预设，即对居于存在之链下端的身体、感性和力比多冲动这些东西的肯定和强调。在国内，除了刘小枫以外，很少有人注意到舍勒在现代性批判中的一个反向的诉求，我把它称为价值向上的预设。舍勒看到的恰恰是现代性里面他认为很负面的现象，比如怨恨的心理，表现为中产阶级的锱铢必较，对量超越于质的追求，纯粹的功利，等等。一般的现代性批判更多着眼于现代性对感性和欲望的压抑乃至阉割，而在舍勒看来，这些东西其实已经很泛滥了，应该引入一个相反的维度来抑制它，也就是取一个反向的批判，这就是我要讲舍勒的原因。当然，现代性批判除了向上、向下这两个维度以外，还有一个跳出来的维度，比如哈贝马斯，在适当的时候我们可以将他引入。

在这个意义上来讨论舍勒还需要提到一个相关的国内思想背景，即从一九九三年开始一直持续到九十年代后期的中国思想界关于人文精神的大讨论。我给大家推荐过陶东风先生的《社会转型与当代知识分子》，在书里陶先生对人文精神大讨论作了一个回顾，对相关问题进行了梳理，最后有他自己的一个评价。① 我认为他的论述相当重要，书中涉及的问题也极有现实意义。为什么要提到人文精神大讨论？人文精神大讨论有一个情绪背景，就是国内有一些作家和知识人认为，中国社会自一九九二年经济建设大幅度提速以后出现了一些很负面的东西，比如道德滑坡啊，物欲横流啊，性欲泛滥啊，等等，这一类他们统称为人文精神失落的现象，也是舍勒所忧心的那些现象，而且与舍勒一样，他们也诉求于一个反向的运动，即他们所谓的人文精神。但值得关注的是，这个人文精神的大讨论后来并没有延续下去，这或许跟文化批评理论的大量涌入有很大关系，这些理论资源占有了讨论的空间，对原有的讨论取向形

---

① 参陶东风：《社会转型与当代知识分子》，上海三联书店，1999年，第四章《人文精神与世俗精神》。

成了压制。实际上，如果要对人文精神大讨论中的"人文"一词进行深究的话，就非常不利于讨论本身，也有违讨论的初衷。我们都知道，在文艺复兴时期，"人文主义"这个词实际上是针对中世纪的经院哲学提出来的，它强调的是作为那种枯燥的理性之反动的世俗及感性价值的取向。如此一来，人文精神大讨论所想要提倡的人文精神恰恰与这样一种意义上的人文主义背道而驰。寄望于人文精神复兴的这帮人没有看到，如果要将他们的讨论引向深入，应该接入的是舍勒所代表的价值向上的这条线。除了舍勒以外，这条线上还有刘小枫在《现代性社会理论绪论》里谈到的特洛尔奇、松巴特等人，但是这个现代性的批判理路除了刘小枫以外在国内很少有人涉及。在中国的现代性批判的舞台上，占据支配地位的法兰克福学派和各种文化批评理论从根本上来讲都是马克思主义——很多搞文化批评的人自己可能都很吃惊，为什么他们还是马克思主义。以上是一个背景回顾和反思。

我们接下来看看舍勒不同于一般现代性批判的进路，看看这个进路如何转化为他的具体的思想。刘小枫为《资本主义的未来》一书所写的"中译本导言"可以作为理解舍勒的一个引领。简括地说，对现代社会的诊断，舍勒的方式跟别人的都不太一样，其他人可能更关注宏观的层面，比如政治、经济、社会等结构的变迁，而他关注的是现代人的体验结构的转变。这里蕴含了舍勒的一个很重要的价值观，即在他看来，个人价值是最高的，没有超越个人价值的东西。但是大家切忌认为他是在提倡自由主义的个人主义，因为他的个人价值又要强调他所谓的位格，所以和自由主义是两回事。把个体作为最值得关注的考察单位，体验结构自然就成了考察的重点。那么舍勒从体验结构入手对现代现象进行反思，得出了一个什么样的结论呢？舍勒的结论是，现代人的心性结构发生了一个根本的转变，即工商精神取代了形而上学精神。施皮格伯格在《现象学运动》里为舍勒专辟一章，在《舍勒首要关心的问题》一节里也谈到他对现代社会的诊断。所谓价值的颠覆，也就是作为基督教价值范型的神学－形而上学精神被资本主义的工商精神取代。按照施皮格伯格的总结，资本主义的工商精神就是中产阶级身上所体现的锱铢必较、功利、贪婪、支配自然的欲望，以及单纯地追求数量而不顾质量，等等。这个概括是否妥当我们暂且不论。舍勒的现代性批判就从这个体验结构切入，进一步看到一个知识范型的根本转变，即本质－教养型知识被统治－事功型知识取代。这就是刘小枫先生在《资本主义的未来》"中译版导言"里对舍勒思想的概括。① 你脑子里有这样一个背景，对舍勒的把握就不会有太大的困难和问题，我们可以在这个思维图式中嵌入今天要讨论的问题。

我刚才提到施皮格伯格在他的书里面谈到"舍勒首要关心的问题"，这本书是讲现象学运动的，他要考察的是舍勒作为一个现象学家的意义。舍勒在何种意义上是个现象学家呢？我们知道现象学在胡塞尔那里主要是一种认识论哲学，基本上不太关注我们认为具有道德和伦理色彩的价值问题。要是一直跟着他走的话，到最后会觉得意思也不大，因为认识论不是我们

---

① 参〔德〕马克斯·舍勒：《资本主义的未来》，罗悌伦等译，生活·读书·新知三联书店，1997年，"中译本导言"。

一般人所关心的根本问题。认识论问题在康德那里被表述为"先天综合判断何以可能",也就是"知识何以可能",康德的回答是知识等于先天形式加质料,先天形式就是时空直观,质料就是感觉材料,所谓综合就是二者相加。此外还有十二对范畴、先验图示这些东西,可以通过《纯粹理性批判》去学习。但在胡塞尔看来,康德对这个问题的回答还不够彻底,比较粗糙,还没有把认识论建立在最坚实、最纯粹的基础上。这就好比把康德的东西拿到坩埚里去炼,把所有的渣滓炼掉,最后剩下的是先验主体,这就是胡塞尔想要的东西。其意是说,在我们对世界的任何一种认识里都有一个根本性的先验主体起着规约性的作用,甚至是一种生产性和动力性的作用,没有这个东西,世界就不可能进入我们的意识,可以说这是一种科学哲学。而舍勒在气质上,在哲学目标的追求上,跟胡塞尔是完全不一样的。胡塞尔一开始非常看重舍勒,海德格尔一度也相当重视舍勒,但是后来,无论是胡塞尔还是海德格尔都不太重视他了。舍勒认为现象学只是他的一个工具,这个工具可以为他对根本问题的思考服务。那么他所思考的根本问题是什么呢?他自己在回忆里这样说:"自从我的哲学意识第一次觉醒的时候起,人是什么,他在存在着的宇宙中处于何种地位,这些问题我认为比任何其他哲学问题都更为深刻,更为重要。"① 我相信每一个喜欢哲学的人读到这样的话都会有所触动,我也相信可能只有少数的人会对纯粹的认识论问题有热情。对一般人

---

① 〔美〕赫伯特·施皮格伯格:《现象学运动》,王炳文、张金言译,商务印书馆,1995年,第391页。

而言，带着价值色彩的根本性追问更容易打动人心。舍勒也是现象学家，但是他与同为现象学家的胡塞尔的追求完全不同，现象学只是为他所用而已。问题是，胡塞尔的中性的现象学追求如何能为一种价值现象学所用呢？什么是价值现象学？对舍勒来说，就是思考像神圣、爱、怨恨、嫉妒等正面以及负面的情绪价值里面起制约性作用的根本结构是什么。舍勒坚持认为这些结构"有超历史的伦理公约法的存在"，对舍勒而言，它就像胡塞尔所追求的意识领域的先验自我，也就是说，在他所看重的情感价值里边去寻找一个不会被任何历史经验沾染、扭曲的一个先验结构。这当然也是一种现象学的考察方式，所以它被称为价值情感现象学。这是舍勒关注的问题以及他致思的路径，其学说就是在这样的背景下展开的。

在《舍勒选集》里有一篇名为《论人在宇宙中的位置》的文章，讨论"人在世界生物宏伟的梯形建构中的独特的地位和位置以及他在上帝和动物之间的位置"①。我们在讲文艺复兴与人文主义的时候，提到过皮科·米兰多拉的《论人的尊严》，那里面也谈到一个存在之链，即从最低等的存在物开始一直连通到上帝的存在之链，皮科也是从人在这个链条中拥有向上抑或向下的选择性来谈人的尊严的。②应该说这个思路跟舍勒几乎是一样的，他们的价值取向也没有什么两样，但是在我读过的舍勒的文章里却没有一次提到过皮科·米兰多拉，不知道是

① 参〔德〕舍勒：《舍勒选集》，刘小枫选编，商务印书馆，1999年，第1326—1362页。
② 参〔意〕皮科·米兰多拉：《论人的尊严》，顾超一、樊虹谷译，北京大学出版社，2010年。

怕人家说他的思想不够独创呢还是别的什么原因，但我想他不可能没有读过皮科·米兰多拉，总之这是一件难以理解的事情。皮科·米兰多拉在西方哲学史上是很有地位的，黑格尔在《哲学史讲演录》里提到过他，舍勒不可能不知道。① 在这个所谓伟大的存在之链中，舍勒取的是由下往上的维度。从由下往上的维度，我们可以理解它的几个基本概念。

首先就是所谓羞感。不管它是身体羞感还是性羞感，在舍勒这里，它的意思是说，你的那个向上的维度对你居然还停留于在下的甚至是更下的维度感到羞愧，也就是你较上等层次的存在对你陷于下等层次的存在感到羞愧，因为你本来应该是向上的，这才符合你的尊严。本来应该是精神的，结果你却耽于肉体，当精神的位格升起来时，你突然意识到你还在污泥里待着，所以羞愧难当。因为你的意识已经起来了，所以你就对先前仍然陷于其中但是现在已经觉察到的存在有羞愧感，这就是羞感的基本含义。

羞感具体化为身体羞感，然后有一个性羞感，之后还有一个灵魂羞感。舍勒在这篇文章里主要谈身体羞感和性羞感，灵魂羞感较少涉及，但在《伦理学中的形式主义与质料的价值伦理学》里有相关论述，有兴趣的话可以去读一下。② 身体羞感是什么意思呢？就是你没有把你的生命看成一个整体，而让自己沉溺于身体的某个特定部位的快感，当你意识到你本来应该

---

① 参〔德〕黑格尔：《哲学史讲演录》（第三卷），贺麟、王玖兴译，商务印书馆，1997年，第339—340页。
② 参〔德〕舍勒：《伦理学中的形式主义与质料的价值伦理学》，倪梁康译，生活·读书·新知三联书店，2004年。

是一个整体的生命，而你却陷于那些局部的刺激时，身体羞感就会产生。这其实也就是整体对于局部的优越性，通过身体的羞感来获得生命的整体感。从身体羞感向性羞感过渡，包含两个层次。作为一个整体的生命，你不仅是一个独立的个体，而且也是整个种族或者整个生命链条中的一环，也就是说，你隶属种族延续的意志超越了你作为单纯个体的存在。但舍勒强调，一方面你从单纯的个体存在超越出来，意识到你隶属种族延续的意志，但另一方面你又要知道你不只是种族延续的工具，因为你是一个有自由选择的个体。于是，问题就过渡到你如何去选择一个对象来达到种族繁衍这个更高的目的。如果不理解这一点，在读到文章后面部分谈优生学的时候，你就完全不知道他在讲什么。我们待会儿用叔本华的说法来作一个参照性的解释。如果没有超越个人的种族延续的意志，个体生命是没有理由和责任一定要去选择一个生育伴侣的。在舍勒这里，这是一个前提。

一方面你是一个生命的整体，另一方面你要服从于种族延续的意志，但同时你又要在种族延续的意志里意识到你是一个独特的个体。你不是糊里糊涂地服从于这个种族延续意志，你不是被种族意志盲目支配的个体，因为你是有选择自由的。如果你不选择，沉醉于纯粹个人的快感，即便并不追求局部刺激，比如说你不是自慰，而是去寻找一个异性，但是如果你仅仅是寻求性快感，而没有考虑到繁衍的责任，那么你就应该感到羞愧。如果从不负责任而只寻求快感的性行为当中摆脱出来，那么你就意识到你还有种族延续的责任，有了这种责任感，你就应该去选择一个能够最大限度地让种族延续意志优化实现的对象，也就是说，你作为一个个体，还要去选择另一个合适的个体。在舍勒的表述中，这就是所谓爱情的含义。不妨用一个文学上的例子来对舍勒的爱情定义进行解释，这就是《罗密欧与朱丽叶》。这个故事给我们呈现的爱的现象，如果用最简洁的话来描述，就是在这样一种情感关系中，相互都以对方的存在为自己存在的必要前提，所以罗密欧与朱丽叶的爱情的本质就是献身于"这一个"而不作其他的选择，当"这一个"消失的时候，我作为一个个体存在的价值就是空无的，所以我也必须把自己献出去，这就是舍勒所强调的个体化。在他看来，这个选择冥冥中受到一种意志的支配，也就是优生学意志的支配。我们还可以援引叔本华的论述作进一步的理解。他这样解释爱情：你们以为你们爱得死去活来，其实只不过是种族延续的意志选中了你们，认为你们的结合对于种族延续的意志来说是最合适的而已。如果说两个人都深爱对方，比如同时一见钟情，或者在沟通交往之后达到了同等程度的喜欢，在叔本华和舍勒看来，这两个人的结合就是符合优生学的，是种族延续的意志找到了两个最合适的个体。如果你喜欢一个人，但人家不喜欢你，你就会因此而非常痛苦，觉得不把自己献出去简直就活不了，但是按照叔本华和舍勒的哲学，你就不应该太难过，因为那个对象不适合你，或者反过来，你不适合那个对象。叔本华还有一种我们现在看来属于不恰当的说法，就是同性恋这个现象，也是优生学的意志在发生作用，为什么呢？叔本华认为，搞同性恋的那些人，不适合种族的延续，那么种族延续的意志就让他们自己去玩儿，进行自我淘汰。还有病弱者与病弱者的结合，在叔本华和舍勒看来就是坏的找坏的，结果可能就越来越坏,然后被自然淘汰,这样就避免了坏的去败坏好的。我讲这些理论仅只是把它们作为知识介绍给大家,大家不要以为我就同意这些观点,在我们这个时代,在这些问题上需要相当谨慎。有了这些思想背景,或许你就会觉得舍勒下面这段话不难理解了:"在德国,只要善于观察就会发现,北德类型(高大,金发,碧眼,长头)仍然保持着最纯真和最敏感的羞感,即使不考虑拘谨和矫饰造成的任何有关英国人本性的印象,以下事实仍然始终存在:英格兰,爱尔兰,苏格兰和威尔士种族一方面具有最容易激发的羞感,另一方面,残余的贵族类型在这些种族中也为数最多。"① 这就是种族优越论。舍勒的这种论调,包括叔本华和尼采的一些说法,很容易让人联想到后来纳粹的一些观念。在我看来,这些表述是相当任意的,并没有什么逻辑支撑,比如舍勒还说,女人是生命的天才,男人是精神的天才,等等,这些观点不必过于认真看待,它们主要基于一种直观的感受而非经得起推敲的思辨。

回顾一下,在舍勒这里,从身体羞感到性羞感涉及两个层次。第一个层次:作为一个生命整体,你不能沉溺于局部的刺激,这是身体羞感;第二个层次:你属于种族繁衍之链上的一个环节,但又不是完全被动地服从于繁衍意志的个体,你还必须去选择那个最适合你的个体,这是性羞感。每一个层次的抬升都意味着羞感的产生,比如就性羞感来说,你本来是一个很优秀的人,但你很不负责任地去乱找一个人结婚,那么你就应该感到羞愧,因为这不符合舍勒所说的优生学原则。这是从身

---

① 〔德〕舍勒:《舍勒选集》,前引书,第 603 页。

体羞感到性羞感。除此而外，还有一个灵魂羞感，它的含义是，作为一个生命的整体，你已经越过了刚才所讲的这些层次，上升到一个精神位格的高度，甚至不只是一般性的精神位格，还有突破自我局限而产生的敬畏感，即所谓"神圣的惊悚"。舍勒以科学和艺术对世界的占有为例进行说明，他认为，科学试图对世界进行理性的占有，这在神圣的惊悚面前实际上是一种自大。这比较容易理解。但舍勒关于艺术对世界的侵占这样的说法，却会让人感到非常疑惑。按我的理解，艺术在舍勒这里主要是一种感觉的表达，就像我们说美学是感觉学一样，艺术对世界的侵占在舍勒这里有它特定的含义，即对于世界的主观感觉的拥有，所以他说的艺术应该不是指荷尔德林、特拉克尔以及里尔克一类诗人的诗歌。读舍勒，脑子里面有一个爬楼梯的意象，那个楼梯就是伟大的存在之链，你一级一级地往上爬，爬上一层，再往下看下面一层，你就应该产生羞感，如果下面那层对你还有拖拽作用的话。

我们还可以举一些例子来感性地理解舍勒。比如关于性羞感的第三效能，即在性行为中，性羞感将阻止获得性感受的部位从身体和精神的整体中独立出来。亨利·米勒的《北回归线》提供了反向的例子，其中几乎所有的性行为描述都有一个特点，即把器官刺激局部地独立出来而跟心绪和精神无关。但这并不意味着亨利·米勒就是这样的取向，他之所以这样写，在我看来实际上是因为他和舍勒有类似的忧心，他认为这是巴黎的问题，而巴黎在他那里是现代文明的一个象征体。如果用舍勒的理论去解读亨利·米勒，你就能看到他的价值参照在哪里。像美国的一些作家，比如写《裸者和死者》的诺曼·梅勒，把《北回归线》称为他们那代人的圣经，在我看来是一种误解。我认为亨利·米勒的取向和诺曼·梅勒的取向是不一样的，米勒这样写并不意味着他就认可这样的行为，相反，这些行为让他感觉到非常挫败。我记得小说里有一个细节，他与一个妓女性交的时候，另一个人（他的朋友）搭了把凳子坐在旁边仔细观看那个妓女的阴部，这在舍勒看来就是那种把局部刺激从生命整体里独立出来的行为。现代社会多种性文化的消费方式，比如泰国的真人秀、A片特写式的表演，其实就是这种局部行为，也就是把性这件本来具有精神意蕴的、整体的、主体间性的事情当成一个纯粹局部的身体行为。你如果有舍勒的眼光，就会觉得这个东西很低级，所以舍勒的思路不难理解，即便有些具体的段落可能会让人觉得难懂。

至此，我们大致弄清了舍勒的批判取向。我们现在要来思考的一个问题是：舍勒的现代性批判意义何在？这种批判的有效性如何，界限在哪里？如果说它有所越界，那么当如何矫正，以及这样的矫正又当以什么样的机制发生？

舍勒认为，现代社会的本质就是本能造反逻各斯。假如我们认可舍勒的价值向度，就会反躬自省，对自己的欲望有所抑制。但如果让这样的抑制超越个体生活的自主范围，将其作为一个针对每个人的矫正机制来设计，比如把身体羞感和性羞感都具体化为一些措施，以此规定在什么样的情形下该如何反应，以及如果不如此反应就会受到什么样的制裁，等等，这会是正当的吗？提出这个问题，是想回到我们之前课堂上一个重要的讨论话题，即自由和正当的关系。何为自由？何为正当？舍勒的价值秩序在施特劳斯看来或许就是一种自然正当。你们怎么看？

［学生：我认为这个问题应该分成两个部分。首先回到价值到底有没有优劣高低的问题。而对于优劣高低的问题，现代国家作为公权力的机器，已经退出讨论的主导地位，它不再通过宗教、礼法一类的东西来主导价值，这是底线。在这个前提之下，我们要问的第一个问题是，社会和公共领域有没有一个空间能够对这类问题进行讨论？有些问题，比如福柯对待其同性伴侣的行为，它到底是对还是错？如果法权在价值问题上已经处于退守的状态，那么知识群体，或者说批判型的公共领域，能不能对这些问题进行有效的讨论？或许讨论本身不会有什么结果，在相当长的时段内也无法达成相对共识，但是不是可以认为讨论本身就意味着对这些价值的开启？第二个问题是由知识群体或者说批判型的公共领域所进行的讨论，其结果是否可以转化为国家的法权，以及在多大程度上转化为国家的哪一种法权？比如说参加 Sex Party 的群交行为，对于这种行为，西方国家一般是不介入的，但是在阿拉伯国家，如果参加者是某人的老婆，那她很可能就会合法地被砸死。所以，法权到底有没有包含道德评价呢？是不是可以说在政教合一的国家，法权和道德评价紧密相连，而在奉行自由主义的国家，法权几乎不包含道德评价，或者说，即便包含，也只是一个很弱的评价？］

在我看来，国家在这类问题上的介入，不是出于道德评价，而是基于规范约束。比如说三亚海天盛宴这个事件，如果公安机关通过侦查，得出结论说这是聚众淫乱，那么法权就会介入，因为在我们的法律规定里，这样的行为是不被允许的，如果有这样的行为就会受到相应的处罚，这些是写进了法律条文的细则的。规范约束在某种意义上实际上也是道德讨论的结果，无论讨论的范围是大是小。比如每年的两会都会收到很多提案，其中一些就会涉及道德评价的问题，某些提案会得到重视，通过代表们的协商讨论，相关意见有可能转换为法权的表述。因为是代议制，这个讨论的范围会比较小，但这些代表可能会综合和参考诸多社会舆论，在一定的时间和范围内进行相对充分的协商，然后以投票的方式来决定结果。这个过程是一个规范行为的过程，而不是判断问题为真为假、正确或错误的过程，道德判断转化为法权就是通过这样一个过程来实现的。

我要强调的一点是，舍勒的价值取向，如果限于个人生活的范围，我认为没有什么问题，事实上，它很容易触动人的反思，尽管像福柯和巴塔耶这样的思想家可能会对他的说法嗤之以鼻。但是个人生活的反思不是规范的约束行为，不能把它扩展为一种主体间的矫正机制。你可以就此引发公共空间的相关讨论，期待它转化为法权约束的可能性，但是在此之前，你不能强迫别人和你一样思考，更不能强迫别人和你一样行动。

我们再回头来看舍勒。舍勒追问人在宇宙中的位置，其价值根据何在？他采取的问思方式是现象学的，但现象学的奠基是否就有效？这还是值得追问的。其实我们会发现，对任何一种权利的论证都非常困难。四川大学哲学系的刘莘老师翻译了一套《当代政治哲学》，你们找来看一下就知道，在自由主义思想史上，对自然权利的论证就充满了疑难。① 对任何诉诸自然的论证，人们总是要追问其根据何在，结果都会陷入形而上学的困境，最终都回答不了。这就好像你告诉小孩子世界是上帝创造的，那么他会问：上帝又是谁创造的？你告诉他说，到上帝这里就不能再问了，他还是会接着问：为什么不能问？这个问题你是说不清楚的。那么我们是否就应该换个思路？其实在我看来，对于所谓自然正当，我们是可以有所体会的，也就是对于这样一个问题，即在所有的行为规范和道德观念后面有没有一个不可撼动的根基，我们是有形而上期待的。但是正如海德格尔所说，我们要克服形而上学的冲动，因为这个冲动虽然可以理解，但无助于解决问题。用哈贝马斯的话来说，这些思路全都陷于主体哲学或意识哲学的陷阱。所谓主体哲学或意识哲学，是指企图通过作为主体的我，或者一个超然于我们之外的客观存在（神或终极因），来对价值标准进行设定的哲学，它忘记了一个最普通的事实，即我们是作为一个共同体而存在的。所以只要用主体哲学或意识哲学的路子去思考规范问题，比如权利和自由，就一定会走到死胡同里去。这一点可以参考哈贝马斯的《后形而上学思想》里面的一些文章。② 对意识哲学的批判在我看来是哈贝马斯非常伟大的成就，而其他很多伟大的哲学家和思想家，包括海德格尔、舍勒以及福柯等人，我认为都没有走出意识哲学的窠臼。

---

① 参〔加〕威尔·金里卡：《当代政治哲学》，刘莘译，上海三联书店，2004年。

② 参〔德〕于尔根·哈贝马斯：《后形而上学思想》，曹卫东、付德根译，译林出版社，2001年。

为什么说舍勒的价值取向难以得到论证呢？因为巴塔耶的《色情史》论证了向下也可以达到一种神圣的惊悚。用赫拉克利特的话来讲，向上的路和向下的路是同一条路。还有萨德、圣·热奈这些人也都在向下的维度上追求神圣的惊悚。所谓向下，就是沉浸于诸种身体性的快感和迷醉，你可能会将它贬斥为动物感，但是你始终不能否认这里面有你的意识，有你的意志。我们有时候会过分强调想象和幻想的区分，然而在哲学上要作这样的区分是非常困难的，因为在所谓的幻想里肯定也有主体意识和意志的出场。那么在何种意义上可以区分这个出场是主动还是被动的呢？在所有被舍勒视为低等的感觉里面，那些不能否认的精神究竟是什么？在巴塔耶和萨德那样的人看来，那其实是一种非常神圣的、你不了解的感觉，他们称之为神圣的惊悚。我们一向沉浸于清晰意识的同一性之中，但在他们看来，那只是一种幻觉和局限，还有超越于这个幻觉和局限的东西，所以必须要有一种超越边界的探索。那么你有什么理由说，只有敬畏上帝的那种惊悚才是神圣的惊悚呢？

《关于人道主义的书信》:"出窍地立于存在的真理之中"

大家可能都有一个印象,觉得海德格尔的哲学很难读,但同时又有一个相反的现象是,我们看到的大多数关于海德格尔思想的转述又都很简单。比如有同学在课堂报告中提到的孙周兴的《说不可说之神秘》,一个关于海德格尔后期思想的研究,你们如果读过这本书,一定会认同我所说的这个印象。① 海德格尔的原著读来步步陷阱,句句话都悬而未决,令人颇费脑筋,然而,在我们的相关教材里,比如在朱立元主编的《当代西方文艺理论》《现代西方美学史》等教材里,以及很多学者在文章里引述海德格尔来说明问题的时候,都把海德格尔讲得很简单,似乎寥寥数语就可以讲完:以往的哲学都遗忘了存在,思的只是存在者,而海德格尔思存在。思存在者与思存在有何差别?存在是一个活生生的发生行为,而存在者只是一个僵死的机械的对象。然后还可以说:以往的哲学都是对象性思

---

① 参孙周兴:《说不可说之神秘——海德格尔后期思想研究》,生活·读书·新知三联书店,1994年。

维，是主客二元，而海德格尔打破了主客二元，是一种非对象性思维。大家想一想，除了这些用海德格尔的话来说属于流俗的见解以外，讲海德格尔我们还能讲出什么新东西吗？思存在而非存在者，诗意的思而非形而上学的思，克服主客二元，除此而外我们还能讲出什么来，大家是否想过这个问题？在某种意义上，对海德格尔的哲学如果一定要作某种标签式概括的话，我们似乎也只能说出这些了，但问题在于，海德格尔本人一定不赞同如此简单的概括。在我看来，作为一个哲学家，海德格尔除了贡献以上这些我们现在已经熟知的思想以外，还贡献了一个或许是最重要的东西，那就是他的哲学语言，一种独特的言说方式。我们现在要解读的这篇文章是他的一封书信，一封译成中文大约四万字的书信，类似的一些思想，海德格尔还在他的其他著作里不厌其烦地言说过。那么我们就要想想，为什么我们似乎用几句话就可以概括的思想，一个哲学家要终其一生反复不断地言说？这情形，显然不是有一个等待表达的东西，需要通过某种表达的手段将它表达出来这么简单，这不是理解海德格尔的方式。对海德格尔来说，表达本身才是根本的，或者说，思的方式才是最为紧要的，这一点通过阅读他的著作马上就能感觉到。我刚才注意到同学作报告讲述海德格尔这些思想的时候，海德格尔在这封信里使用的诸多术语他都没有用，也未作专门阐释。这样做是否合适？我们先把问题摆在这里，然后来看看这封信里那些令人耳目一新的说法，比如"存在的天命""出窍"等术语，我认为理解它们的含义非常重要。比如海德格尔说生存的本质就是"出窍地立于存在的真理之中"，该怎么阐释，到底是什么意思？显然，这就不是我们

《关于人道主义的书信》："出窍地立于存在的真理之中"

刚才所提到的那些流俗见解所能够概括的，但恰恰就是这些具体的表达才是理解海德格尔的根本。

现在我们对照书信文本来纠缠一些细节，通过对这些细节的纠缠，看看我们能否对海德格尔不同于一般形而上学思想的独有的东西有所领会。在信的开篇，我们就看到海德格尔立刻大谈特谈所谓"思"，思想的思。本来这封回信是要回答关于人道主义的问题，但是他一上来却谈起了思，想过为什么吗？而在谈思之前，又从行动的本质说起，谁能说说这是为什么？〔学生：因为萨特的"存在先于本质"提出了两点作为理论支撑，第一是行动，第二是存在先于本质。既然海德格尔的意图是对萨特的"存在主义是一种人道主义"进行回应和批判，那么他一开始就要对萨特的两个理论支点进行批判，然后再阐释自己的理论。〕那么海德格尔界定行动，说行动的本质是完成。这个界定与萨特的区别在哪里？〔学生：他说行动的本质是完成，这个完成不是指行动的终结，而是把事物的本质内容带出来。〕萨特所说的行动，也不是在功利主义的意义上讲的，这一点应该没有问题。所以海德格尔到底在何种意义上针对萨特来讲行动？在这里，这种针对性似乎并不强烈，海德格尔实际上想要做的，是从对"行动的本质的界定"过渡到对"思"的思考。如果理解了他文章后面的思路，我们就可以认识到，海德格尔一开始就用两三页的篇幅来讲"思"，其主要意图是要把"思"从技术性的定义中解放出来。虽然这封信是关于人道主义的探讨，但其最终目的是要讲"存在的本质"，在他看来，唯有"思"才有可能将"存在的本质"带出来。他的针对性很强，他紧接着要讲的是：人道主义是反"思"的。这里可以用海德格尔式的双关语,即"人道主义是反思的"和"人道主义是反'思'的"来加以说明。人道主义的思,不是海德格尔意义上的"思"。我们知道,海德格尔在其后期哲学中是通过对荷尔德林以及特拉克尔等人的诗的阐释来言说"思"的本质的,他在这个"思"前面还加上了一个限定词"诗意的",即"诗意的思"。其实这个限定加不加都无关紧要,因为对海德格尔来说,这个"思"本身一定是"诗意的",这样一种"诗意的思",在海德格尔看来已经偏离成了传统的哲学。在传统的哲学中,"思"被作为一种可以切中对象的技术,因而产生了哲学,即"思"的偏离产生了哲学,这是他开篇的基本思路。

大家是否注意到,海德格尔在区分其哲学所看重的"思"和传统哲学对"思"的技术性应用的时候,突然有一个惊人之语,点到为止,一闪而过。他说:"人们不再思了,人们却从事于'哲学'了。"① "思"对海德格尔来说,是存在与存在者之间的一种呼应,是此在与存在整体之间的一种应和,总之是一种整体关系。然而,当有了哲学之后,"思"就会将我们自己与世界一分为二,或曰当我们用"思"将我们与世界一分为二之后,哲学就产生了。海德格尔说:"这样的名称的统治地位是来自独特的公众的专政,而尤其在新时代是如此。然而所谓'私人生存'不是已为本质的、亦即自由的为人。'私人生存'只是撒撒扭扭地成为对公众事物的否定了。'私人生存'仍然是有赖于公众事物的摒弃公众事物者并且只靠从公众事物

---

① 〔德〕海德格尔:《海德格尔选集》(上),孙周兴选编,生活·读书·新知三联书店,1996年,第362页。

中抽身来养活自身。"① 在这个很绕的句子里，我想指出一个很值得注意的表述。在我所看到的海德格尔研究中，似乎还没有人注意到这一点，也就是西方形而上学的思想在海德格尔那里意味着一种"思"的偏离。但这个判断从何而来？答案就在刚才引述的这段话中：这是公众专政的结果，公众的专政是主观的形而上学的统治，是私人生存的隐匿。这是很有意思的说法，但更有意思的是，这个观点在《关于人道主义的书信》中只是点到为止："于是'私人生存'就违反了自己的意愿而确证了为公众之役的情况。"② 简言之，海德格尔认为，传统哲学作为一种形而上学，其问题主要在于它总是技术性地把握世界，把握它所要思考的对象。在海德格尔看来，这是一种"对基本成分的偏离"，这个"基本成分"的含义，其实就是他后来讲"立于存在的真理之中"的那种东西。接下来海德格尔要讲为什么会出现这样的偏离，我们来总结一下，即，公众的统治，私人的隐匿。为什么会出现这样一种急功近利的技术性的对世界进行"把捉"的态度呢？为什么这种东西会成为一种流行的思维弥漫开来，并在历史上占据统治地位呢？它和公众的统治有什么关系呢？其实海德格尔在这里没有说出来的话就是：公众（非少数人，非私人的公众）总是急功近利，而急功近利之所以成为主流也就是因为公众的统治。公众总是实用主义的，不会去思考所谓真理的问题、本质的问题。我们不妨在这里打通一些思想。刘小枫先生在讲演《李安是一个不道德的

---

① 〔德〕海德格尔：《海德格尔选集》，前引书，第362页。
② 〔德〕海德格尔：《海德格尔选集》，前引书，第362页。

导演》里谈到阿里斯托芬的《蛙》，以此批判现代西方的资产阶级民主，认为资产阶级的民主错误地理解了自由，然后他返回希腊思想去考察什么是真正意义上的自由。结果我们看到，他所得出的关于"什么是自由"的结论与我们一般所讲的自由主义的自由是不一样的。我们在政治哲学中所讲的自由是"群己权界"，而他讲的自由是那些不受实际欲求和功利束缚的整全性思考。在他看来，有的人只关心抽象的问题，比如善恶美丑，或者太阳为什么东升西落，等等，正是这种人才配拥有闲暇，因为他们思考的是最根本的整全性的问题，所以应该给这种人更多的闲暇。自由就意味着拥有这种可以思考根本性、整全性问题的闲暇，而一般的人其实都不具备这样的素质，所以一般的人也就不配拥有这样的闲暇。刘小枫的表述很有意思。现在我们回到海德格尔，看我们是否能够在两者之间找到连接。海德格尔的表述一闪而过，让我们逮住它，看看能否拽出什么来。

我们都很清楚海德格尔的气质，这种气质使他绝对不会喜欢一个平庸的自由主义社会，不喜欢多元主义，也绝对不喜欢大众文化，这是毫无疑问的，几乎不用考察，只需想想他在文章中展露的气质就知道，他一定不会喜欢什么《我是歌手》之类节目。还有一些人，比如施密特、施特劳斯这些人，你能看出来他们也是一定不会喜欢那些一般公众所喜欢的东西的。在此，"思人的隐匿"里的"思人"就意味深长，这种"思人"就不是那些急功近利的公众，他对世界的态度不可能是技术性的态度，但有可能是海德格尔仍然要加以批判的那种"爱智"的哲学态度。海德格尔最认可的"思人"的态度，是与世界保

《关于人道主义的书信》：「出窍地立于存在的真理之中」

持"思"的关系的那种态度,那是从"公众统治"当中隐匿而独有的一种态度。当然他也谈到"思人"的一种难堪状态,即他的隐匿不是积极的隐匿,而是消极的隐匿——"思人"把自己阉割掉从而服从于公众的奴役和统治,这是海德格尔思想里面我觉得特别有意思的一个东西,值得深挖。这是从他刚才的思维里拽出来的我觉得有点新颖的东西,但是他没有深入下去,我们也就暂时将它摆在这里。接下来我们可以看到,他大谈特谈"思"是为后面论人的本质作准备的。

海德格尔先对人的本质的历史表述作了梳理,包括罗马的、马克思的、基督教的、萨特的,等等。最后他作了一个总结:这些人道主义要么奠基于形而上学,要么本身即为形而上学的根据。他说:"对人的本质的任何一种规定,如果已经是对存在的真理不加追问而即以存在主义的定义作为前提的话,无论对此种情形有知抑或无知,总之任何这样的对人的本质规定都是形而上学的。"① 简单理解就是,比如就基督教来讲,我们大致可以说人是这样一种受造物,即被上帝创造出来,一开始拥有纯真的状态,后来堕落,然后有可能获得拯救,也有可能被罚下地狱,是一种灵肉二元构成的受造物;对马克思主义来说,人是社会关系的总和;等等。还可以有很多其他的对人的规定。但不管作什么样的规定,这首先已经在谈论"人"了,这个"人"对海德格尔来说,已经成了一个如此方便就能被把捉的存在者,但是这个存在者的根基在这样的言说中却丝毫未被触及。这就是海德格尔的思路。也就是说,不管你如何

---

① 〔德〕海德格尔:《海德格尔选集》,前引书,第366页。

界定，如何问，都是遗忘了存在，说白了，好比我们讲一个东西是什么，但是从来不问它从哪里来，等于没有问根本的问题。所以这些人道主义的描述无不奠基于一种形而上学，反过来，一切形而上学无不是人道主义的，这就是海德格尔对传统的人道主义和形而上学的一种界定。所有这些人道主义把人的一般本质都视为当然的前提，这个本质又被具体地界定为人与其他生物有别的生物的理性，但无论如何定义这个理性，它们都忘却了这个理性的可能性根据，即存在本身，也就是忘却了存在的真理，忘却了对人的本质的追问。那么海德格尔就必须回答：何为人的本质？海德格尔给出了一个有待拓展的命题（海德格尔不喜欢的词），即人是生存。人的本质是生存，而生存又如何界定呢？他用了一个很有意思的说法，叫作"此在的出窍状态"。此在"出窍地立于存在的真理之中"，这个"出窍"如何理解？在中文里，有人译为"绽出"，有人译为"出窍"，但我认为"绽出"可能不及"出窍"能够让我们理解海德格尔的意思。为了更好地理解"出窍"这个词，我们不妨来看一看在前面海德格尔讲"思"的特性的时候打的一个比方：

> 思同时是存在的思。因为思属于存在，是听从存在的。思是听从存在而又属于存在的东西的时候，就是按照它的本质来历而存在的东西，思存在——这意思是说：存在已听命地主宰其本质了。在一件"事"或一个"人"的本质中主宰一件"事"或一个"人"，这就叫做：爱一件"事"

《关于人道主义的书信》："出窍地立于存在的真理之中"

或一个"人";喜欢一件"事"或一个"人"。①

我们不妨就来思考一下"爱一个人"或"喜欢一件事"意味着什么。比如以维特为例,以罗密欧与朱丽叶为例,来理解海德格尔所讲的"听从"是什么意思。思存在,就是听从存在,顺应它,由它来规定你的本质。你爱一个人,就意味着完全由他/她来决定你的本质。你们想想维特对绿蒂的这样一种情感,以及他最后那样一种极端地结束自己生命的方式,不过意味着维特把生命理解为与绿蒂的不可分割的关系,这个关系得不到他所期望的建立,就意味着他的生命的终结,所以他的生命是由绿蒂决定的。罗密欧与朱丽叶先后赴死,其根本的意义也就在这里,他们都把对方的存在看成是自己存在的本质和根据。如果对方不存在了,那么我也就不存在了,这就是一种"听从",这就是"出窍"状态。"出窍"这个词,在汉语里,我想可以让我们作感性的把握:"出窍"是一种主体的弱化状态。一个人灵魂出窍,毫无疑问,他就丧失了我们一般所讲的主动性的把握和投射,他被摄取,他被吸引,他被吸附走了,所以才"出窍"。"出窍"这个词到底和海德格尔所强调的"非技术性的思"是什么关系呢?"出窍",就是非技术性的。所有技术性的态度都是主动的出击,把捉,这其中多多少少总是包含着自负,这就是"出窍"与技术性思维的根本差别。"出窍地立于存在的真理之中",其实就是顺从存在的真理。第一,被真理"取为"一种存在,这是海德格尔又一个重要的词,这个词

---

① 〔德〕海德格尔:《海德格尔选集》(上),前引书,第361页。

会让人觉得太不符合哲学的严谨，可是，这恰恰就是海德格尔刻意为之的事。在存在这件事情上，本来就不可能有我们一向视为严格的那样一些概念，一种命题式的把握。这当然也就是海德格尔在西方主流哲学中并不被看重的原因，你们要知道，即便是在国外，研究海德格尔的好像还是搞文学的比较多。西方的主流哲学家基本上都不太搞这套，喜欢清晰地谈问题的人大都不喜欢他。比如我们学院的赵毅衡先生就不喜欢海德格尔，我跟他交流过，他说他在二十世纪八十年代就不选择海德格尔，而要选择形式主义，说得清楚。形式主义、符号学说得清楚，而海德格尔这些都说不清，所以他不碰。我在意大利问过一个教授，问他们怎么看海德格尔。我说海德格尔在中国很受欢迎，他跟我摆手说："搞不懂！搞不懂！"基本都是这个态度。所以你看，我们在某种意义上其实可以把海德格尔的哲学作为一种文学文本来阅读。不过，这只是表面的一个修辞现象。海德格尔这些看似散文的、形象化的描述，实际上仍然有它严密的逻辑，虽然海德格尔本人不喜欢逻辑这个词。大家要特别注意海德格尔那些独特的表述、诗化的句子。我们可以继续追问，"出窍地立于存在的真理之中"究竟是如何存在的？如果说出窍是一种顺应，那么"存在的真理"又是如何要求人的呢？在这里，海德格尔又引入了一个大家熟悉的词："抛"。他说，"人却是被存在本身'抛'入存在的真理之中的"，这个意思在《存在与时间》里我们已接触到了。"人这样的生存者看护存在的真理"，又来一个词："看护"。"以便存在者作为它

《关于人道主义的书信》："出窍地立于存在的真理之中"

所是的存在者在存在的光明中现象"①，这个"现象"是动词。这个"现象"并不为人所决定，而是基于"存在的真理"。大家可能会说他还是没说清楚"存在的真理"是什么。确实如此，《关于人道主义的书信》全文不到五十页，后面基本上都是重复，反复地言说一个意思，似乎没有推进。

当海德格尔从对传统形而上学的批判过渡到存在的本质就是"出窍地立于存在的真理之中"的表述时，关于他所理解的人道主义的主要思想，其实就已经表达完了。那么后面为什么还要写这么多？这正是海德格尔哲学独特的表述方式，他以一种不厌其烦的反复的回旋式的批判，来一次又一次地让他的被我们视为命题的东西显现。这是他的表述方式，即更多地用一种批判或者说驳论的方式来言说。比如"存在的天命"是什么，从正面讲就很不好讲，包括后来他讲"天地神人的映射游戏"，也不好讲，讲不清楚。孙周兴在《说不可说之神秘》里基本上把它解释成道家那套东西了。比如海德格尔后期用的一个词"Ereignis"，孙周兴将它翻译成"道"、"大道"，然后"听从存在的天命"就被解释为"听从'道'说"，但我们要知道这个"道"和道家的"道"应该是有很大差别的。我们看《道德经》，其论述的逻辑是以自然之道来讲一切，人的一切存在应该如何，都是从自然之道那里来讲的，至少我读《道德经》是这个感觉，但海德格尔不是这样思考的，他要神人两重，再把道家的自然分成两重，即天和地，这样就有了天地神人的四重游戏，这显然和道家的"道"不太一样。但是，即便

---

① 〔德〕海德格尔：《海德格尔选集》（上），前引书，第374页。

我们用"天地神人的映射游戏"来讲"出窍地立于天命之中"也仍然是讲不清楚的。这有什么办法呢？在某种意义上，它就是一个讲不清楚的问题，要讲清楚似乎就不得不使用和海德格尔哲学完全相对的那些概念，那些命题，那些判断。然而，如果从正面表达不清，或许可以从反面来趋近，比如什么不是"立于存在的真理之中"，这个我们就可以讲得清楚；比如形而上学的问题是什么，相对来说我们就很清楚。有时候就是这样，用一句流俗的话来说就是：你不知道你要什么，但是你肯定知道你不想要什么。也就是说我们可以从反方向来对它进行理解。但是正面的表述，海德格尔在后面的二十多页里都还在继续，说来说去都是一个东西。从一篇论文的结构和清晰度的要求来讲，可以说这不是一篇好的论文。可能正是由于它是一封书信，所以它不像海德格尔其他一些文章那样有那么多的推进，比如说《论真理的本质》等文章，就写得非常严谨。在这封信里，他反复地陈述一个东西，即所谓存在的本质就是"出窍地立于存在的真理之中"。那么存在与生存是什么关系呢？"只消存在把在生存状态的本质，就是出窍状态的本质中的生存把持在自己身上并聚集到自身上来作为存在者之中的存在的真理处所，那么存在本身就是关系。"① 这是他的原话，听起来有点绕。它是什么意思呢？我来解释一下："存在"，这是主语；"出窍状态的本质中的生存"，这是宾语；"把持在自己身上并聚集到自身上来"，这是谓语；"作为存在者之中的存在的真理处所"，这是补语，以说明谓语动词的目的。如果简单地

---

① 〔德〕海德格尔：《海德格尔选集》（上），前引书，第 376 页。

理解，也就是存在对生存是一种吸附，而"人就出窍地承受这个存在"——海德格尔用了"承受"这个词——所以生存的本质就是"出窍地立于存在的真理之中"。大家可以看到，这些话翻来覆去地讲，但是没有更多的解释。这封信里也谈到一点，即这种本质是通过语言来成就的，不过的确只是点到为止。这种语言要从对存在的释义来思，而不是指有声形象其音调韵律和意义统一的那种语言，它并不是人的特殊才能的一种，而是存在的家。这一点海德格尔在《关于人道主义的书信》里其实谈得不多，在他的其他文章里则有很多展开。这封书信后面的部分，基本上就是对我刚才所说的，他对于人的存在的本质，他所理解的人道主义的含义，即"出窍地立于存在的真理之中"的反复表述，同时这些表述总是夹杂着对传统形而上学的不厌其烦的批判，这就是海德格尔这封书信的基本脉络。

　　书信的最后，道出了为什么要这样来思考存在，其原因就是无家可归状态变成了世界命运，因此有必要在存在的意义上"思"此天命。要特别注意，存在的命运是海德格尔批判思考的根本层次。或许像阿多诺、霍克海默那样以工具理性批判表现出来的一种历史关怀，以及像哈耶克那样以极权主义批判表现出来的一种政治关怀，都是海德格尔所不屑的，他关注的是更根本层次上的问题，即人的无家可归状态。无家可归，在这里是指那种光秃秃地立于世界之中而未得庇护的状态，这种状态既是荷尔德林的诗歌关注的核心问题，也是海德格尔最为忧心的现代现象。

　　现在回答有些同学的疑问：为什么我们要把海德格尔放到

"启蒙与反启蒙"的主题中来？启蒙的根本意图是用理性之光去照亮世界，它的一个固执的动机就是去获取与世界的同一性。这样说还不准确，准确地说，应该是把世界装到我的理解中来，这是启蒙思想的一个根本特征，即把世界装到我的理性框架中来，以达成我和世界的同一。那么这里出现了什么问题呢？霍克海默、阿多诺通过对希腊神话的分析，对其"神人同形同性"特点的揭示，说明希腊神话的根本逻辑就是以人同化世界，那么在这个同化的作为中，是什么在起支配性的作用呢？当然是人，人的主观性。所以启蒙的原发点以及它的支配力量都是主观性。而我们知道，海德格尔对人道主义的批判，最核心的就是主观主义，因为所有对象性的、技术性的思维都是从主观主义来的。所以他还说了一句特别有意思的话：相对于马克思，像尼采、萨特、黑格尔等人距离存在都很远，马克思反而要近一点。为什么这样讲？恰恰就是因为马克思在某种意义上规避了这样一种主观性。虽然马克思最终还是没有跳出实践哲学的主观性，但他毕竟走出了那种旧的"思"的主观性，所以海德格尔认为他比其他人距离存在的真理要近一些。由此我们可以看到，海德格尔关于人道主义的批判与启蒙和反启蒙的主题是紧密关联的。

另外有同学问：海德格尔对形而上学的批评，在何种程度上可以和尼采在《悲剧的诞生》里对形而上学的批评相衔接？在我看来，尼采和海德格尔有类似的东西。海德格尔讲人的生存是"出窍地立于存在的真理之中"，意味着人的本质实际上是被存在取用。尼采在《悲剧的诞生》里论述何为酒神精神时，说酒神精神就是原始生命的冲动，而原始生命之所以能够延续，就是因为诸多个体的消亡。那么酒神艺术家何以成立呢？艺术家毕竟也是个体，他怎么可能表达一个高于个体的东西呢？对此，尼采用的是和海德格尔类似的一种解释，即原始的痛苦通过酒神艺术家来表达，也就是说酒神艺术家也是被原始痛苦取用的，只不过是它的一个表达通道。在这里，个体一方面在消泯，但另一方面也在融合，回复到生命的太一之中，用尼采的话来讲就是，"大地与她的浪子握手言欢"。我们知道，这种消泯，这种回归，是在对日神幻象的勘破中得到的。但是问题在于，这个原始的太一，或者痛苦，尼采对它的命名仍然是形而上学的，即"权力意志"。权力意志是整个世界的支点，支配和决定了一切事物。在这个意义上，海德格尔说尼采是最后一个形而上学家。所以尼采所讲的原始生命或原始痛苦，和海德格尔所讲的存在的天命还是不一样的。海德格尔从来没有讲天命是一种主宰，即便我们听从，顺从，我们"出窍地立于存在的天命中"，但是天命并非一种主宰。我要强调的是，在海德格尔这里，没有什么东西是对人的一种主宰，但是在尼采那里，我们可以看到权力意志是一种主宰，这是他们两人的根本不同。我们不妨以海德格尔对荷尔德林的诗《如当节日的时候……》的阐释来对此进行说明。①

我们来看第一段。诗句是这样的："如当节日的时候，一个行走的农夫/望着早晨的田野，昨夜风雨，/从灼热的黑夜迸发出清冷的闪电，/遥遥地还隆响着雷霆，/河水复又落入河岸，/大地郁郁葱葱，青翠欲滴，/天空令人喜乐的雨水/洒落

---

① 参〔德〕海德格尔：《海德格尔选集》（上），前引书，第 326—357 页。

在葡萄树上，/小树林沐浴在宁静的阳光下。"这是一段描述，是对景致的呈现。不过已经可以看到，这样一个似乎被客观描述的一夜风雨的情境，还是被展示为天空与大地之间的一个事件。然后荷尔德林继续写道："同样的，诗人们处于适宜气候中/自然的轻柔怀抱培育诗人们，/强大圣美的自然，它无所不在，令人惊叹，/但绝非任何主宰。"这里关键的句子就是"绝非任何主宰"。在海德格尔所说的天地神人的映射游戏中，我们可以看到没有什么东西在主宰，四者处于一种相互呼应、相互聆听的状态。是不是有这样的区别？这个问题还可以继续探讨。〔学生：海德格尔一直没有把存在说得很清楚，但是我觉得他的存在肯定不是某种超越的东西或者一个名词，它是一个动词，但是他后来又说到怎么样去把握"无""无化"，我可不可以理解他这种存在就是人的自我超出自己的一种可能性？〕这个应该不是海德格尔的思想，而是萨特的存在主义思想里存在的意思。〔学生：那它这个存在我一直没有弄明白。〕存在在海德格尔这里既不是一个东西、一个名词，也不是一个动词，而是一种关系。当我们说什么存在着的时候，你可以把它理解为一个动词，但是这个动词的内部结构是一种关系。〔学生：是谁和谁的关系呢？〕就是海德格尔后期所讲的天地神人之间相互映射的关系，他始终强调存在者的整体关系。〔学生：海德格尔认为此在生存就是在世界之中存在。这由三个环节组成：第一是此在总已经在世界中的现实性，也叫被抛性；第二是此在先行于自身存在的生存，叫作筹划；第三是此在异于世内存在者而与他人共在的沉沦。由此，此在的存在就是先行于自身的已经在世界中的作为异于世内照面的存在者而与他人的共在存在这三者的合一。他说后面这句话应该当作一个词来使用。］这个其实很好理解。在《存在与时间》里，他讲了这么几层意思，首先是在世的存在，是被抛的；第二个是超越性的筹划；第三个是与其他世内存在者的共在。就是这三点。但是大家要注意，在《存在与时间》里，这是论述基础存在论的时候讲的，而基础存在论的分析是一种先行的准备，分析的是此在而不是存在。这些基础分析是为后来的存在分析作准备的，其意是说，他只是从此在讲起，还没有讲整体的存在，这就是它被称为基础的原因。刚才那三个环节确实就是此在在世的结构，其中的第二个环节就是刚才你所讲的超越性的筹划。在《关于人道主义的书信》里，海德格尔再次谈到了筹划，然后非常清楚地谈道，这个筹划绝非我们刚才所讲的，基于对未来状态的某种期许而作的超越性投射，亦即那种一般意义上的筹划。我们为某事进行筹划，我们的生存是超越性的，也就是海德格尔所讲的：我的现在，其实也是我的将在，同时也是我的曾在，我的曾在、现在和将在实际上是汇于一体的，是流动的、时间性的，时间性的意义由筹划的连续性来凸显。但是在《关于人道主义的书信》里，海德格尔讲筹划的时候就不是像在《存在与时间》里那样讲的了。我们来看看他是怎样讲的："'存在是绝对超绝的'这句有绪论作用的规定把存在的本质一向如何对人悟然澄明的方式总括在一句简单的话中"，这就是你刚才所讲存在是"超越"的意思，他用的是"超绝"，"从存在者的光亮中来对存在的本质所作倒回去看的规定，对预先想着的对追究存在的真理的问题之发动来说，仍然是免不掉的"。然而他最后却说，"谋划并不创造存在"，因为"这个谋划在本质上却是抛的谋划。在谋划中的抛者不是人,而是把人打发到作为他的本质的此在的生存中去的那个存在本身。这个天命就作为存在的臣民而出现,而存在就作为存在的澄明而在"。①这个谋划并不是你作为一个主体的人的谋划,不是我们刚才所说的我作为一个主体,对我之将来的一种超越性谋划。这个谋划是什么呢?如果你一定要用主体性来讲谋划,那就是立于存在的真理之中的,回应存在之真理的一种谋划。〔学生:但是如果说我并不知道存在的真理是什么,那我怎么立于这个存在的真理中呢?〕这就是海德格尔哲学的关键的地方。他会认为你这样想首先思路就错了,真理不是摆在那里等待我们去把它找出来而加以照亮的东西,没有这样一种真理。真理是一种发生。如果你这样问:"我都不知道存在的真理是什么我怎么去聆听它?"海德格尔就会说,你又堕入传统形而上学的思维中了。真理被你看成一个对象,被你看成与你分离而需要去寻找的一个东西,这个思维方式在他看来就是错的。

　　我们现在来看他的另一篇文章,即《论真理的本质》,但我只讲其中一部分内容,为我们刚才的讨论提供一点帮助。《论真理的本质》是海德格尔一个公开演讲的文本,收在《海德格尔全集》第九卷《路标》里。为了讲真理的本质,他首先考察了关于真理的流俗概念,即真理的本质就是符合。符合的真理观,这个我们都很清楚。比如我描述一样东西,假设就是描述我手上的这个打火机,我通过观察,准确地将它的表象讲清楚,人们就会说,哦,你说的就是这个打火机。这就是一种

---

① 〔德〕海德格尔:《海德格尔选集》(上),前引书,第380—381页。

符合，我的表述表象了这样一个被表象者，我的表述和被表述者是一致的。对于这样一种符合观，海德格尔反问得特别犀利，他问：我们怎么能够讲一句话跟一个东西符合呢？一个东西是有物质性、空间性的，而一句话有什么物质性、空间性？这明明两样性质的东西我们怎么能说它们相符呢？这是一个我们意想不到的追问，也是很有意思的一个追问，一下就会把你问懵。是啊，一句话我们怎么能讲它跟一个东西符合？这是什么意思？然后海德格尔接下来问：在何种意义上符合是可能的呢？符合的内在可能性是什么？他的回答是，取决于一种关系特性，即陈述和物之间起作用的一种关系特性：陈述把自身系于物，把物表象出来，让物对立而为对象。"作为如此这般被摆置者，对立者必须横贯一个敞开的对立领域（offenes Entgegen），而同时自身又必须保持为一物并且自行显示为一个持留的东西。横贯对立领域的物的这一显现实行于敞开之境中，此敞开之境的敞开状态首先并不是由表象创造出来的，而是一向只作为一个关联领域而为后者所关涉和接受。"[①] 这段话很抽象，是什么意思呢？用他后面得出的结论来讲就比较清楚了。他说真理的本质是自由，而自由的定义是"让存在存在"。那么一个物在何种情形下可能让我们说出与它相符的表述？海德格尔的意思，其实就是让这个物任其所是地开启一个领域，而我们在这种开启中听命于它，顺从于它，只有这样我们才有可能说出和它相符的东西。所以，即便是相符的真理观，也已经包含了他所讲的真理的萌芽。在这个意义上，我们

---

① 〔德〕海德格尔：《海德格尔选集》（上），前引书，第219页。

如果要准确地描述一个事物，就要尽可能地抛弃偏见，尽可能让这个事物如其所是地在我们的意识中显现，然后我们才有可能形成符合于它的表象，进而才能准确地击中它。这就是海德格尔讲真理的本质是自由的意思。自由就是让存在存在，就是你没有遮蔽它，让它向你开放出来。海德格尔在《我进入现象学之路》中讲，这就是现象学对他的重大启示。为什么海德格尔敢在《存在与时间》的开篇说在他之前的哲学都遗忘了存在，关于存在什么都没讲出来？熊伟先生认为他太狂妄了，我看未必，因为事实上，在胡塞尔的现象学之前，西方哲学对存在的认识的确只是关于存在者而非存在本身的认识。而现象学对海德格尔的启示是，不是去认识事物，而是让事物向自己走来，向你的意识开放，你不要试图去把捉它，你不能把它格式化，否则你以为抓它越紧，实际上你离它越远。〔学生：这个开放是否就是康德对待物自体的那种方式？〕恐怕不能这样讲，因为物自体在康德那里是非意识领域的东西，意识领域达不到，所以给它一个概念，一个命名，但是现象学所讲的事物向我们显现时是在意识领域之中的，两者完全不一样，而且物自体概念本身也是现象学所反对的。现象学认为，你凭什么去讲物自体，既然不在你的意识之中，你又如何知道？现象学的显现是一个很重要的思维方式，学会现象学思维就能够讲出你平时如果不按这种方式思维就讲不出也不会讲的东西。比如我马上问你：文学是什么？艺术是什么？可能一棍子把你打晕，然后你开始搜索枯肠，想起不知道从哪儿看到的一句半句，拼凑出一个仓促而粗糙的定义，甚至就连这样一个糟糕的定义都说不出来。但如果你采用现象学的思维方式，它就应该是这样，即当我们说文学或艺术这个词的时候,你要注意它在你的意识屏幕上激起什么样的反映,你紧盯这个意识的屏幕,要把听到文学或艺术这个词的时候那个意识屏幕上向你显现的东西一点点地描述出来,这样你不仅不会无话可说,而且也一定会说出比你先前那个仓促的定义更有价值的内容。〔学生:要说出这些显现的东西之前是不是要把你原有的那些经验悬置起来?〕不是悬置经验,而是悬置先见。〔学生:那这些东西怎么显现出来?就比如艺术是什么,我原来知道艺术是一种意识形态,或是其他什么,等等,我现在得首先把这些都放在括号里,那我又怎么让它在我的意识屏幕上显现呢?〕你是说它到底是怎么发生的,对吗?〔学生:对。〕怎么发生的,这是一个知识学的问题,我们作现象学描述的时候,先不管认识论的问题。它是如何发生的我们先不管,但是它一定已经发生了,对不对?经验告诉我们,我们提起任何事物的时候,虽然不知道关于它的意识是如何发生的,但它确实已经发生了,对吗?那么当发生的东西出来以后,按照胡塞尔的方式就是,还要不断地把这个已经发生的东西再进一步地还原,滤掉那些可能是非先验的主体性的东西,一点点地过滤,最后过滤到让这样一个经验发生的最纯粹的先验结构,那可能就是事物的本质。这是胡塞尔的思路。我想讲的是,如果以这样一种方式来描述事物,我们就会发现,我们一定会得出基于我们的独特经验的东西。这就是为什么我从来对一些说法嗤之以鼻,比如说关于莎士比亚、托尔斯泰、巴尔扎克等经典作家的研究已经那么多了,我们还有什么可研究的。怎么可能没有什么可研究的?你是一个独特的人,你有不可复制的人生经验和感知方式,你和它的遭遇不可能跟别人是一样的。

以上所举的例子是想说明如何"让存在存在"这个道理，这样讲或许简单了一点，但可以让我们较为方便地切入问题。不加偏见地让事物发生，让它在我们意识的屏幕上显现，这就是自由，这就是海德格尔所谓"敞现"的意思。这个"敞现"是传统的形而上学思维不可能具备的特点。传统形而上学的技术性思维，如果采用神话的说法，就是美杜莎的眼睛，她看到任何东西都会把它石化，对它进行把捉，对它进行切割，对它作主体性的格式化，而那个事物本身却丝毫没有得到敞现。与之相反，海德格尔说真理的本质是自由，这个自由不是我们的自由，是存在发生的自由。《论真理的本质》这篇文章对于理解《关于人道主义的书信》是有帮助的。海德格尔在很多文章里都在反复地讲这个真理的意思，也从这样一个角度来讲艺术作品的真理究竟是什么。

最后我们对"启蒙与反启蒙"的话题作个总结。我们选了《启蒙辩证法》和《关于人道主义的书信》这两篇文章，意图是切入一些现代性反思的命题。我们看到了两种反思。一种是基于政治忧虑的反思，要为他们所担忧的那种政治倾向找一个思想史上的起源，然后就找到了被称为启蒙辩证法的思维。这个思维其实就是一种系统化、总体化思维，它被霍克海默、阿多诺视为政治极权的根源。这里的思维逻辑是，知识话语和政治现实的特征是对应的，知识搞系统化、抽象化、一般化，比如逻辑实证主义、形式逻辑，都是对一切实质性、多样性的过滤，对应的政治现实则是高度集权，一切丰盈的生命都受到高度钳制，一切多样的个性都被泯灭。

另一种反思是基于存在的忧思,即存在论意义上人的无家可归的状态。从中文版《海德格尔选集》第五编"技术的追问"这组文章里可以看到海德格尔对他所处时代的一种批判,对他而言,这个时代用技术把人从世界上连根拔起,从而导致人的无家可归的状态。他的致思路径其实和霍克海默、阿多诺是一致的,也就是认为现实的灾难归根结底是由某种思想导致的。由此,他把问题的根源追溯到西方哲学的形而上学传统。类似的思维方式,我们还可以联想到波普尔的《开放社会及其敌人》,他对极权主义的反思也是从思想史的角度进入的,柏拉图、黑格尔等人的思想,在他看来就是导致极权主义的根源。至此我们需要想一想,这个致思路径有没有问题?是不是现实的问题,无论是政治的还是存在的,我们都要从思想史上去找根源?我个人的见解是,海德格尔的反思在很大程度上是成立的,因为我们对世界的技术性态度不只是一种思想,更多的是一种行为,而这种行为直接地锻造了我们的生存现实,这个生存现实就是海德格尔所说的无家可归的状态。当然,这个无家可归是海德格尔命名的无家可归,一般人并不一定认为我们无家可归,但在海德格尔看来,这就是陷于自我的迷梦,并且是一种野蛮状态。总之,不管他如何定义,如果认为海德格尔所说的无家可归是一种切实的描述,那么他的考察,虽然只是一种思想上的追究,其有效性还是可以得到认可的。但是对于霍克海默、阿多诺,我的看法就不太一样。霍克海默、阿多诺所忧心的那种政治上的极权、统一化,虽然有希特勒的纳粹主义这个触目惊心的例证,但它不是西方政治生活的全貌,甚至不是主流,比如主要的西方国家,像英国和美国,其政治现实显然就不是极权的。那么我们就会看到这样一种冲突，即诞生了霍克海默、阿多诺所强烈批判的那种知识话语（形式逻辑和逻辑实证主义）的国家（英国、美国），其政治上的自由主义现实，恰恰和知识话语的抽象化、一般化性质是反着来的。所以，抽象化、一般化的知识话语和极权国家之间没有必然联系，前者并不必然导致后者，就英国和美国这样的国家来说，它们之间的关系恰恰是错位的。不妨再看看德国，俾斯麦铁血统治的时期，在文化上产生了什么呢？很奇怪，用勃兰兑斯的话说，是漂泊的自我，是德国的浪漫主义。再反观实证主义、语言哲学，这些高度抽象化、标准化，似乎要把哲学搞得像数学一样精确的学问，恰恰诞生于政治和文化生活最为多元的国家。那么，霍克海默、阿多诺的诊断方式是不是有问题，尤其是当他们用这种思维来批判美国的文化工业时？在我看来他们完全是热情摆错了地方，其思维的根本问题在于对现代性作总体性简化，没有看到高度抽象化、一般化的知识话语和他们所忧虑的政治上的极权、统一化之间并不具有必然的因果关系，因而在历史现象的发生学思考上显得过于粗糙和任意了。他们没有意识到，现代是一个各领域高度分化的时期，经济上追求效率，政治上讲求规范，文化上主张多元，比如在文化领域，哲学着意于严格、清晰，但艺术却大胆得匪夷所思。我们要小心，不能把它们捏合在一起来讲。但法兰克福学派较早的那拨人，像霍克海默和阿多诺这样的，就喜欢把问题一锅煮，认为它们之间是连锁反应。实际上没有这个连锁反应。不过海德格尔有所不同，他讲的是存在状态。在某种意义上，你不得不承认，我们的存在确实出了问题，用里尔克的诗句来说就是，

《关于人道主义的书信》：「出窍地立于存在的真理之中」

143

"在这个被人阐释的世界，我们的栖居不太可靠"。海德格尔的表述确实能够打动人，虽然他所谓诗意的思、立于存在的真理之中，以及天地神人的映射游戏，等等，作为一种拯救的方式，基本上是天方夜谭，也不太可能作为一种文明的选择，但它完全可以是你个体生命的选择，我认为这一点没有问题。当然，如果你恰好是一个具有强大支配力的政治家，企图用他这套东西去改造世界，那结果可能适得其反，带来的将是很大的灾难。

以上是我对霍克海默、阿多诺和海德格尔的一点反思。总体来看，无论是对启蒙还是对反启蒙，都要作分梳，因为启蒙本身是一个非常复杂的事态，其内涵也相当复杂，不能一概而论。在众多的法兰克福学派式的理论家批判启蒙的时候，我更认同哈贝马斯的说法，即现代性还是一项未完成的工程。启蒙现代性的确有很多问题，但并非像这些理论家批判的那样一无是处，甚至还应该说，相对于它的缺陷、它的问题，它的成就更大，而且它至今仍处于未完成之中。

《无世界的存在》：绊在世界的门槛上

《无世界的存在》是列维纳斯《从存在到存在者》的第三章，可谓该书的高潮部分，也可能是我们最为关注的一个部分。① 但我们先讲一个问题，也就是第二章《世界》的内容，这一部分整个都涉及形而上学，虽然这个形而上学不是列维纳斯的形而上学，而是传统的形而上学。列维纳斯的形而上学和传统的形而上学完全是反着来的，这在他的另一部著作《总体与无限》里表述得很清楚，它是一种朝向无限的欲望，即他所谓"形而上学的欲望"。

关于传统的形而上学，在第二章的《意向》一节里，实际上已经讲得很清楚了。第35页有这样一句话："在整个西方唯心主义哲学中，存在（exister）都与这个从内在趋向外在的意向的运动有关。"从内在趋向外在的意向，其实就是在讲形而上学，这是形而上学的一个根本的精神图式。怎么理解呢？对

---

① 〔法〕埃马纽埃尔·列维纳斯：《从存在到存在者》，吴蕙仪译，江苏教育出版社，2006年。以下凡引该著，仅随文标注页码。

于哲学，大家不要局限在一些术语的抽象含义上。形而上学其实就是我们人作为主体，企图去对这个世界进行把握的一种冲动，无论你是从本质的角度，还是从系统、结构的角度来把握世界，其实都叫形而上学。一言以蔽之，形而上学的冲动就是世界冲动。启蒙就是形而上学的冲动，列维纳斯通过对意向和光的阐述把这个问题讲得很清楚。但我们要注意到，很有意思的是，在这两个环节上哲学家们的反应是不一样的：一个是"被抛在世"，一个是"存在何为"。我们可以看到，大部分的哲学家，从柏拉图以降，可以说他们处理的主要问题就是"存在何为"的问题。你可能会问，难道他们没有意识到在人的这个世界之外还有别的东西存在吗？从常识的意义上讲，他们不可能意识不到，但是从柏拉图以降的传统的形而上学，比如到集其大成的黑格尔那里，甚至包括马克思在内，都是在讲人作为主体如何对这个世界进行把握，如何将一切陌生的、异己的东西转化为人的认知和实践课题，如何使其为人的知识和行为系统所含纳。这就是形而上学的方式。

列维纳斯有意思的地方就在于，他在海德格尔所讲的"被抛在世"这个地方停下来了。他虽然也讲人在世界中的意向，即他所谓真诚的意向，那种急急地去拥抱客体的冲动，却不愿意由此进入海德格尔所讲的"存在之烦"，因为"存在之烦"实际上还是"存在何为"这个维度。他一开始不讲这个，而且他认为这多半不是世界之实，因为世界的真相主要是意向的真诚性。这个意向的真诚性当然也可以看成是形而上学的真诚性，就是人要去占有这个世界的真诚性。那么在海德格尔那里，我们可以看到，他对这种占有、支配、吞噬的取向是持极端的批判态度的,他认为所有的现代性危机都来源于此,在《作为世界图像的时代》里,他认为就是这种技术性的东西把我们连根拔起。那么他要恢复的是什么呢?他要恢复的是这样一个技术世界的"度"。他的"世界化"分为好的世界化和坏的世界化。坏的世界化,就是在天地神人的环状结构中过于突出人的维度,人这一环过于膨胀了;好的世界化就是天地神人的映射游戏,比如他用荷尔德林的诗来讲的那些东西——诗人处于一种适宜的气候之中,一夜风雨之后农夫走在天地之间的那种感觉,这是他要的一种有度的世界化。但是对于"被抛在世"这个维度,海德格尔虽然提到了,却着墨不多。然而"被抛在世"对列维纳斯来讲,却是过不去的一道槛。其实我们可以说这是一种选择,甚至可以说是一种性情。大家是不是觉得用性情来谈哲学太不严肃,太过感性甚至儿戏?我希望大家不要把哲学这件事情想得那么高深。我再次提示,在这个问题上我们不妨借鉴一点罗蒂的实用主义思维。在罗蒂那里,形而上学无非就是一种冲动,一种企图把纷繁复杂、异质多样的世界压缩到一个点,或者塞到一个可以清晰把握的结构中去的生命冲动,这是我们在很多哲学家那里可以看到的一种强烈的冲动。然而这并不是什么客观真理。比如黑格尔,他的绝对精神简直就像雪莱的西风,天地海洋,无所不达。《西风颂》其实就是一首高度形而上学的诗,从它的图式上讲,西风,无非就是雪莱脑中那场观念戏剧的帮手,调动天地万物来为这场观念的戏剧服务。黑格尔的绝对精神也是如此——什么不被绝对精神包纳?什么不被绝对精神征服?

其实就是在我们的日常生活中,也可以看到类似于传统形而上学的那种冲动：那些极其观念化、条理化、系统化的人，在某种意义上就是形而上学人，而有的人则相对懒惰、散漫，非形而上学。我本人就是一个散人，我虽然能够理解这些哲学家们的系统性冲动，对那些形而上学的表述也很敏感，但我知道我自身性情的另一个面向，那就是有点反系统，反本质化，甚至是反海德格尔所谓本真能在的那样一种冲动。这就是为什么我爱讲什么断裂啊，裂缝啊，暧昧啊这些东西的原因，也是我为什么爱引用梅洛－庞蒂来对抗海德格尔的原因。对我来讲，它就是一个生命取向的问题。我们可以看到，列维纳斯的生命取向和海德格尔的确实很不一样，和柏拉图以降的那些传统形而上学哲学家也都不一样，甚至可以说在列维纳斯身上出现了一种形而上学的无力，他虽然讲意向，讲光，讲所谓真诚，但是他自己恰恰没有这样一种朴素的真诚，因为他被"被抛在世"这样一种不得不在的束缚，甚至天谴、诅咒，与匿名存在所签订的契约给挡住了。他在这个门槛上迟迟越不过去。越过去就是传统形而上学的世界，可他就是越不过去。在这个问题上有什么真理可言吗？谁说得更有道理？

列维纳斯向我们呈现了传统形而上学没有打开的那样一个维度和空间（其实这话都不能说死），或者说他把传统形而上学曾经推开了一条缝的那个维度，一下子打开得很大。比如，我们这会儿都在灯火通明的房间里，如果外面没有灯，一片黑暗，那么大部分形而上学家都在这个屋子里琢磨着怎么把这个屋子里的事儿干好，干得更有意思，更精微，更文明，但列维纳斯对这一切似乎没有太大兴趣，他为之忧心忡忡的是门外那个世界，也就是黑夜的世界，是其他人避之唯恐不及的世界。

他们要把窗户都关上，窗帘都拉上，生怕对黑暗的一瞥会让他们感到不安，会给屋子里的处境带来威胁。但列维纳斯不但要把窗帘拉开，窗户打开，还要把门打开，还吁请我们走到外面去，在黑夜中承受那个匿名的存在。我认为这就是列维纳斯的姿态。但在我看来，这当中并没有真理可言，只不过是一种生命态度的选择，虽然这种选择让我们看到了传统形而上学所没能让我们看到的那些东西。这是我认为我们在读列维纳斯时所要具有的一种感性认识，有了这个认识，我们再回到文本看他的一些表述，可能就没有那么抽象了。

我们现在来看第三章。第一节《异域感》，它的核心内容是理解现代艺术和现代文学，或更准确地说，是通过理解现代艺术和现代文学来领会异域感。我们可以在两个层次上总结一下艺术作为异域的含义。第一个层次就是讲，一般的艺术，不管是传统艺术还是现代艺术，已经具有一种功能，即通过把事物转化为形象，产生一种让事物脱离世界背景的效果。比如你画素描，你选择了你们家的花瓶，或是其他什么物件，你不可能把它周围的一切全部画进去，你只能画一个局部，把它从它所属的那个环境中拽出来，割裂出来，就好像电影中的特写那样（事实上，列维纳斯也专门讲了电影特写的效果）。在这个意义上，所有的艺术，包括传统的艺术在内，都有让事物产生脱离世界背景的异域感的效果。这是艺术异域感的第一个层次。第二个层次是讲艺术媒介的陌生化效果。陌生化是俄国形式主义的概念，列维纳斯虽然没有用这个概念，但说的其实就是这个意思。有些艺术让那些我们已经熟视无睹的东西一下子又被我们看见了，让我们觉得很扎眼，它是如何做到的呢？就是通过形式和色彩的特别效果。对艺术作品的观看不是我们熟悉的那种知觉方式,在艺术的观看中,我们不会立即就把形式和色彩转化为生活世界中的客体,而是迷失于形式和色彩的炫目之中,一时,转化被延搁了,被阻挡了。比如拿印象派的画来说,一开始你看到的可能就是一堆色彩,然后才是凡·高的星空、莫奈的睡莲、雷诺阿的浴女和红磨坊街的舞会。或者一瞬间被你收摄眼中的,仍然会是一个生活世界的场景,但你马上就会注意到那些别样的形式和色彩,因为它们实在是太突出了,甚至可以说,对生活世界的收摄是无意识的,而那些形式和色彩才是直接打动你的。像这样的感觉和我们在传统绘画中几乎看见实物的那种感觉是完全不一样的。不过总体来说,印象派绘画的媒介陌生化还不算极端,它在对象呈现和媒介凸显之间还保持着一种平衡,比如塞尚,就始终不愿意放弃这样的平衡。但印象派之后的立体派就不一样了,用列维纳斯的话说,在他们的作品里,是"互不相通、彼此陌生的世界的共存"(第58页)。的确,随便找一幅勃拉克或者毕加索立体派时期的画作来看,我们要从中认出一个熟悉的世界都是很难的,不只是说它作为一个整体不像我们置身其中的这个世界,而是说在画框所框定的世界里,它的各个部分、各个元素之间也是互不相通、彼此陌生的。

在传统艺术,比如所谓写实绘画中,即便我们能认出画中世界和生活世界的相似性,它也照样表现了客体的异质性,这是毫无疑问的。正如海德格尔在论及符合真理观时,曾经冷不丁质问说:一句话怎么可能和一样东西符合呢?同样地,我们也可以说,一幅画怎么可能和它所描摹的对象等同呢?就算是采用严格的写实手法画出来的东西,也和我们在生活世界中所看到的有很大差别,其缘由即前面已经说过的,它是一种在孤立语境中的呈现,这就是它的异质性和异域感。但是,虽然它是孤立的呈现,它的各个部分之间的关系却不难理解,甚至我们都没有要费力去理解的企图。即便它呈现的是一段我们所不了解的历史,或者说一个神秘的宗教事件,我们也愿意相信,一个画家之所以这样画肯定是有原因的,而只要我们愿意去了解这个原因,那么这个作品就肯定能为我们所理解。但是当我们面对一幅完全抽象的现代绘画时,却未必有这样的自信。印象派的画处于中间状态,基本上还不会让我们产生太大的焦虑。比如,拿一幅凡·高的画来说,毫无疑问,因为它高度变形,我们不会立刻把其中的内容认作生活世界中的那些客体,但总体来讲,我们仍然可以从中感受到一个统一的灵魂(需要说明的是,这里的灵魂特指限定在画框中的灵魂,是我们作为观众从作品中可能领会到的一个灵魂,但它未必可以实证到艺术家本人的那个灵魂),虽然我们暂时还不知道如何表达它。

但列维纳斯进一步要讲的是,面对有些作品,我们一贯行之有效的"统觉"诉求就没有那么幸运了。我们来看这段话:

第一句:"在一个没有视域的空间里"(第60页)。"没有视域的空间"是什么意思?怎么会有"没有视域的空间"呢?我们看什么东西没有视域?这个"没有视域"的意思是,我们找不到用以理解这些绘画呈现的视角,换言之,找不到——列维纳斯用过的一个说法——"光学的解释"。但凡你用一种视角去解释事物,用命名、描述、命题等去说明它,就是在对它进行一种光学的解释。但是像立体派这类画,我们接着看:

"一些将其自身强加于我们的片段,一些碎块、立方体、平面、三角形摆脱了束缚,向我们迎面扑来,互相之间不经过渡。这是一些赤裸、单纯、绝对的元素,是存在之脓肿。"(第60－61页)"存在之脓肿"是什么意思?就是没有被我们的视域含纳,没有被我们的认知思维消化的东西。这句话之前,还有一个值得重点对待的段落:"我们是这样来理解当代诗歌和绘画研究的:在艺术真实中力图保存其异域感,从中驱除可见形式所依存的灵魂,解除被再现的客体为表述服务的命运。由此而来的是对主体的宣战……在世界的终结中把自在的现实呈现出来,这是一种普遍的意向。"(第59－60页)这里的关键是如何理解"从中驱除可见形式所依存的灵魂"。以某些现代诗为例,如果一句句地理解,我们很难找到一个主体意谓的连续性推进,而那些频繁出现的意象,也显然不是我们在一般语境下所理解的意思,所以整个诗歌就很难被看成诗歌之外的某个可依存的灵魂的表达,也就是我们领会不到它要表达什么意义。诗歌之晦涩,以及其他艺术之晦涩,均源于此。

在这里,我想谈谈究竟如何理解一首诗、一幅画,或是其他什么艺术作品的意义。在我看来,我们认为一件艺术作品晦涩,这本身就是对它的意义的领会。比如我们读一首诗,觉得它的表达东一榔头西一棒,一会儿说这,一会儿说那,一会儿这个意象,一会儿那个意象;或者我们看一幅抽象画,看到线条很流畅,但是突然到某处它停下了,出现一片色彩,然后我们又看到色彩与色彩之间的交接,仿佛在进行一场意味深长的对话。这些感觉会在我们的心中无意识地涌现,但通常情况下,我们不会把它们采接到所谓清晰的意识层面上来表达;相反，我们会习惯性地甚至固执地追问艺术家在这里投射了什么意义，而不是我们感受到什么意义。阻隔就在这里，我们之所以感到晦涩，甚至有时候感到愤怒和极度不适，就是因为我们找不到作品之外那个所谓可以依存的灵魂和作品之中这些客体之间的关系。我们所面对的情形，就是列维纳斯所讲的，"在世界的终结中把自在的现实呈现出来"。所谓"自在的现实"，就是剥去了"可以依存的灵魂"的现实。你可能会问，为什么要把诗写成这个样子呢？那么我想问你，你对世界的感受永远都是那么透明吗？事实上，我们会发现，生活中的很多感受，当我们试图把它们表达出来的时候，往往会觉得词不达意，即便表达出来，我们也知道遗漏了、割舍了或是隐藏了很多东西。大家注意第34页有一个很重要的词，后面还会提到，就是"无意识"。列维纳斯认为现代思想对无意识的发现固然意义重大，但对无意识的理解却差之千里。列维纳斯讲："既然我们的客体都真实地存在着，我们自然一般都是把'存在'这个词不言而喻地放在裸露的存在中去理解的。"所谓"裸露的存在"，就是没有世界背景的存在。他接着讲："我们是否正确领会了这种'无意识'和'不言而喻'的含义？自从'发现无意识'——这里术语的自相矛盾也印证了知识界的一场大地震——以来，哲学一直把无意识作为另一种意识看待，而错误地理解了它的存在论职能，以及它和意识的明晰性开启、和真诚的特有关系，这种关系和无意识的黑暗、幽深、暧昧背道而驰。"（第34页）这段话的意思是说，无意识摆脱了光学的解释，但是我们始终爱把这种无意识看成是意识的一种可能，一种具有苗头的意识的压抑状态。弗洛伊德那套心理学我们知

《无世界的存在》：绊在世界的门槛上

道，都是从无意识去找意识的根苗，然后看它怎么升华、转化，怎么变成清晰的意识，这就是把无意识意识化的一种做法。但列维纳斯反对这种做法："一旦我们把在世之在看做意向，我们就首先肯定了——而且我们的文明和哲学的历史也证明这了这点——世界是意识的领域，而且无论如何，意识的典型结构支配着无意识对世界的渗透，并赋予它们以意义。无意识是在世界'之前'发挥其作用的。"（第34—35页）最后这句话怎么理解？其意是说，无意识是一种世界化之前的感受。很多现代艺术和诗歌正是这样的世界化之前的感受的表达。正是在无意识的表达中，有着列维纳斯所讲的"存在之脓肿"。因为无意识不能完全被那个意识的筛网筛掉，所以它就留下了一些东西，也就是没法通过筛网的那些东西。

《异域感》这一节讲的实际上就是列维纳斯用以解读现代诗歌和绘画的艺术哲学，我认为是很有说服力的。接下来讲第二节的内容。在第一节的末尾，列维纳斯向我们提示了他专门论及现代诗歌和绘画的意图，即以"存在之脓肿"揭示存在状态，这种存在状态即他所谓"非形式的攒动"，也就是第二节所讲"无存在者的存在"。列维纳斯的著作很讲究，他通常都会在每一节的末尾以一句过渡的话来接引下一节，思路是非常连贯的。

无存在者的存在，其实就是无人称的存在。第一句话很感性："想象一下所有存在者——人与物——都复归虚无。"（第62页）大家有没有过这样的想象？我记得我初中时候有段时间就老有这种想象，想得我心脏都难受。我就想，要是哪天地球毁灭了，那整个宇宙岂不是一堆没有生命的物质在那里乱转吗？我那时似乎还没想到外星生命的存在。这个想象让我感到揪心。我相信这样的想象很多人都有过。当然现在很多人坚信外星生命的存在，这个想象就不那么令人难受了。我们接着看列维纳斯，他说"不可能把这种对虚无的回归置于一切事件之外"（第62页）。列维纳斯这里所说的虚无，不是海德格尔哲学意义上的虚无。海德格尔的虚无是指"存在何为"这件事情没有着落，但列维纳斯的虚无是对一切存在物的否定，是一种黑暗和无明状态。然后大家注意"事件"这个词，在列维纳斯那里，这也是一个很重要的词。在无意识当中，就已经有事件发生了。很多时候，列维纳斯用到"事件"这个词，都是指那种不能被我们的同一性思维化解的存在，比如和他者的照面，就称得上是一个事件。接下来，列维纳斯用在黑夜中的体验来讲对无人称的存在的一般经验。他在这里其实是勉为其难地用了"经验"这个词。他说："假定'经验'这个术语不与这种绝对摒除光线的情境相抵触，那么我们可以说，黑夜就是对'il y a'的经验。"（第63页）特别注意"假定"这个词："摒除光线的情境"就是绝对黑暗的情境，是我们的同一性思维所不能达致的情境，如果我们还要把它称为一种"经验"，那确实是要加上引号的。接下来的这些段落非常精彩，写得很抒情，但又有非常清晰的逻辑。他认为对夜晚的体验实际上就是我们丧失了在熟悉场景中的那种光学视域："黑暗仿佛内容，填满了夜晚的空间，它盈实溢满，但充满它的是万事万物的虚无。我们能说它具有延续性吗？它诚然是连绵不断的，但夜晚空间的各点不像在光亮空间中那样互相关联；它们没有背景，没有各就其位。它只是诸点的麇集攒动。"（第64页）那么，在光学视域丧失用武之地的黑暗中，我们会是怎样的感受呢？列维纳斯说："透视背景的不在场并不是纯粹消极的。它成为一种不安全感。这全然不是因为万物在黑暗的掩映之下摆脱了我们的预见之明，让我们无法预知它们的临近。不安全感并不是由于白昼世界的万物皆隐匿于黑夜之中。它恰恰是因为无事临门，了无威胁：这种寂静，这种安宁，这种感觉的虚无构成了一种喑哑无声、绝对难定的威胁。"（第64页）这段话并不好懂。"不安全感"不难理解，我们谁都有过在黑夜中的那种莫名的恐惧，尤其是在童年时代。万物皆被掩映，我们没有了定位的坐标，赤裸裸地悬于存在之中，抓不到可依凭之物，或许这就是不安全感产生的内在原因。然而，列维纳斯为何说它"并不是纯粹消极的"呢？列维纳斯在这里并没有对此进行解释，只是很突兀地讲出来，或许还是无意识地把它讲出来，所以需要作一些说明。在我看来，黑暗中的不安全感之所以被列维纳斯视为并非纯粹消极的感受，是因为它有可能让我们在一种习惯的阻断中摆脱传统形而上学光学视域的局限，并由此开启朝向绝对他者的向度，也就是列维纳斯意义上的形而上学的向度。事实上，接下来这句话就点明了黑暗与传统形而上学的紧张关系："面对这黑暗的侵袭，不可能将自身包裹起来自成一统，不可缩回自己的壳里。"（第64页）

有意思的是，我今天读到了科技疯子埃龙·马斯克的一则轶事，我们不妨联系这里的思想作一些分析。据说他小时候有天晚上和一帮小孩子一起玩，当其中的一个小朋友说怕黑时，他却淡定地说："黑暗只是没有光线而已。"不得不说，这就是埃龙·马斯克，绝对的理性，绝对的日神，对他而言，黑暗的侵袭毫无效力。列维纳斯讲得很清楚，光线不只是物理之光，也是我们理解世界的视域之光，但是你看埃隆·马斯克这样的人，他认为黑暗不过就是世界的缺席而已，他丝毫不去思考这个世界的缺席、这种空无究竟意味着什么，他完全不为此感到不安。我们不能要求少年马斯克有这么深的哲学思考，但从存在情绪上讲，我们知道其他小孩子那种莫名的不安是有道理的。对于莫名的不安，列维纳斯的分析是很精彩的，读起来可以说非常过瘾。

接下来，列维纳斯谈到了某些文学作品（兰波和一些自然主义小说家）中诸物的一种呈现方式："诸物和诸存在者击中了我们，它们仿佛已经不再是一个世界，而是游弋在自身存在的混沌中……这些泯灭在它们的'物质性'中的生命和事物，却凭借它们的厚度、它们的重量和它们的尺寸令人惊骇地在场。"（第65页）这些内容和上面谈的黑夜中的体验有什么关系呢？其实还是在讲无人称的存在，因为所谓自身存在的物和黑暗中的物都缺少理解它们的视域之光。列维纳斯特别以自然主义小说为例来阐述。卢卡契在《叙述与描写》一文中也谈到以左拉、福楼拜为代表的自然主义小说在细节上的独立化倾向，认为这样的细节无法和人物命运有机地结合起来，相反，在以巴尔扎克、托尔斯泰为代表的现实主义作品中，所有的细节均服务于人物的命运，不可能有孤立的存在。二人都注意到了自然主义小说中物的所谓"自身存在"的呈现特点，但评价却居于两极，卢卡契对此几乎是深恶痛绝，难掩愤懑之情，而列维纳斯则如觅知音，并从中看到了走出传统形而上学之光的契机。

接下来谈到了"畏":"与 il y a 相摩擦发出的窸窣声就是畏。"(第 66 页)思路紧承上述内容,这个"畏"就是在存在一般,即无人称的存在中的畏,它不是海德格尔意义上的畏。海德格尔的畏是"存在何为"之畏,亦即所谓"存在之烦",仍属主体性的筹划,但列维纳斯说畏在任何时候都不是面对死亡的焦虑,而是一种"无人格的警觉"和"分有"。这个说法令人费解,因为既然有警觉,那怎么可能是无人格的呢?要回答这个问题,关键是理解"分有",这是法国哲学家、社会年鉴派代表人物列维-布留尔的一个术语,译注里有说明:"他曾用'分有律'这个概念来说明原始民族的意识特征:他们对于物质-精神、主体-客体尚无清晰的区分,而通过那种无界限的相互渗透,他们就会产生与绝对物直接交会的神秘体验(例如梦中与死者对话,得到启示)。这种同一状态中没有个性化的自我;相反,自我感到自己被一种不可控制的巨大力量所包摄,从而产生一种宛若新生的神秘经验。"(第 66 页)如此看来,"分有"是指一种没有掌控感的非同一性意识,"无人格"即为此意。接下来谈到的"圣秘"就是一种分有的经验。在圣秘的阐释上,列维纳斯虽然认可涂尔干将圣秘所激发的超越性感受与世俗存在进行比对的做法,但指出这些感受在涂尔干那里仍旧不过是主客对立的产物,它和圣秘本身完全是两码事。所以他并不认可涂尔干关于圣秘和上帝之间的关系的阐释:"原始宗教圣秘中的无人称性对于涂尔干来说,代表着'尚未'获得人格的上帝,更进步的宗教中的上帝终有一天会从中脱胎而出。事实正相反,圣秘的无人称性所描述的世界中,没有任何迹象能预示上帝的降临。"(第 67 页)意思是说,在圣秘中是没有对象化和人格化的。这就是理解"分有"的关键，它对抗的是对事物的光学的解释。在光学的解释中，是不会有什么"宛若新生的神秘经验"的，理解的始终是已经被理解的，此即所谓解释的循环。包括海德格尔所讲的能在筹划以及对时间性的强调，在列维纳斯这里都有一个很大的问题，即"宛若新生的神秘经验"被阻断了。后面谈到的"瞬间"，也是针对这个问题提出来的，它意味着在分有中不断涌现的现实的在场，它既没有义务去承担上一个瞬间给它指派的什么意味，也没有义务去给下一个瞬间开启什么可能的向度，它自给自足，独自存在，仅此而已。很明显，列维纳斯的别具一格的畏，想要破除的就是传统形而上学的同一性，而这个同一性的背后就是主体化、人格化。

列维纳斯以《麦克白》为例来讲存在的去人格化，可谓相当精彩。有人以《喧哗与骚动》中的所谓不可靠叙述来理解存在的去人格化，这不是列维纳斯去人格化的含义——不可靠叙述最多意味着一个难以把握的主体，并不是去人格化。但《麦克白》的情形完全不同。我们知道麦克白谋杀国王，一开始是受女巫预言的诱惑，后来是受麦克白夫人的催逼，一番精心筹划后，他们真的把国王给杀了。到此为止，似乎一切都在掌控之中。然而意外很快就出现了，无论是麦克白还是麦克白夫人，都被自己的行为吓坏了："在谋杀罪行所制造的虚无中，存在变得浓稠、凝聚，直至令人窒息，并且恰从意识的'退却'中夺回了意识。死尸令人毛骨悚然，它已经负载着自己的鬼魂，宣告着鬼魂即将归来。这幽灵，这鬼魂，构成了畏的基本要素。"（第68页）这段话中要重点理解的是"从意识的

'退却'中夺回了意识"这个说法。想必大家还记得《麦克白》中那著名的敲门声吧，就是麦克白夫妇刺杀邓肯成功后听到的那几下敲门声。关于这几下敲门声，历来有很多解释，其中最为有名的可能是德昆西的说法。他把它解释为麦克白夫妇的人性的回潮，并认为世界借此而回到了正常的轨道。我并不反对德昆西的说法，但我觉得还可以这样理解：麦克白夫妇之所以听到那几下敲门声，是因为谋杀成功后令人心悸的血腥氛围瓦解了他们一直紧绷的意识（所谓"意识的'退却'"）；但同时，意识也得以从令人疯狂、痴迷的筹谋中解脱出来，向世界开放（所谓"夺回了意识"）。如此阐释，接下来这段话就不难理解了："在场在否定中的回归，从一种坚固不朽的匿名存在中逃遁的不可能性，这构成莎士比亚最深刻的悲剧主题。"（第68页）"否定"是指对主体筹划的否定；"在场"的回归，就是存在一般的回归，或者说无人称的存在的回归。

列维纳斯还以《哈姆莱特》为例继续讲这个问题。他认为哈姆莱特的畏与麦克白夫妇的畏类似，它不是对行动成败进行实际考量的畏，而是对一种即便人死了也无法摆脱的不得不存在的畏："哈姆莱特在'不在'面前畏而却步，因为在这'不在'中存在正步步紧逼，急速归来。（'死了，睡着了，睡着了也许还会做梦。'）"（第69页）列维纳斯再次强调他所说的"畏"和海德格尔的"畏"的重大差别："令海德格尔惶惑的纯粹虚无并不是il y a。il y a是存在之恐惧，与虚无之惶惑针锋相对；是畏惧存在，这和为存在而畏惧也是截然两种滋味。"（第69页）回到第39页，看这句话："质询世界在存在论冒险中的位置何在是一回事，而要到世界内部去寻找这种冒险又是另一回事。"这讲的是同一个意思。列维纳斯为了进一步说明这里的不得不存在之畏，又举了戏剧家拉辛笔下人物菲德拉的例子。可以参考吕西安·戈德曼在《隐蔽的上帝》中对《菲德拉》的分析，对于理解列维纳斯的阐述应有很大帮助。在戈德曼看来，拉辛笔下的人物全部处于一种被两相冲突的要求撕扯的绝境之中，列维纳斯对菲德拉形象的阐释也与此类似："菲德拉发现，在一片盈实的天地间，她的存在已经被写进了一纸不可解除的契约，不再归她个人所有。她发现自己求死不得，永远肩负着存在的责任。"（第70页）对于这样的存在感，或许我们可以改写昆德拉的话，称其为"生命不可承受之重"。

在本章末尾可以看到，列维纳斯仍念念不忘其"存在之畏"与海德格尔的区别："在海德格尔笔下，焦虑是实现'向死而在'的途径（无论对所谓'向死而在'作何理解），而黑夜中'问天天不应，遁地地无门'的恐惧却意味着无法逃避的存在（existence）。'天哪！明天还得继续生活。'明天属于无限的今日。黑夜的恐惧就是害怕永生不朽，害怕存在悲剧长演不衰，害怕必须永远承担存在的重荷。"（第70—71页）通过上面的分析，这些话表层的含义想必不难理解了，但我还想提示一点，《从存在到存在者》这本书是在德军的战俘营里构思的，联系这一特别的存在处境，这些思想的肉身性也可以为我们所领会了：在随时都有可能被毫无尊严地处死、生命有可能只剩下最后一晚的紧迫感中，如果还谈海德格尔的时间性，那就不仅显得过于奢侈，而且还有些荒唐和讽刺了。

第二编

文化研究视野中的"权力"理论

在种种文化现象中辨认权力（power）操作或显或隐的运行机制，即便是蛛丝马迹也绝不放过，这一认知或侦察的冲动乃是文化研究（Cultural Studies）俘获人心从而持久不衰的秘密源泉之一。米歇尔·福柯（Michel Foucault）虽然不是引发此种文化政治学观念的始祖，却毫无疑问是影响至深的关键人物。他宣称："权力无所不在……这不是说它囊括一切，而是指它来自各处。"① 此判语姿态森然，力图产生让人在麻木中突然惊觉的效果，而欲深入把捉其意蕴，则不仅关系到权力之内涵的复杂性，而且涉及权力之形态的历史演变。

在一般情况下，人们将权力理解为一种体现于社会关系中的可见可感的支配力，但除此之外，英文中的"power"一词还另有繁复的含义，此处综合相关阐释作如下辨析：权力的第一种含义与能力（capacity）、技巧（skill）或禀赋（talent）类同，指对外部世界产生效果的能力，以及潜藏在一切人的表

---

① 〔法〕米歇尔·福柯：《性经验史》，佘碧平译，上海人民出版社，2000年，第67页。

演中的物理或心理能量,在这个意义上,可视其为人所具有的属性或品质,同时也就意味着,对权力的追求乃是人类的基本动机,如果反对它,就是反对人类本身。① 可以认为,尼采(Friedrich Wilhelm Nietzsche)对权力意志的鼓吹就基于这样的洞见。有尼采中译者主张把尼采的"权力"译为"强力",其理由即在于此,但实际上却又把尼采肤浅化了。这是因为,尼采意义上的力并非单纯喷射的强力,而是有所掌控、运用自如的力,不理解这一点,就不能理解"power"中何以内含技巧之义,就不能理解尼采所谓"永恒轮回"的思想,也就不能理解尼采何以极力看重艺术的价值。从尼采对权力意志的阐发中,处处可见他对权力意志中的主体性的强调,这就是"永恒轮回"所蕴含的深意,海德格尔(Martin Heidegger)将其阐释为意志不断地回复到作为同一个意志的相同者那里,真理也在这里得到理解,即权力意志由之得以意愿自身的那个圆圈区域的持续的持存保证,而艺术则是权力意志作为它所是的意志能够升入权力并能提升权力这样一回事情的条件,故艺术又高于真理。② 通过对尼采的分析可以看到,对所谓行动权(power to)和所谓控制权(power over)的区分不能过于僵硬,控制之义其实已隐含于前者之中,因为要行使这种权力,行使者需要自我控制,其意是说,正是权力主体的身心成了权力意向的客体,而这种处于潜能状态的权力一旦表现出来,也

---

① 参〔美〕丹尼斯·朗:《权力论》,陆震纶、郑明哲译,中国社会科学出版社,2001年,第1—3页。
② 参〔德〕海德格尔:《海德格尔选集》(下),孙周兴选编,生活·读书·新知三联书店,1996年,第790—793页。

必然涉及对其他客体的控制或冲击。注意到这个隐含之义是非常重要的，因为正是这一点使第一种含义中的权力和以下分析的第二种含义中的权力有了某种内在的关联，从而也使得对权力的批判显得复杂起来。①

权力的第二种含义是指在社会关系中，某些人对他人产生预期效果的支配能力，表现为三种形式：其一，一方强制另一方做某事的能力；其二，某一群体不仅掌控对其有利的结果并且还制定游戏规则的能力；其三，一种操纵人们而不会引起不满的能力，其途径是形塑人们的感知、认识及性情倾向，使他们能接受他们在现存秩序中的角色，因为除此之外既看不到也想不出更好的选择，或是把这个秩序看成自然的、没有争议的，或是神圣的和对他们有利的，在这个意义上，它类似于意识形态和霸权（hegemony）。② 如果视权力的这三种形式为不同历史时期之权力的主导形态，其演变所反映的一个侧面就是一个权力形式愈益隐蔽的历史，或是统治阶级统治技术的进步史，另一侧面则是民主力量对历史进程的影响史。对于前两种形式，即便仅从日常生活着眼，而不回溯政治历史的层面，人们也较为熟悉。而随着社会变迁及社会科学的演进，对于当今社会占据主导地位的第三种权力形式，人们也有所鉴别了。批判理论在这个过程中起了很大的作用，这不仅包括经典马克思主义，而且还包括西方马克思主义以及后现代理论的诸种

---

① 参〔美〕丹尼斯·朗：《权力论》，前引书，"第三版引言""1988年版序"。
② 参〔英〕伊莱恩·鲍德温（Elaine Baldwin）等：《文化研究导论》（*Introducing Cultural Studies* 影印本），北京大学出版社，2005年，第94页。

学说。

当马克思断言统治阶级的思想在每一时代都是占统治地位的思想，并且把法律、政治、宗教、哲学及艺术视为意识形态诸表现形式时，已经对文化与权力的内在关联作了深刻的透视，但可能因过于强调物质生产或经济力量对历史进程的主导，而导致一些后继者（如第二国际的考茨基）机械理解经济基础和上层建筑之间的关系，并由此产生达尔文化的社会主义思想，即认为社会主义将作为社会进化过程中的一个自然而然的环节出现，其后果是在政治实践上消极等待资本主义制度的"不可避免的"灭亡，在理论思想上则丧失了马克思主义对文化的意识形态批判眼光。卢卡契（George Lukacs）和柯尔施（Karl Korsch）是对此产生高度警觉并有重要论述的理论家，他们都强调揭示马克思主义的黑格尔根源——主－客体辩证法，从把社会领域理解为一个整体出发强调革命斗争中阶级意识的能动性。他们的思想都包含着这样的洞见，即在政治权力的角逐场上，意识形态是不可或缺的力量因素，虽然他们并没有就作为意识形态载体的诸文化形式与政治权力之间的具体关系作深入探讨，但这个致思的方向实际上已隐含其中。也正是在这个意义上，葛兰西（Antonio Gramsci）的"文化霸权"（cultural hegemony）论便显得格外重要。所谓文化霸权，实质是一种意识形态领导权。要理解这一概念，需要比较马克思和葛兰西各自眼中的社会结构模式。在马克思关于社会结构的分析中，意识形态处于第三位，即经济基础—政治、法律等上层建筑—意识形态；在葛兰西关于社会结构的分析中，意识形态处于第二位，即经济基础—市民社会（意识形态）—政治社会（政治、法律等上层建筑）。这一转变的意义在于，葛兰西认为，在西方资本主义社会，市民社会是政治社会的基础，资产阶级的统治主要不是依赖政治社会及其代理机构，如军队、暴力等来维持的，而是主要依靠他们牢牢占有的文化霸权即意识形态领导权，依靠他们广为宣传并为大众普遍接受的世界观来维持的。这里的关键是，对葛兰西来说，文化霸权并不是一种简单的、赤裸裸的压迫和支配，其建立并非通过单纯粗暴的观念灌输，而是需要被统治者某种自愿的认同、某种一致的舆论和意见，才得以达成。故霸权概念意味着，统治集团为了取得支配权，必须与对立的社会集团、阶级以及他们的价值观念进行谈判，而既为谈判，其结果必为一种调停。换言之，霸权并不是通过剪除对立面，而是通过将对立一方的利益接纳到自身来维系的。这一调停式权力观中所包含的辩证思想或许是葛兰西理论中最为闪光的部分，对于文化研究摆脱阶级本质主义、阶级决定论的文化观，从而形成重视文化内部的差异和矛盾的研究视角具有重大的启示意义。

　　葛兰西作为文化政治学伟大先驱的地位已获公认，但学界对其理论的奠基性意义的认识似乎还远远不够。他所开启的实际上是这样一个思路，即以强制力为其表现形式的政治权力（以暴力国家机器为其最终保障），是如何以非强制力的文化方式作为其支撑、辅助或进行分散、转移（在他那里通过向市民社会诸领域的渗透而达成）的。在这个意义上，或许可以不夸张地说，包括法兰克福学派（The Frankfurt School）以及阿尔都塞（Louis Althusser）、福柯、波德里亚（Jean Baudrillard）、布尔迪厄（Pierre Bourdieu）等人的学说都在其理论阴影的笼罩之下，因为他们所做的——法兰克福学派以具欺骗性的文化工业（culture industry）和一体化的商品体系，阿尔都塞以意识形态的无意识建构和意识形态国家机器（ISAs），福柯以规训机制，波德里亚以消费社会的符号逻辑，布尔迪厄以鉴赏趣味的区分功能，来阐释权力的非强制力方式——不过是对葛兰西这个思路的继承和深化而已，并且可以看到，他们中的大多数还把葛兰西文化霸权思想中至为重要的辩证法内核给丢掉了。

在法兰克福学派的批判视野中，资本主义社会的极权控制已圆滑地转入大众文化和商品的消费领域，但从阿多诺（Theodor Adorno）主张对现实同一性的否定，以及马尔库塞（Hebert Marcuse）倡导主观意识的革命来看，消费者即便是被掏成空壳的主体也仍然具有反弹的可能性，这是因为两人的着眼点最终在于对异化和物化现实的反抗，所以尽管在批判分析上显得过激，但骨子里诉求的仍然是不可动摇的本真主义的人本立场。也正是在这一点上，他们与同样视个体性为空无的阿尔都塞区分开来。

对阿尔都塞来说，似乎在权力意识形态的建构和塑造之前，个体的主体意识就从未存在过。他把意识形态看成一种思想构架，是"个人与其真实条件的想象性关系的一种'表征'"，人们通过它阐释、感知、经验和生活于他们置身其中的现实，所以他们并不与现实之本来所是直接照面。在这个意义上，意识形态具有欺骗性，也正因为此，统治阶级才极其热衷对人们进行意识形态的灌输，在这个过程中，便产生了一系列的阿尔都塞称之为"意识形态国家机器"（ISAs）的机构，如教会、学校、工会、媒体等。他把政府、军队、法庭和监狱等称为强制性国家机器,认为不能把意识形态国家机器与之混淆,因为二者有一个基本的差别:"强制性国家机器'通过暴力'起作用,而意识形态国家机器'通过意识形态'起作用。"具体地说,在资本主义社会里,"所有意识形态国家机器,无论它们是什么,促成了相同的结果:生产关系的再生产,即资本主义剥削关系的再生产"。① 阿尔都塞的建构性主体观为文化研究提供了不同于早期威廉斯等人的文化主义的结构主义范式,在整个二十世纪七十年代,对影视研究,性别、种族及文化身份的研究都产生了巨大影响。然而阿尔都塞的主体性理论具有浓郁的决定论色彩,意识形态取代人类成为历史的主体,个体屈从于它,而没有自身的意志、理性和目的。可以看到,在反人本主义这一点上,福柯与其如出一辙。

罗伯特·戈尔曼(Robert A. Gorman)指出:"除W·本杰明外,也许现代人中再也没有谁能像福柯那样其著作被广泛阅读并适合于如此众多的各不相同的理性和政治传统。"② 但总的来说,福柯主要以其革命性的权力批判著称。一般认为,福柯权力观的革命性在于揭示出权力运行机制的生产性而非其压迫性。按福柯的阐释,权力的生产性是指,权力致力于生产、培育和规范各种力量,而不是专心于威胁、压制和摧毁它们,其运作无需借助暴力,也无需借助法律,而是借助居于霸

---

① 此三处引文分别见〔斯洛文尼亚〕斯拉沃热·齐泽克等:《意识形态的崇高客体》,方杰译,南京大学出版社,2002年,第161页,第147页,第154页。
② 〔美〕罗伯特·戈尔曼编:《"新马克思主义"传记辞典》,赵培杰等译,重庆出版社,1990年,第284页。

权地位的各种规范、政治技术,借助对躯体和灵魂的塑造。在《规训与惩罚》(Discipline and Punish)中,福柯就揭示了从酷刑折磨到对犯人、学童及其他人施行道德改造这一戏剧性的历史转变。在《性经验史》(The History of Sexuality)中,福柯把这种新型的权力命名为"生命−权力"(biopower)。这种"生命−权力"的最初形态表现为规诫性权力,福柯将其定义为"保证人类多样性之秩序的技术",它最早起源于修道院,后扩展至整个社会。"生命−权力"的第二种形态可称为着眼于"类总体"的监控术,即"各个政府发现,它们的事情并不简单的是有关它们的臣民,也不是有关它们的人民,而是有关人口以及人口的特殊现象和各种变量:出生率、发病率、受孕、生殖率、健康状况、发病的频率以及饮食形式和居住形式"①。这种监控术的出现,意味着"生命进入了历史",进入到一个密集地构建起来的知识和技术领域。通过对深嵌于知识体系中的权力机制的考察,福柯揭示出现代主体并非一个受压制的存在物,而是一个在科学−规训机制的母体中,通过一整套的力量与躯体技术被精心组织起来的道德的、法律的、心理的、医学的、性的存在物,从而瓦解了那个所谓创造性的主体。

福柯权力观的另一个要点在于把权力看成是分散而不确定的。福柯认为,诸如马克思主义这样的现代社会理论未能充分理解权力的多元性,而在他看来,现代性的特征之一就在于现代权力是一种"多种多样的力量关系",绝不可能在某个中心点上凝结或驻留,因而具有高度的不确定性。与这种权力分散

---

① 〔法〕米歇尔·福柯:《性经验史》,前引书,第18—19页。

论相对应的是，福柯反对像法兰克福学派那样对理性作普遍化描述，相反，他把理性理解为一个过程，它发生于众多的场域中，每一个场域都以一种基本的经验如疯狂、疾病、死亡、犯罪、性等为基础，由此，需要采取一种由下至上而非由上至下的分析方法。这也就是为什么福柯将其批判称为一种"分析法"，而非一种系统的权力"理论"的原因。

福柯的生产性及分散性权力观开启了权力批判的巨大空间，他本人即是最为出色的实践者，极大地激发了当代文化批评的活力。不过，当代文化批评在接受福柯的理论遗产时应该注意两点。第一，虽然福柯把权力批判的重心放在了规训机制上，但这并不意味着权力的强制机制就不存在了，否则，福柯的影响真是非常危险，甚至与他的期望背道而驰。因为，如果全部的批判能量都集中到了文化领域，那么现实中的强权运行就真的畅通无阻了，而这是当今致力于社会批判的知识分子要特别警惕的现象，尤其是在那些专制传统源远流长的地区和国度，对福柯式权力批判的过于热衷可能只是意味着一种不敢面对现实的逃避而已。事实上，正如凯尔纳和贝斯特指出，"福柯从方法上悬置了谁控制和使用权力以及为什么要控制和使用权力这类问题，将关注的焦点集中于权力的运作方式上。不管这种强调权力运作于一个分散的压迫与斗争场中的观点提供什么样的新洞见，它掩盖了这样一个事实，即在很大程度上权力仍然为某些具体的、可辨识的、处于经济和政治要位上的行为者所控制和操纵"。第二，要全面而非片面地理解福柯。通过更多地把注意力放到权力的规训而非强制的层面上进行考察，福柯实际上揭示了权力因素的复杂性和多样性，即福柯所说，权力并非总体性的，而是分散的，他所谓权力无所不在的说法即来源于此。这种观点容易导致沮丧和悲观情绪，但正如凯尔纳、贝斯特所说，"对福柯的误解表明人们混淆了无所不在的权力和无所不能的权力这两个概念之间的差别。尽管权力无所不在，但它又与冲突密不可分"。① 而实际上，晚期福柯修正了他早期对现代性持极端否定的批判态度，尤其是修正了原本认为主体性只不过是统治的建构物的观点，试图借鉴和吸收启蒙运动遗产中的积极因素，即敏锐的时代感、对理性自主优于顺从和教条的强调，以及重视理性的批判性等等。这也就是他欣赏德勒兹（Gilles Deleuze）、加塔利（Félix Guattari）的微观欲望政治，以及倡导以"特定知识分子"取代"普世知识分子"的原因所在。此外，后期对"自我技术"的提倡也平衡了他早期对"控制技术"的过分强调。

福柯权力理论的巨大影响毋庸置疑，其意义难以估量，但从当前文化批评的着眼点来看，波德里亚和布尔迪厄的学说似乎具有更为切实的相关性。一般认为，波德里亚的理论贡献在于把符号学引入政治经济学批判，将马克思对资本主义的批判从生产领域扩展到了消费领域。在政治经济学批判里，通过对资本主义生产过程的分析，马克思实际上揭示了统治权力向资本主义生产领域渗透的秘密，即资本家通过榨取工人劳动的剩余价值，在商品交换价值的实现中获得对社会财富的占有，并继而获得对整个社会的支配权。但由于在马克思所处的时代，

---

① 此两处引文分别见〔美〕道格拉斯·凯尔纳、斯蒂文·贝斯特：《后现代理论》，张志斌译，中央编译出版社，1999年，第90页，第71页。

广告、时尚、大众传媒等还未在社会生活中产生像今天这样的影响，所以他没有对符号体系控制需要的过程和手段作进一步的研究，从而把在消费中得到实现的使用价值主要看成商品作为物的具体功能和有用性。而在波德里亚看来，在以商品的符号增值为主要特征的现代消费社会里，使用价值也不过是一种需求系统的抽象，因为人们对所谓使用价值的追求，其实是对商品符号价值的追求，而这个符号价值具有彰显社会等级和进行社会区分的功能。这样一来，对所谓物的消费实际上构成了对整个社会结构和社会秩序进行内在区分的重要基础，故而一切消费都是资本主义实施社会控制的具体方式，其结果是完全取消了一种对立的消费实践和消费政治的可能。波德里亚的这个结论显然是过于悲观了，而且令人遗憾的是，他尽管正确地指出符号价值体现的是一种社会区分的逻辑，却未能就符号功能与此社会区分功能之间的关系进行具体的研究。正是在这个意义上，布尔迪厄关于鉴赏趣味的文化社会学批判值得重视。其分析理路大致可如是概括：表现于日常性文化实践（从饮食、服饰、身体直至音乐、绘画、文学等）中的鉴赏趣味表现和证明了行动者在社会中所处的位置和等级，故在文化领域和社会空间之间存在着结构上的同源关系；此鉴赏趣味由所谓的"惯习"（habitus）或"性情倾向"（disposition）决定，后者是一种在具体的社会实践中被形塑的结构，受到特定的存在条件、历史文化等因素的塑造，从而产生出与之相应的秉性系统、生活风格和身心结构，它一经形成，就开始发挥一种进行社会区分的功能，并积极参与社会结构的再生产；鉴赏趣味的形成还特别依赖于文化资本（以教育资格的形式被制度化，区分于以财产权的形式被制度化的经济资本,及由社会声望、社会头衔的形式被制度化的社会资本)的积累和传承,而文化资本可由经济资本转化而来。由此可以认为,鉴赏趣味的高低并不是某种内在的品质,而是由它所代表的文化资本的多寡构成的,故其高低不过是由一种社会等级所人为划定的高低,但由于人们常常把它看成内在品质的表现,也就是说把它自然化,其人为的区分功能也就自然地为人所接受了,这当中,权力机制的遁形可谓无影无踪。① 布尔迪厄在其论述中力图阐明上述各范畴间的辩证关系,以避其理论被指庸俗社会学之嫌,但可以看到,在这一点上他没有充分令人信服。此外,他以纯粹实证的社会学分析来消解审美价值的内在规定性似也大有值得商榷之处。

从上述法兰克福学派直到布尔迪厄等人的批判理论中,我们看到对权力支配种种转化形式的批判分析,这对于我们认识当今社会权力控制的复杂机制具有巨大的启示作用。然而,这些理论也不免有让我们感到沮丧的地方,这就是,其中的大多数学说只是向我们展示了权力技术圆滑的多样性,却没有为我们规划一条冲破这个愈益隐蔽然而也更无所不在的权力之网的出路。事实上,这些理论的背后都不同程度地隐藏着一副悲观主义的政治面孔。也正是在这个意义上,其倾向引起了其他一些理论家的不满,从这种不满出发,他们探讨了对当代权力进行反抗的可能性及形式,德勒兹和加塔利、德赛都(Michel

---

① 参罗纲、王中忱主编:《消费文化读本》,中国社会科学出版社,2003年,第41—50页。

de Certeau)、费斯克（John Fiske）是其中值得提及的几位代表人物。

德勒兹和加塔利是福柯理论的继承者和反动者。与福柯一致的是，他们也把现代性看成一种史无前例的统治阶段，其统治以弥散于社会存在和日常生活的所有层面的规范化话语和制度的增殖为基础。但与福柯倾向于对现代性作一味否定的批判不同，他们试图阐明现代性的积极的、解放性的一面，即由资本主义经济动力引发的对力比多之流的解码。由此，他们的学术理路也有所不同。福柯强调的是现代性的规诫性技术，强调在权力/知识体制中躯体成为被规诫的目标，而他们强调的则是各种现代话语与制度对欲望的殖民。与福柯排斥"压抑假说"不同，他们建构了一种本质主义的"欲望"概念。他们把通过驯服和限制欲望的生产性能量来压抑欲望的过程称为"辖域化"（territorialize），而将物质生产和欲望从这种限制力量的枷锁下解放出来的过程称为"解辖域化"（deterritorialization）或"解码"（decode）。在他们看来，资本主义虽然颠覆了所有的传统符码、价值以及束缚生产、交换与欲望的各种结构，但同时又以抽象的等价交换逻辑（交换价值）对所有事物进行了"再制码"（recode），将它们"再辖域化"到国家、家庭、法律、商品逻辑、银行系统、消费主义、精神分析以及其他规范化制度中，以一种"极端严格的通则"取代了"质性符码"（qualitative codes），从而量化地管理和控制所有的被解码之流，将欲望和需要重新导入限制性的心理与社会空间，使它们受到了比在原始社会和专制社会中更为有效的控制。从中可以看到，他们对资本主义社会权力渗透机制的分析相比福柯有过之而无不及,但不同的是,他们不像晚期以前的福柯那么悲观,而是相信即便是如此严密的控制也不可能让主体完全瘫痪。这是因为,在他们看来,对权力的热衷或顺从并不是意识形态问题,而是欲望及其无意识投资的问题。其意在于,只有当个体的力比多被吸引到那些破坏性的情绪源或符号那里时,个体才会去欲求对其自身的压迫,那么,通过改变人们在日常生活中的力比多投资方向,对权力的颠覆就得以可能,这就是他们所谓的"微观欲望政治"(micropolitics of desire)。通过赋予欲望以积极的而非匮乏的特性,他们试图以"游牧式的欲望机器"(nomadic desiring-machines)、"游牧式自我"(nomad-self)来促成一种非中心化的主体类型的出现,以此摆脱被他们视为僵化且统一的认同恐怖。虽然可以说他们陶醉于像"逃逸线"(line of flight)、"块茎"(rhizome)这样一些新奇概念的话语游戏而显得过于浪漫和乐观,但他们的确提出了一个被以阶级斗争为主要模式的权力革命忽视的重大问题:阶级目标与利益的前意识投资与欲望的无意识投资之间不一定具有一致性,即阶级目标与利益虽然是革命的,但在欲望模式上却可能是反动的、法西斯的,所以日常生活领域的主体性革命必不可少。这一认识或许是德勒兹、加塔利理论中最为深刻的部分,它对那些困扰于某些人民革命最终导向极权政治这一现象的左派理论家当有重要的启示。①

如果说德勒兹和加塔利的表述过于抽象和哲学化,那么德

---

① 参〔美〕道格拉斯·凯尔纳、斯蒂文·贝斯特:《后现代理论》,前引书,第 121—126 页。

赛都和费斯克所倡导的所谓日常生活实践则较易为人所理解。在其名著《日常生活的实践》(The Practice of Everyday Life)中，德赛都发展出一套理论框架，用以分析弱势者如何利用强势者，并为自身创造出一个领域，一个在施加到他们身上的种种限制当中仍能拥有自足行动与自我决定之可能的领域，而在他看来，日常生活便是能够实践这一诉求的领域。他认为，对于太过强大的压迫体制，弱势者除了接受几乎别无选择，但是可以采用间接、迂回的"权宜之计"(making do)，以小规模游击战的行动方式偷袭、盗猎这类体制，从而局部瓦解在话语意义上几乎无所不在的压迫性。这是因为，尽管商品的消费者不能控制它的生产，却能控制它的消费，他（她）可以将它作为可资利用的资源和材料，在使用过程中颠倒其功能，使之部分地合乎其自身的目的和利益。用德赛都的话说，这是一种"夹缝中求生存的艺术"(an art of being in between)，它普遍地存在于阅读、购物、烹调乃至租赁房屋等各种日常生活的实践之中。① 德赛都的这一理论得到了美国学者费斯克的热情推介，并且费斯克在融合布尔迪厄、巴特(Roland Barthes)、霍尔(Stuart Hall)、巴赫金(Mihail Bakhtin)等人思想的基础上提出了他自己的大众文化理论。他认可将大众文化放在压迫者与被压迫者的权力关系中进行分析，但批评像法兰克福学派那样过分强调宰制者的力量。他本人在承认这种宰制力量的同时，更注重大众文化如何施展游击战术，躲避、消解、冒犯、转化乃至抵制那些宰制者的力量。

---

① 参罗钢、王中忱主编：《消费文化读本》，前引书，第92—108页。

其在《理解大众文化》(Understanding Popular Culture)一书中,对德赛都所谓"权宜之计"在后工业社会日常生活之方方面面的实践进行了登峰造极的分析。在目前的文化研究中,这一研究取向被认为是对法兰克福学派式文化精英主义的反动而广受青睐,在那些自认为秉持平民主义立场的文化研究者中大有蔓延之势。然而,也有学者认为这只不过是一种庸俗化了的文化研究,它表面上继承了早期英国文化研究对民主文化的追求,强调平民的文化抵抗的积极意义,但恰恰忽略了西方晚期资本主义社会结构中依然存在的政治经济上极端不平等的事实,更在根本上丧失了建立一个更加平等、公正的社会秩序的目的,其结果反倒是让大众在自我欺骗的快感中更深地嵌入资本主义社会无所不在的支配之网。① 毫无疑问,这一看法是极有见地的,对于当前趋于过热的大众文化研究乃是不可多得的一针清醒剂。

综上所论,无非是权力支配与反抗权力的问题,然而,这是否就是我们关心权力论题的全部意义和最终目的?正如我们一开始就指出的,权力之欲可能深植于人类的基本动机,那么,反抗权力还有何意义?虽然可以说人人都不喜欢受他人支配,但同样不可否认,大多数人仍倾向于支配他人,所以,对权力的反抗很可能导致新的权力压迫而走向其反面,不过是一种权力和另一种权力之间永无休止的此消彼长的斗争而已。事实上,根本不可能存在没有任何权力支配的社会,那么应该认

---

① 这是赵斌先生的观点。见〔美〕约翰·费斯克:《理解大众文化》,王晓珏、宋伟杰译,中央编译出版社,2001年,"中文版导言"。

识到，最重要的并不是对权力的单纯反抗，而是对权力的监督和制衡，其目的是保护每一个个体的生命和自由，并以此为基建立一个程序意义上正义和公平的社会。在我们看来，这是目前主要从符号学角度关注权力问题的文化研究不可或缺的政治哲学的视角，否则，这类研究只会陷于对种种权力表征的辨认亢奋而不可自拔，究其实质却仍不过是一种对权力的变相的迷恋而已。

原载《天府新论》2006年第1期

作为一种阐释学的意识形态文学批评

一、一场论争的回顾及意识形态文学批评的意义论机制

国内文艺理论界这两年称得上理论事件的,恐怕要数围绕"审美意识形态"的论争莫属了。① 其实这场论争,与二十世纪七十年代末、八十年代初那场关于文学是不是意识形态的论争一样,都是一种寓言性的表达,弦外之音才是论争双方心系之主旨,不然,其激烈程度着实令人不解。但尽管如此,我仍然愿意把我较多的学术同情给予主张审美意识形态论的一方。这是因为在我看来,在对"意识形态"这个马克思主义之基本理论术语的理解上,反审美意识形态论者那几个翻来覆去的观点,即便没有审美意识形态论者"苦口婆心、循循善诱"的反驳,其陈旧和荒谬也一目了然。② 至于为什么并不复杂的理论

---

① 参马睿:《"审美意识形态"论争述评》,载曹顺庆主编,《中外文化与文论》(第14辑),四川大学出版社,2007年。
② 参钱中文:《文学意识形态与不是意识形态论引起的论争》,载曹顺庆主编,《中外文化与文论》(第14辑),前引书;冯宪光:《从意识形态论到审美意识形态论》,《湖南师范大学社会科学学报》,2007年第1期。

问题被搞得如此复杂,我想除了用那个大家都心照不宣的背景——学术话语权及相关项目、经费的争夺来解释之外,实在找不出更有说服力的理由。我希望这个论争不要再无谓地延续下去了,如果某些学者心里所想的不是学理而是其他,那么也是到适可而止的时候了;否则,相比于西方学界在相关领域之深邃幽微的推进,我们这番闹哄哄的、纠缠不休的、随时都会重演的话语"内讧",所成就的必将只是(或者说已经是)一段理论史上的丑闻。

但这个表态并不意味着我完全接受审美意识形态论者的观点。在我看来,审美意识形态论者如果一方面像他们自己所宣称的那样,是在唯物史观的层次上理解意识形态理论之精神实质的,而另一方面却又把审美意识形态论视为文艺学的第一原理,或是关于文学的本质陈述,那就势必陷入自拆楼台、自相矛盾的理论尴尬。为了澄清这个问题,我们有必要再来审视一下马克思在《〈政治经济学批判〉序言》(1859)中那段被人一再引用的经典陈述:

> 随着经济基础的变更,全部庞大的上层建筑也或慢或快地发生变革。在考察这些变革时,必须时刻把下面两者区别开来:一种是生产的经济条件方面所发生的物质的、可以用自然科学的精确性指明的变革,一种是人们借以意识到这个冲突并力求把它克服的那些法律的、政治的、宗教的、艺术的或哲学的,简言之,意识形态的形式。

我以为,这段话的关键,在于清楚明白地揭示了艺术(包括文学）及其他意识形态形式的发生学意义上的功能特性,即"意识到某种冲突并力求把它克服"式的反应(注意此"反应"非彼"反映")。如此一来,当我们说文学是一种意识形态形式的时候,其意是说文学乃基于某种冲突的境遇而产生的"反应"形式,即便加上"审美"二字,也充其量不过是所谓的"审美反应"形式。毫无疑问,在这个理解中,我们找不到丝毫关于文学本质的规定性信息。这是因为,一方面它和其他的意识形态形式一样,不过都是一种具体"反应"的结果,这就意味着只有各种各样的具体的"文学",这些具体的"文学"又只能得到具体的说明,故"文学"在这里只是一个唯名论意义上的集合名词;另一方面,"审美"这个限定,除了说它是艺术的同义反复之外,等于什么也没说,遑论它触及文学作为艺术这个"属"之下的"种差"。所以在这个意义上,我们根本不能说文学的本质是什么"审美意识形态",否则,就会在知识陈述上犯起码的逻辑错误,而最为严重的,则会导致吴兴明先生所说的"知识学类型的混淆",即把其"根本特征是历史情景的置入与自我关涉性"的批判理论"改造成为规范、中立的学科知识陈述"。①

唯当我们意识到批判理论和学科理论在知识质态上的重大差异,避免把文学作为一种意识形态形式的功能特性理解为关于文学的本质规定性时,才可能真正理解马恩把文学视为一种意识形态形式时所给予我们的文学意义论启示,此即,在经济

---

① 参吴兴明:《"审美意识形态"与批判理论的学科化》,《四川大学学报(哲学社会科学版)》,2007年第2期。

基础的变更引发上层建筑的变革这一总体的关联效应中，揭示文学作为一种境遇反应之精神形式的发生学秘密。扩而大之，整个意识形态批评的机制都在于此，即一切精神现象都必须在经济基础和上层建筑的辩证关系所决定的总体视野中获得其超越自身的存在论根据。对于这一点，卢卡契在二十世纪二十年代就敏锐地洞察到了："不是经济动机在历史解释中的首要地位，而是总体的观点，使马克思主义同资产阶级科学有决定性的区别。总体范畴，整体对各个部分的全面的、决定性的统治地位，是马克思取自黑格尔并独创性地改造成为一门全新科学的基础的方法的本质。"① 在四十年代，他更有明确的表述：

> 马克思主义观点不承认在资产阶级世界中时行的、把各个科学学科截然分开并使之彼此对立的做法。科学和各个科学学科以及艺术都不存在它们独立的、内在的、完全由它们自己内部辩证法产生的历史。一切事物的发展都为社会生产的全部历史行程所决定；只有在这个基础上，各个领域内出现的变化、发展才能得到真正科学的解释。②

毫无疑问，这些被称为"总体论"思想的表述都是慧眼独具的真知灼见。但不幸的是，它要么被视为黑格尔之绝对精神的回音而备受指责，要么遭到经济决定论者别有用心的批判、

---

① 〔匈〕卢卡奇：《历史与阶级意识》，杜章智等译，商务印书馆，1996年，第76页。
② 〔匈〕卢卡契：《卢卡契文学论文集》（第一卷），中国社会科学出版社，1980年，第274页。

压制。直到八十年代,它才在新一代马克思主义者詹姆逊身上找到了共鸣:

> 人们还没有充分认识到,卢卡契的意识形态批判方法——如黑格尔辩证法本身和萨特在《批判》中出于方法论的必要性而提出的总体化变体一样——在本质上是批判、否定和非神秘化的操作……马克思的意识形态理论并非像人们所广泛认为的是关于虚假意识的理论,而是关于结构局限性和意识形态封闭的理论……意识形态批判并不依赖于把马克思主义作为系统的教条或"实证"概念。相反,它不过是有必要进行总体化的场所,而马克思主义的不同历史形式本身同样可以有效地服从于对其自身局部意识形态的局限性或遏制策略进行这种批判。①

在这里,不只是意识形态诸形式,就连马克思主义本身也要在总体论的视野下被追究、拷问,暴露其因历史处身性而不可避免的种种局限。但这不是自我消解,而是马克思主义在詹姆逊所谓"思维的平方"的不断后退中捍卫自己作为批判理论之彻底性的表现。这或许不是卢卡契的理论勇气所能达到的程度,更不是意在陈述"客观真理"的列宁所能接受的,但若马克思主义还力图在当代以及未来保持其总揽全局的雄辩姿态,这就是它必须随时提醒自己不可须臾忘却的理论意识。

---

① 〔美〕弗雷德里克·詹姆逊:《政治无意识》,王逢振等译,中国社会科学出版社,1999年,第41—42页。

二、意识形态文学批评的展开:总体化

一言以蔽之,意识形态批评就是总体化批评,以此视野考察作为一种意识形态形式的文学,即把文学纳入某种总体化的场域进行发生学意义上的还原考察。其展开关乎两个环节:一是如何界定这个总体的范围及其构成,二是如何将文学引入这个总体的构成之中。众所周知,对这两个问题的最为臭名昭著的解决方式乃是庸俗社会学或机械反映论批评。一方面,它以僵化的经济决定论来框定总体及其构成;另一方面,它以几乎完全弃绝艺术形式的内容分析在文艺作品和某种经济的、政治的现实之间进行粗暴的直接勾连。可以说,聚集了西方马克思主义几代精英的理论"力比多"能量,才对这段不光彩的历史留给理论界的糟糕印象有所抵消,而其途径则是伊格尔顿提请我们关注的,一种意在辨认"形式的意识形态"(ideology of form)的批评思路。其所以可能,是因为它"既避开了关于文学作品的单纯形式主义,又避开了庸俗社会学。这里的关键是,有可能发现生产一部艺术作品的物质历史正好就刻写在它的肌质和结构、句子的样式或叙事观点的变换、韵律的选择或修辞的策略里"。而在伊格尔顿看来,作为西方马克思主义批评第三次浪潮的"意识形态的批评"(ideological criticism)便是这一思路的具体实践,如他说:

卢卡契将在叙事方法的分崩离析中追索资产阶级迷失历史方向这一现象的根源,而瓦尔特·本雅明将在波德莱

尔诗歌的感知策略中探查出巴黎众生的看不见的存在。卢西恩·戈德曼将从拉辛和帕斯卡的作品里发掘出把他们与一个过时社会阶级的命运捆在一起的一种永久的范畴结构,而泰奥多尔·阿多诺则在现代主义艺术作品的冲突和破碎的特征中,看出抵制意识形态束缚的痛苦和经济的商品化终归只能是自我挫败。①

其实伊格尔顿本人也在这一方面作过用心良苦的探索。在《批评与意识形态》中,他指出:"有必要去发展一种方法,通过它,文学作品的结构及各部分之间的连接可以得到严密而精确的阐明。"② 最终,在他所建立的批评模型里,一个文学文本将通过审美意识形态、作者意识形态、一般意识形态以及文学生产方式这重重中介而与作为终极背景的物质生产方式发生复杂的关联。③ 这是一个典型的总体论思路,其意图非常明确,就是要在作为"终端"的文学文本和作为"缺场"的历史之间尽可能多地寻找促使总体得以构成的诸多"中介",虽然其设计因过于理想而难于操作,同时其貌似自然科学般的精确也令人生疑,但就总体批评策略理论表述上的完备和清晰而言,当属难得一见的尝试,堪与相比并有所超越的或许只有詹姆逊的"政治无意识"学说。④

---

① Terry Eagleton & Milne Drew (eds.), *Marxist Literary Theory: A Reader*. Oxford, UK & Cambridge, USA: Blackwell, 1996, p. 11.
② Terry Eagleton, *Criticism & Ideology*. London: Verso, 1978, p. 44.
③ See ibid, pp. 44—63.
④ 从总体批评的实践形态上讲,萨特的福楼拜研究、戈德曼的拉辛研究、巴赫金的拉伯雷和陀思妥耶夫斯基研究堪称典范。

在宏大叙事几成过街老鼠的后现代时代，詹姆逊却不合时宜地宣称把政治视角"作为一切阅读和一切阐释的绝对视域"①。其底气来自这样一个未经充分说明的判断：历史问题若要恢复其原始的迫切性，就只能在一个伟大的集体故事的统一体内加以重述，而马克思主义所提供的恰是这样一个基本的主题，即从必然王国向自由王国的集体斗争。在这个意义上，他认为应该把马克思主义的批评洞见作为理解文学和文化文本终极语义的先决条件而加以辩护，此先决条件作为理解特定文本素材的语义呈现为三个同心构架：

> 首先是政治历史观，即狭义的定期发生的事件和颇似年代顺序的系列事件；然后是社会观，在现在已经不太具有历时性和时间限制的意义上指的是社会阶级之间的构成性张力和斗争；最后是历史观，即现在被认为是最宽泛意义上的一系列生产方式，以及各种不同的人类社会构造的接续和命运，从为我们储存的史前生活到不管多么遥远的未来历史。②

在三个不同的构架，亦即三个不同的视域中，有待阐释的文本或研究客体都将以不同的方式得到重写。詹姆逊指出，只有在第一个视域，即狭义的政治、历史视域内，文本或研究客体才会是个别的文学作品或文化制品，通过把个别的文学作品

---

① 〔美〕弗雷德里克·詹姆逊：《政治无意识》，前引书，第8页。
② 〔美〕弗雷德里克·詹姆逊：《政治无意识》，前引书，第63—64页。

或文化制品解作象征性行为，文本的叙事或形式结构将被视为对真实矛盾的想象性解决。其阐释理念是："审美行为本身就是意识形态的，而审美或叙事形式的生产将被看作是自身独立的意识形态行为，其功能就是为不可解决的社会矛盾发明想象的或形式的'解决办法'。"① 其实萨特对这个问题有过类似的但更加明晰的表述："我们千万不能忘记，一位作者的风格总是同一种世界观有关：句子、段落的结构，名词、动词等的使用，位置、段落的构成和叙述的特点——在此仅举出这几种特殊性——反映出一些秘密的先决条件，人们可以无须再求助于传记，便能有区别地对这些先决条件作出规定。"② 这里的关键是，文本的意义虽然最终要在作者的生存论根基处得到说明，但批评的步骤却首先是从文本的形式着手，对此形式进行某种意味的判断之后，才回溯到这个根基寻求阐释，而不是相反。

在第二个视域即社会视域内，文本阐释所遵循的原则是文本的意义须在超个人性即集团或阶级意识的层次上予以解读。吕西安·戈德曼是我们立即就会想到的相关人物。他曾指出："凡是伟大的文学艺术作品都是世界观的表现。世界观是集体意识现象，而集体意识在思想家或诗人的意识中能达到概念或感觉上最清晰的高度。"③ 这便决定了如果要解释作品的意义，就必须找到作者所属集团或阶级的世界观。戈德曼的变通之处

---

① 〔美〕弗雷德里克·詹姆逊：《政治无意识》，前引书，第349页。
② 〔法〕萨特：《辩证理性批判》，林骧华译，安徽文艺出版社，1998年，第114页。
③ 〔法〕吕西安·戈德曼：《隐蔽的上帝》，蔡鸿滨译，百花文艺出版社，1998年，第23页。

在于，他并不在作品和集团或阶级意识之间寻找内容上的等值，而只在意二者之间结构上的对应。从批评的步骤上讲，首先是寻找作品世界的意义结构，这是一个对作品本身的理解过程，然后把这个意义结构和某一社会阶级或集团的精神结构予以对照，若能揭示出二者之间的同构关系，那么探求文本意义的目的就算达到了。与戈德曼相比，詹姆逊的重要性在于，其指出，在用阶级话语重写个别的文学或文化制品时，必须从对话的结构上去理解阶级话语，也就是说，不能把阶级话语视为某个阶级的独白，而要看成是某个阶级与其敌对阶级的对话。通过这种理解，"在前一个视域的矛盾单义无歧、仅限于个别文本的环境、限于纯粹个别的象征性解决办法的地方，在这里矛盾则以对话的形式出现，是敌对阶级不可调和的要求和立场。因此，要求把阐释延长到这种终极矛盾开始显现时，便又成为衡量分析的全面性和充足性的一个标准"①。从这样一个阐释标准出发，被阐释的个别文本虽然仍旧保有其作为象征性行为的形式结构，但这种象征性行为的价值和性质却已得到重大的修改和补充，即被解作本质上是敌对阶级间意识形态的论辩和策略的象征性举措。

第三个视域即由生产方式所界定的历史视域，被詹姆逊视为马克思主义文化分析所采取的终极视域。在这个视域内进行的研究将极大地超越第一个视域中狭隘的政治研究（象征性行为）和第二个视域中的社会研究（阶级话语和意识形态素）。在他看来，生产方式的问题框架是当今马克思主义所有学科理

---

① 〔美〕弗雷德里克·詹姆逊：《政治无意识》，前引书，第73页。

论中最有活力的新领域,然而,因为它又是最传统的一个领域,所以有必要对从马克思、恩格斯到斯大林等经典马克思主义者所列举的一系列生产方式进行一番考察,而且还要揭示出每一种生产方式所特有的文化主导观念或意识形态符码的形式;此外,还要意识到极其关键的一点,即"每一种社会构形或历史上存在的社会事实上都同时包括几种生产方式的重叠和结构共存,包括古老生产方式的残余和幸存,现在被归于新的生产方式之内而在结构上处于依附的地位,同时也有潜在地与现存体系不相协调但尚未生成自己独立空间的预示倾向"。基于这些认识,詹姆逊将生产方式这一终极视域所建构的特定研究客体命名为"文化革命","即共存的不同生产方式已经明显敌对的时刻,它们的矛盾已经成为政治、社会和历史生活的核心时刻"[①]。詹姆逊认为,以往的全部生产方式都伴随着它们所特有的"文化革命",在终极的意义上,文本或研究客体的性质将取决于这最后一个层面(相对于象征性行为、阶级话语的意识形态素而言),"在这个最后的层面上,个别文本或文化制品……都作为各种力的场而得到重构,几种不同生产方式的符号系统的动力可以在这个场内找到并得到理解。这些动力——我们的第三个层面新构成的文本——构成了形式的意识形态,也即由共存于特定艺术过程和普遍社会构成之中的不同符号系统发放出来的明确信息所包含的限定性矛盾"[②]。最终,这个层面将把我们引向我们的普遍理解及对特定文本进行阐释

[①] 〔美〕弗雷德里克·詹姆逊:《政治无意识》,前引书,第83页。
[②] 〔美〕弗雷德里克·詹姆逊:《政治无意识》,前引书,第86页。

的终极基础和不可逾越的界限——历史。至此，意识形态文学批评的总体化诉求也就达到了它的最高层次。

三、意识形态文学批评作为一种阐释学所面临的两点质疑

意识形态文学批评的魅力在于，即便是在一首简单而平庸的抒情诗里，随着总体化策略的层层展开，你也可能窥见阶级斗争甚至历史运动的影子，从而在几欲令人眩晕的认知快感中，对其策略运作的效力叹为观止。然而，也正是在这样的叹服之中，我们可能忘记了一个基本的判断：文学就是文学，而不只是文献。但不幸的是，一当我们保持这个清醒的认识，我们就会发现，在大多数意识形态文学批评的实践中，文学作品就仅仅只是一个文献而已，其主要作为艺术品的审美价值几被完全漠视。我的意思不是说意识形态文学批评不关心形式，相反，在詹姆逊这样的批评家那里，我们可以看到极其繁复且得心应手的形式分析；然而问题在于，这些分析的最终目的，不过都是为了读解文本所寓含的只能在文本之外才能得到真正说明的某种信息而已。但正如卢卡契所精辟地指出的："理解某种风格的社会必然性，不一定就能从美学上评价这种风格的文艺效果。"① 所以，如果我们这样说或许并不过分：意识形态文学批评还停留于文学批评的外围。由此，一个更尖锐的问题是：相对于经典马克思主义文学批评，这岂不是一种倒退吗？因为有谁不知道著名的"美学观点和历史观点的统一"呢？在

---

① 〔匈〕卢卡契：《卢卡契文学论文集》（第一卷），前引书，第49页。

这里，我只想简括地表达我的看法：所谓"美学观点和历史观点的统一"，其实质是，美学观点不过是历史观点的附庸。无论是恩格斯对拉萨尔《济金根》的评论，还是卢卡契对现代主义文学的批判，都恰好印证了这一点。所以，问题不在于是否倒退，而在于难题似乎从来就没有得到解决。

意识形态文学批评所面临的更大质疑是釜底抽薪式的追问：总体化策略赖以成立的前提即总体化本身是否可能？堪称总体化批评之最为雄心勃勃的探索者詹姆逊，对此也有敏感的自知之明，以至于在表述其总体论思想时，不免显得有些躲闪和油滑，总是保持着打算从任何表态中抽身旁观的姿态。这一点在下面这个表述里暴露无遗："辩证思想不是别的，而恰恰是辩证语句的精心发挥。"① 在关于阿多诺的论述中他也谈到："真正的情况是，在转瞬即逝的一刹那间，我们瞥见了一个统一的世界、一个宇宙，其中，不相连贯的现实无论乍看之下多么风马牛不相及，它们总以某种方式相互牵连，纠结在一起；其中，对机会的把握短暂地将目光所及的一切重新聚合成一种交叉的关系网，偶尔也暂时地质变成必然。"② 这些表述，想必会让一个对辩证法意识有着充分敏感的人，产生纳博科夫所谓的"脊椎骨的震颤"。在我看来，这也的确称得上是当代思想关于辩证法意识的最睿智的表述；然而，这又等于是在告诉我们：辩证法是一场借助辩才或想象力才能取胜的智力游戏。

---

① 〔美〕弗雷德里克·詹姆逊：《马克思主义与形式》，李自修译，百花洲文艺出版社，1997年，序言第4页。
② 〔美〕弗雷德里克·詹姆逊：《马克思主义与形式》，前引书，1997年，第5页。

如是，总体化的建构不过就是海市蜃楼般的幻影而已。我相信詹姆逊还走不到如此极端的地步，那么，我们是否可以这样理解：他在进行这种表述的时候，其理论心思是否已超越了纯粹思辨的逻辑，而在关于理论伦理的反思中突然变得谨慎起来？这一点，如果我们联系波普尔对历史决定论的批判，或许并非无稽的猜测吧。

原载《四川大学学报（哲学社会科学版）》2008 年第 6 期

论卢卡契现代主义文学批评的美学理据及其深层诉求

西方现代主义文学自诞生之日起,就给批评和研究带来了巨大的困惑,但无论其间有过怎样的论争,现代主义文学中的诸多作品,比如卡夫卡、乔伊斯的小说,艾略特、里尔克的诗歌,斯特林堡、布莱希特的戏剧等,已无可争议地进入文学经典的行列。考虑到这一背景,如果曾有一种完全否定现代主义文学的观点,就不免会让我们感到吃惊和遗憾,而如果这一观点来自一位举足轻重的权威,那更会让我们产生极大的困惑和不解。很不幸的是,的确存在这样一位权威,他就是大名鼎鼎的卢卡契(G. Lukàcs,亦译卢卡奇)。新批评大家韦勒克称其为二十世纪四大批评家之一(另外三位是克罗齐、瓦勒里和英伽登)[①],并在其皇皇巨著《近代文学批评史》里,花费了一百多页的篇幅,对卢卡契作为一个文学批评家的著述作了不厌

---

① 参〔美〕雷纳·威莱克(即韦勒克,笔者注):《西方四大批评家》,林骧华译,复旦大学出版社,1983年。

其烦的详尽梳理①,这番用心,以及非同一般的见识,自然让人不敢对他关于卢氏地位的判断掉以轻心。那么,韦勒克是如何看待这个问题的呢?在谈到卢卡契对自然主义文学的否定之后,韦勒克指出:"卢卡契的论战,尤其是后来的岁月中,当自然主义的威胁,不再成为一个迫切的问题的时候,矛头所指的是所有'现代主义'文学。他的抨击是大范围的,而且无所不包:象征主义,表现主义,超现实主义等,统统遭到他的谴责,西方文学界没有一个人物获得卢卡契的首肯,除非一位作家能够被视为是在恢复十九世纪现实主义的伟大传统。"② 此处最后一句,实际上道出了卢氏文学批评的标准,即在卢卡契看来,所有优秀的文学都是属于现实主义的,而十九世纪的现实主义文学乃最为伟大者,其后的文学相比而言都是一种倒退。其缘由则如韦勒克所说:"卢卡契能够自成一家,就在于他看待一部艺术作品的时候,视之为应该反映社会整体的一个整体。"③ 而在卢卡契的眼里,十九世纪的现实主义文学乃是这样一种总体反映的典范。对于卢卡契的这种做法,韦氏评论说:"卢卡契每每判断敏锐——他看得出社会含义,他擅长揭开隐藏的思想意识的面具,不过在我看来,他似乎往往认识不到美学方面的差异,同时把握不住批评方面的问题。"④ 很显然,韦勒克也并不认同卢氏对现代主义文学的评价,其着眼点则主要在于美学的方面,比如在谈到卢氏对于里尔克的批评

---

① 〔美〕雷纳·韦勒克:《近代文学批评史》(第七卷),杨自伍译,上海译文出版社,2009年,第376—440页。
② 〔美〕雷纳·韦勒克:《近代文学批评史》(第七卷),前引书,第430页。
③ 〔美〕雷纳·韦勒克:《近代文学批评史》(第七卷),前引书,第423页。
④ 〔美〕雷纳·韦勒克:《近代文学批评史》(第七卷),前引书,第436页。

时，认为"卢卡契在诗歌方面反应迟钝，而且面对抒情诗的问题，束手无策"①。而对于卢氏批评所遵奉的美学理据——文学反映社会总体，韦勒克不仅有所保留地肯定，也未作深入的辨析和批判。这里便存在两个问题：第一，卢氏批评的美学理据与其美学方面的"反应迟钝"之间有没有关系？第二，卢氏批评之美学理据的深层诉求是什么？在我看来，要求韦勒克在一部只能作概略述评的文学批评史里回答第二个问题有些强人所难，而且还有可能偏离文学批评的主题；但对于第一个问题，韦勒克却没有尽到批评史家的职责，虽有片言只语的涉及，却未能有效深入地切中要害。尝试回答这两个问题，是这篇小文的意图。

重温卢卡契批判现代主义的两篇经典文献，即《叙述与描写》②和《问题在于现实主义》，有助于对第一个问题的回答。《叙述与描写》有一个副标题，叫作"为讨论自然主义和形式主义而作"。而我们知道，对卢卡契而言，正如韦勒克所说，"有些时候看来，卢卡契认为，所有现代文学都是自然主义的一个翻版"③。在《问题在于现实主义》里，卢氏自己也说过："在帝国主义时期，从自然主义到超现实主义的走马灯式的现代文学流派中，其共同之点是：这些流派把握现实，正如现实向作家及其作品中的人物所直接展现的那样。"④ 这段话说明，

---

① 〔美〕雷纳·韦勒克：《近代文学批评史》（第七卷），前引书，第433页。
② 文载〔匈〕卢卡契：《卢卡契文学论文集（一）》，中国社会科学出版社，1980年，第38—86页。
③ 〔美〕雷纳·韦勒克：《近代文学批评史》（第七卷），前引书，第429页。
④ 〔匈〕卢卡契、〔德〕布莱希特等：《表现主义论争》，张黎编选，华东师范大学出版社，1992年，第160页。

在卢卡契那里，批判自然主义就是批判现代主义，而批判的着眼点则在于现代主义把握现实的方式，而这也就是卢氏现代主义批评的美学理据。在《叙述与描写》中，卢卡契分析和评价了两种对立的把握现实的方式，即"描写"与"叙述"，二者分别以左拉的《娜娜》和托尔斯泰的《安娜·卡列尼娜》各自对一场赛马的呈现为例。在卢卡契看来，左拉的"描写"虽然精确而感性，但在小说中只是一个"穿插"，和整个情节只有很松散的联系；托翁的"叙述"则不仅形象生动，还是一个真正的戏剧性场景，是整个情节的关键，所以托翁所作的并非单纯地呈现一个事件，而是在"叙述"人的命运。类似的对比还在左拉和巴尔扎克、司各特和福楼拜之间展开。可以看出，这个似乎只是修辞学层面的比较，褒贬已经相当明显。卢卡契进一步把这个"叙述"和"描写"的差异追溯到两种对待题材以及对待社会问题的态度上，即"体验"和"观察"的差异。卢卡契认为，巴尔扎克、托尔斯泰一类的作家，因为积极参与了资产阶级社会危机四伏的进程，还不是分工意义上的"专家"，所以他们能够拥有丰富的生活"体验"；而像左拉和福楼拜一类的作家，是在业已组织就绪的资产阶级社会里写作的，由于对当时的政治、社会制度的憎恨、厌恶和轻蔑，又由于"太伟大、太诚实"，而不屑于"变成资本主义的没有灵魂、说谎成性的辩护者"，所以只能选择孤立这条道路，变成资本主义社会的批判的"观察"者，但也就此成为资本主义社会分工意义上的作家。这个分析看起来是公允不偏的，甚至还可以说对后者（左拉、福楼拜一类的自然主义作家）充满了同情和理解，但实际上，这个关于作家姿态差异的分析是为一个美学上的褒贬作铺垫的，即卢卡契认为，"叙述要分清主次，描写则抹煞差别"，相应地，前者产生"诗意"，后者则丧失"诗意"。在此，我们需要回顾韦勒克对卢卡契的评价，即"往往认识不到美学方面的差异，同时把握不住批评方面的问题"。显然，卢卡契不会接过韦勒克扣给他的这项帽子，因为，其批评分析似乎证明了，他不只是擅长看出作品的"社会含义"，还对作品是否具有"诗意"有着相当专业的眼光。那么，究竟是韦勒克的判断失察，还是卢卡契的专业眼光并不那么靠谱呢？显然，我们需要认真理解卢卡契所谓的"诗意"为何，然后才能够回答这个问题。

在卢卡契那里，是否具有"诗意"，是与能否分清事情的"主次"相关的，而"主次"之别则在于所叙之事是否与一部作品中人物的命运进程相关，如果无关，叙事就会堕落成没有轻重缓急和差别选择的浮世绘。但问题是，叙事为什么一定要与人物的命运进程相关，才能获得美学上的诗意的加分呢？这是因为卢卡契认为，一部作品的叙事，唯有将其全部因素有机地聚集于人物的命运进程，才能够表现人物所处其中的总体现实，亦即深层的、本质的，而非浮在表面的现实。以托马斯·曼为例，卢卡契认为："他懂得，思维和感觉是如何从社会存在中产生出来的，经历和情感是怎样成为现实这一综合体的组成部分的。作为现实主义作家，他写出了这一部分在生活的综合体中属于哪个部位，它从社会生活的什么地方产生，它的趋向如何，等等。"① 所以我们看到，卢卡契的"诗意说"的底

---

① 〔匈〕卢卡契、〔德〕布莱希特等：《表现主义论争》，前引书，第159页。

牌其实是文艺的总体反映论,而非单纯修辞学意义上的叙事的主次之别。那么现在要问的是,卢氏文学批评的这个美学理据就没有什么问题吗?

韦勒克令人遗憾之处就在于他没有正面回答这个问题,虽然他不无公正地指出卢卡契对待现代主义文学的方式显得简单粗暴,尤其是在诗歌理解上有一种美学上的"反应迟钝"。其实在我看来,卢卡契的主要问题,似乎并不在于他强调叙事上的主次之别,以及这个主次之别与人物的命运进程的相关性,而在于他过于狭隘地理解这个主次之别以及人物的命运进程,看不到即便是拿他这个标准去评价那些被他贬义地称为浮世绘的作品,也并不一定就会得出负面的结论。不妨以福楼拜的《包法利夫人》为例,该作品中著名的"农展会"以及"游览教堂"的部分,由于太多所谓"无关"细节的掺入,一定会被卢卡契批评为"抹煞差别"的"描写";但如果细加体会,我们仍然可以看到,那些所谓"无关"的细节,其实也是作家基于人物心理状态的精心安排。在"农展会"部分,福楼拜之所以要把爱玛和罗道尔弗的幽会安排在"农展会"这样毫无浪漫可言的环境,是因为从爱玛的心理来讲,她一方面情思翻滚,另一方面又怯于行动,而"农展会"闹哄哄的场景正好可以掩盖其进退两难的窘态。在"游览教堂"部分,那个向导不厌其烦地向爱玛和赖昂介绍教堂文物的情节,想必会被卢卡契诟病为不分主次的叙事,但实际上,福楼拜本人在下面这句话里已经把写作意图交代得非常清楚了(虽然在我看来,如此露骨的说明其实是一个败笔):"因为眼看贞节要守不住,她只好求助于圣母、雕像、墓冢、任何机缘。"① 所以，卢卡契眼中的自然主义文学（注意：福楼拜本人并不接受这个标签），就算是按照他的批评标准来看，其叙事也并非像他说的那样不分主次、"抹煞差别"；而且，这些叙事也并非脱离人物命运的独立化的细节，只不过在这里，命运的时间单位要比在卢卡契那里小得多（就叙事与命运进程的关联而言），或许只有几天、几个小时，甚至几分、几秒，而不是卢卡契眼里的人物的一生，甚至是整个社会、历史的进程。我想，这才是卢卡契最致命的问题所在。他所理解的命运，是那种粗线条、大骨架的命运，是剔掉了幽微、复杂的体验之"肉"的命运，是只有安娜·卡列尼娜那种富有戏剧性的大起大落的命运，而不会有爱玛·包法利那种在阴雨天把火钳烧红了看着发呆的无聊的命运。弄清这一点，我们就可以理解为什么卢卡契对"诗意"的界定是那么狭隘，就可以理解他为什么不能接受对人的心理过程作毫发毕现的描写的意识流小说（如乔伊斯和伍尔夫的小说），就可以理解他为什么对那些往往只是瞬间性体验而非所谓完整命运之揭示的抒情诗感到"束手无策"。此外，卢卡契的"诗意"其实有一种现代性反思非常警惕的主体中心主义以及人类中心主义思想。就主体中心主义而言，卢卡契不能接受那些似乎逸出了主要人物命运范围的因素的存在，所以，他一定不能认同纳博科夫这样的小说家在谈论果戈理的《钦差大臣》时津津乐

---

① 〔法〕福楼拜：《包法利夫人》，李健吾译，人民文学出版社，1979年，第248页。

道的"次级人物的狂欢"①,以及莎士比亚戏剧中那些似乎显得并不必要的次要成分(比如朱丽叶奶妈的絮叨或更为引人注目的福斯塔夫的调侃式说教)。就人类中心主义而言,卢卡契的"诗意"是一种启蒙理性的透明的诗意,其意是说,只要是人所不能理解的因素都会被这样的诗意屏蔽,如此,他一定不能认同奥·威·施莱格尔这段在我看来更好地击中了"诗意"之谓的表述:"生活的魔力赖以存在的基础,正是一片黑暗,我们存在的根正是消失于其中以及无法解答的奥秘之中。这就是一切诗的魂。"② 此外,海德格尔所谓"天地神人的映射游戏",以及列维纳斯所说的"异域感",恐怕都会因为未能专注于人类的命运而被卢氏排除于"诗意"之外了。至于中国文学中的山水诗,以及钟嵘"照烛三才,晖丽万有,灵祇待之以致飨,幽微借之以昭告"这类关于诗之功能的界定,恐怕在卢卡契那里就完全是不知所云了。

韦勒克的失察在于,他虽然准确地把握到了卢氏文艺观的反映论内核,也不无敏锐地感觉到了卢氏在审美判断上的单一甚至"迟钝",但却未能洞悉二者之间的内在关联。此外,他还指出"卢卡契的批评大多带有纯粹意识形态、政治论战的性质"③,但也仍然只是一个单纯的判断,而并没有把这个特点和卢氏批评本身之间的逻辑勾连揭示出来,即没有考察这样一个问题:卢氏批评的最终诉求是什么?这样的诉求如何导致其

---

① 〔美〕符拉基米尔·纳博科夫:《尼古拉·果戈理》,刘佳林译,广西师范大学出版社,2010年,第52页。
② 〔德〕霍夫曼等:《德国浪漫主义作品选》,孙凤城编选,1997年,人民文学出版社,第378页。
③ 〔美〕雷纳·韦勒克:《近代文学批评史》(第七卷),前引书,第437页。

批评成为一种意识形态的、政治论战的表达？如前所述，我认为要求韦勒克回答这个问题有些强人所难，但如果说他至少得提出这个问题，这点要求却并不过分。

收录于《历史与阶级意识》中的《物化与无产阶级意识》一文或许是解开这个难题的钥匙。正如标题所示，"物化"和"无产阶级意识"是这篇文章的两个关键词，而从其论述逻辑来看，二者之间的关系是，"物化"是一个问题或困境，而"无产阶级意识"则是解决问题的答案或突破困境的出路。这是因为，物化之所以成为物化，乃物化意识所致，而所谓物化意识，是一种局部实证的思维，是只见现象不见本质的思维。比如，在商品生产占主导地位的资本主义社会，商品结构成为整个社会生活各个方面的核心结构，这导致"人与人之间的关系获得物的性质"①。卢卡契认为，要走出这样的物化意识，就必须有一种对社会现实进行总体把握的意识，而这个总体意识的角色，只能由无产阶级担当，因为面对资产阶级的优势，"无产阶级唯一的武器，它的唯一有效的优势就是：它有能力把整个社会看作是具体的、历史的总体；有能力把物化形式把握为人与人之间的过程；有能力积极地意识到发展的内在意义，并将其付诸实践"②。

然而，这一切和卢卡契的现代主义批评有什么关系呢？其间的隐蔽关联是这样的：现代主义文学的手法，如自然主义"抹煞差别"的"描写"，意识流小说的印象主义呈现等，正是

---

① 〔匈〕卢卡奇：《历史与阶级意识》，杜章智等译，商务印书馆，1996年，第143—144页。
② 〔匈〕卢卡奇：《历史与阶级意识》，前引书，第289页。

资本主义社会严重存在的物化意识（局部实证及诉诸直观）在文学创作中的表现，而"伟大的现实主义"则是克服这种物化意识的无产阶级意识的运用。由此可以看到，卢卡契的现代主义批评，似乎只不过是其伦理及政治诉求的一个"寓言"，所谓醉翁之意不在酒矣。这或许就是导致韦勒克感到其批评"大多带有纯粹意识形态、政治论战的性质"的原因。但在我看来，韦勒克此说还是过于贬低了卢氏批评的学理性，因为果真如此的话，这对他本人用了一百多页的篇幅来梳理卢氏批评文献的做法也是一个不小的讽刺。所以，我宁愿相信，虽然卢氏批评的最终诉求是一种伦理的和政治的目标，但批评本身并没有完全堕落为伦理和政治目标的工具，至少，就卢卡契的主观层面而言，他无法容忍这样的做法，这从他对某些纯属意识形态宣传的苏联小说的批判中可以见出。那么，究竟是什么原因导致了这样的情况呢？或许，我们要从对卢卡契的伦理和政治诉求本身的反思入手才能找到答案。

　　要反思的是这样两个问题：无产阶级意识能够克服物化意识吗？奠基于无产阶级意识的实践就可以消除物化现象吗？这里的关键是卢卡契对物化的理解。卢卡契在物化中看到了一种"对象性形式"。正如哈贝马斯指出的，这是一个新康德主义的概念，它对思维具有普遍的组建作用。在卢卡契那里，它所调节的是人与其周围环境之间的关系，这种周围环境决定着人的内在生活的对象性和外在生活的对象性。在资本主义社会里，这个"周围环境"指的就是雇佣劳动所带来的商品拜物教。商品拜物教导致了资本主义社会生活的全面物化，包括人格的物化以及社会劳动领域中人与人之间的关系的物化，因而，商品形式具有一种普遍特征，并最终成为资本主义社会的对象性形式。哈氏从这里推论说，这"就会出现另外一种行为协调机制：具有经济意义的行为取向从生活世界语境中脱离出来，和交换价值（货币）这个媒介联系到了一起。一旦劳动不再靠规范和价值来协调，而是由交换价值这个媒介来协同，那么，行为者相互之间以及行为者与自身之间就必须采取一种客观立场"。而这样一种做法其实在马克思那里就可以看到，因为"马克思把规范性和主体性与可以感知和可以控制的事物相提并论，认为它们的性质是一样的，都是客观化或'具体化'"①。与马克思相比，哈氏认为：

> 卢卡奇的真正贡献在于，他能够同时从物化和合理化双重角度来考察社会劳动领域与生活世界语境的分离过程。由于行为主体以交换价值为取向，他们的生活世界就萎缩成为客观世界：他们对待自己以及他人，所采取的都是目的行为的客观立场，并因此而使自己成为其他行为者的处理对象……当工人不是让规范和价值，而是让非语言的交换价值媒介来协调他们之间互动的时候，生活世界语境就出现了物化，卢卡奇把这种物化看作是其行为取向合理化的另一面。这样他也就从行为理论的角度提示出了交换价值媒介所制造的社会化的系统。②

---

① 〔德〕哈贝马斯：《交往行为理论》（第一卷），曹卫东译，上海人民出版社，第340页。
② 〔德〕哈贝马斯：《交往行为理论》（第一卷），前引书，第341页。

在哈氏看来，在这个问题上，韦伯和霍克海默与卢卡契持一致的见解，而卢卡契的不同是，他相信不仅可以在实践上遏止这个趋势，而且在理论上也可以有一个内在的限制。哈贝马斯指出，在马克思那里，对于这个物化的限制是用政治经济学的危机理论来阐释的，而卢卡契采取的是黑格尔批判康德认识论的方式，即在卢卡契看来，康德虽然打破了形而上学的幻想，但是这么做也只是替科学主义进行辩护，因为将理性的形式主义认识方式视为我们把握现实的唯一可能的方式，乃是一种独断主义的假设；所以，卢卡契认为康德的批判也表现出一种物化意识的结构，它本身就是思想中一般商品形式的体现。对此，卢卡契追溯了从席勒到黑格尔的批判路线。席勒以"游戏冲动"，而黑格尔则以生活关系的总体性概念来克服理性的分裂，即"人作为自身完美的总体，他内在地克服了或正在克服着理论与实践、理性和感性、形式与内容的分裂"①。但哈贝马斯认为，"由于卢卡契不加分析地接受了黑格尔逻辑学的基本概念，因此，他把绝对精神抽象水平上的理论理性和实践理性的同一性当作前提"②，所以卢卡契关心的是这种理性同一性在实践中得以实现的可能性。这与韦伯不同。对韦伯而言，"形式合理性的基础在于理性的实质同一性的瓦解，以及理性分裂成为一开始就互不相容的抽象环节（有效层面以及价值领域等），这样，用理论在哲学思想层面上也就无法复制出客观理性来"。卢卡契对此不以为然，认为理性的各个环节并非互不

---

① 〔匈〕卢卡奇：《历史与阶级意识》，前引书，第211页。
② 〔德〕哈贝马斯：《交往行为理论》（第一卷），前引书，第344页。

相容，而是可以通过论证构成一个总体。虽然在哈氏看来这只是意味着"认知－工具理性与道理－实践理性和审美－表现理性之间的互补关系，是实践概念所固有的尺度；而所谓实践概念，可以说就是交往行为"①。但令人遗憾的是：

> 有一个致命的错误，马克思可能会犯，但避免了，而卢卡奇却未能幸免。这就是：他把实践化（Praktischwerden）又一次理论化了，并且把它想象成哲学在革命中的实现。因此，卢卡奇必然会认为理论还大有可为，甚至远远超出形而上学自身的要求。这就意味着，哲学不仅要在被设定为世界秩序的总体性思想方面有所作为，而且也要在世界历史进程以及这种总体性在历史上的发挥方面大显身手；总体性在历史上是通过具有自我意识的实践而发挥作用；从事这种实践的人，通过哲学能够对自己在理性的自我实现过程中所发挥的积极作用有所认识。卢卡奇为世界革命先锋派的启蒙工作所要求的认识，与韦伯对客观理性没落的严格认识在两个方面互不相容。进入辩证历史哲学的形而上学不仅要拥有抽象的视角，由此来认识理性的各个环节之间的同一性，而且还要相信自己能够落实创造这种同一性的主体，并为他们指明方向。由于这个原因，卢卡奇用阶级意识理论来补充他的物化理论。②

---

① 〔德〕哈贝马斯：《交往行为理论》（第一卷），前引书，第345页。
② 〔德〕哈贝马斯：《交往行为理论》（第一卷），前引书，第346页。

这里所说的阶级意识当然就是卢卡契所谓的无产阶级意识。这也就是卢氏文学批评以十九世纪现实主义（因为它体现了无产阶级的总体意识）为其标准的深层诉求所在。哈贝马斯的这个批判是非常深刻的，其关键在于坚持现代理性已然分化（康德的纯粹理性、实践理性、判断力，哈氏的认知－工具理性、道德－实践理性、审美－表现理性）的出发点，但并不认为还能在一种总体理性（韦伯所谓客观理性）的水平上克服这种分化。此外，哈贝马斯同样拒绝与此相关的另一种方案，即企图在某个单一的理性维度上克服其他理性维度所产生的问题，比如从席勒一直延伸到马尔库塞的审美乌托邦思想所取的就是这样的路径。① 对哈贝马斯来说，唯一可以弥补现代性分化之负面结果的选择就是交往行为，而不是像卢卡契所设想和主张的那样，由某一个具有精神特权的阶级来重铸社会的结构。所以，哈贝马斯和卢卡契的分歧并不在于消除物化是否需要诉诸实践，而在于对实践主体和实践方式的理解：在卢卡契那里，这个实践应由拥有总体性意识的无产阶级来领导，而在哈贝马斯看来，任何一个主体（无论个体还是阶级）都不可能拥有这样的总体性意识，所以这个实践只能是多元主体之间基于规范正义机制的交往行为。有意思的是，卢卡契本人在《物化与无产阶级意识》一文中引用过马克思在《资本论》里关于劳动力问题的一段论述，谈到资本家"作为买者的权利"或工人"作为卖者的权利"，以及这两种权利在商品交换规律意义上的平

---

① 参〔德〕哈贝马斯在《现代性：一个未完成的方案》中以"文化的虚假扬弃"为题对审美乌托邦思想基于总体关系之"幸福许诺"的批判。

等。① 在我看来，这里既然谈到了两种权利及其平等关系，那也就蕴含了哈氏所谓交往行为的可能性，而不是只有阶级斗争这种极端方式的选择。但无论是马克思本人还是卢卡契，似乎都没有意识到这一点。②

不得不说，卢卡契从伦理关怀到政治诉求的过渡是极其真诚的，然而，就理论本身及其实践的历史效应来看，他的尝试都失败了，而"具有反讽意义的是，失败的原因竟然在于，卢卡奇对马克思主义的哲学的重建在一些关键问题上回到了客观唯心主义"③。就文学批评而言，这或许会让我们得到这样的教训，即一切不是从文学本身出发的批评，最终不仅会误读文学本身，而且也会让批评自身被扭曲得面目全非。

原载《中外文化与文论》第 33 辑

---

① 参〔匈〕卢卡奇：《历史与阶级意识》，前引书，第 265 页。

② 值得注意的是，有学者将卢卡契和胡塞尔进行比较，认为他们有一个共同点，即都不满于实证科学对人类存在的遗忘，各自在这个问题上的代表作分别是《欧洲科学的危机和超验现象学》（张庆熊译，上海译文出版社，1988 年）和《历史与阶级意识》，但是，"在胡塞尔那里，本真人性的重建是一个个体及纯粹智识的方案，而对于卢卡契来说，则意味着一个阶级的实际成就"（Agnes Heller, ed., *Lukàcs Reappraised*. New York: Columbia University Press, 1983, p. 110）。

③ 韦尔默语，转引自〔德〕哈贝马斯：《交往行为理论》（第一卷），前引书，第 347 页。

一种"新的科学规划"是否应当,以及何以可能?

——对哈贝马斯与马尔库塞之间的一场"论争"的思考

一九六八年七月,法国"五月风暴"的风烟尚未散尽,哈贝马斯写下纪念马尔库塞七十诞辰的长文《作为"意识形态"的技术和科学》,考虑到马尔库塞的思想在"五月风暴"期间的影响,这个姿态的敏感性是不言而喻的,因为它不可避免地会让人对这样一个问题有所期待,即哈贝马斯这位法兰克福学派的后起之秀当如何评价马尔库塞这位老前辈的思想,并继而可能对"五月风暴"持有何种态度。有意思的是,这的确不是一篇我们惯常见到的那种奉承之作,而是一次"别有用心"的趁机"发难"。因为在这篇文章里,哈贝马斯对马尔库塞将技术和科学视为一种新的意识形态的观点表示了异议,并且对马尔库塞基于其时代诊断而提出的一种"新的科学规划"也不予认同;另一方面,哈贝马斯在将马尔库塞的时代诊断进一步引向深入分析的同时,对晚期资本主义社会以其"系统"殖民"生活世界"的危机表现出比马尔库塞更为深重的忧虑。对于哈贝马斯的"发难",马尔库塞没有过针锋相对的回应(再过九年,他就去世了),而此后,用美国学者安德鲁·费恩伯格的话来说,"哈贝马斯的影响在增长,马尔库塞的影响在减退,批判理论也更少采取乌托邦的态度"①。此话可谓意味深长,因为它不仅指出了一个事实,而且还连带说明了其中的原委,即马尔库塞的批判理论在态度上是乌托邦的。可以说,对一个批判理论家而言,没有比将其理论品格界定为"乌托邦态度"更为诛心的做法了。但实际上,这并非费恩伯格本人的态度,因为他在《哈贝马斯或马尔库塞:两种类型的批判?》一文中,恰恰是站在马尔库塞这一边对哈贝马斯"发难",并竭力为前者的"新的科学规划"的思想进行辩护的。值得特别注意的是,费恩伯格还就此"警告"中国的批判理论家们不要效仿哈贝马斯"对技术的冷淡态度",因为在他看来,"这在一个技术的现代化正以有争议的方式快速地重塑社会的国家中,将是一场理论上的大灾难"②。此话似有危言耸听之嫌,但或许也不失为一个及时的提醒,因为面对技术发展及消费社会的汹涌之势,人文思想界的确是要给出自己的态度的。有感于此,本文打算在对哈、马二位思想家的分歧作具体辨析的基础上,对费恩伯格的"警告"作一回应,并以此思考批判理论和后工业时代消费社会之间的积极联系。

一、马尔库塞的"新的科学规划"以及哈贝马斯的态度

在其名著《单向度的人》中,马尔库塞观察到晚期资本主

---

① 〔美〕安德鲁·费恩伯格:《哈贝马斯或马尔库塞:两种类型的批判?》,朱春艳译,载《马克思主义与现实》2005年第6期。
② 〔美〕安德鲁·费恩伯格:《哈贝马斯或马尔库塞:两种类型的批判?》,前引书。

义社会所特有的一种历史现象:"一种舒舒服服、平平稳稳、合理而又民主的不自由在发达的工业文明中流行,这是技术进步的标志。"① 这句话并不简单,它实际上包含了三层意思:第一,发达资本主义社会之于人的感受(舒舒服服、平平稳稳、合理而又民主);第二,这种感受内在质态上的不自由;第三,造成这种不自由的原因是技术进步。这三层意思其实也就是整部《单向度的人》的论述逻辑及框架,其核心则在于辨析一种新型统治的特点及方式。具体而言,马尔库塞认为,晚期资本主义社会的统治是一种消除了赤裸裸的剥削和压迫的统治,是一个几乎人人都觉得安逸舒适,从而调和了一切对立面的统治:

> 这些变化有助于使思想和目标同现行制度的要求相协调,有助于把它们包容于制度之内,有助于拒斥那些与制度格格不入的东西。但这样一种单向度现实的统治,并不意味着唯物主义起支配作用,也不意味着精神的、形而上学的和狂放不羁的市场消失殆尽。恰恰相反,"这星期——起去做礼拜"、"为什么不求求上帝"、禅宗、存在主义和颓废的生活方式等等大量地存在。不过这些抗议和越轨的方式不再同现状相矛盾,不再是否定的。毋宁说,它们是实际的行为主义的组成部分,是对现状无害的否定,因而它们作为健康的养料之一部分而为现状所迅速地消化。②

---

① 〔美〕赫伯特·马尔库塞:《单向度的人》,刘继译,上海译文出版社,1989,第3页。
② 〔美〕赫伯特·马尔库塞:《单向度的人》,前引书,第14页。

然而，这样的统治毕竟也是一种统治，所以其治下的安逸舒适不过是一种麻醉状态下的自由，其危害则是造就了一种"单向度的人"，即对现实只有顺从和肯定，从而完全丧失了批判和超越维度的人。这一切之所以可能，则是因为一种新的极权主义，即政治权力与技术和科学结盟而形成的新的社会控制形式：

> 国家机器把其防务和扩张的经济、政治需要强加在劳动时间和自由时间上，强加在物质文化和精神文化上。当代工业社会，由于其组织技术基础的形式，势必成为极权主义。因为"极权主义"不仅是社会的一种恐怖的政治协作，而且也是一种非恐怖的经济技术协作，后者是通过既得利益者对各种需要的操纵发生作用的。①

由此，马尔库塞把发达资本主义社会的技术和科学视为特定历史状况下服务于政治统治的一种设计。马尔库塞据此批判了韦伯的合理化思想。正如哈贝马斯所言："马尔库塞深信，在韦伯所说的'合理化'中要实现的不是'合理性'本身，而是以合理性的名义实现没有得到承认的政治统治的既定形式。"②哈贝马斯指出，这种将现代科学的合理性视为历史产物的见解其实并不为马尔库塞所独有，它同样可以在胡塞尔和海德格尔那里看到，"但是，只有马尔库塞才把'技术理性的

---

① 〔美〕赫伯特·马尔库塞：《单向度的人》，前引书，第4—5页。
② 〔德〕哈贝马斯：《作为"意识形态"的技术和科学》，李黎、郭官义译，学林出版社，1999年，第39页。

政治内容'当作分析晚期资本主义社会的一种理论出发点"①。哈贝马斯的确是非常敏锐地抓住了马尔库塞与胡塞尔及海德格尔之间的不同,因为后两者还只是将科学合理性视为一种工具理性的历史表现,而马尔库塞则直接赋予这种科学合理性以具体可见的政治动机,所以他既不像胡塞尔那样只是泛泛地呼吁对生活世界的重视,也不像后期海德格尔那样憧憬所谓"天地神人的映射游戏",而是直接针对技术理性的政治误用,诉求于一种不妨称其为"新的科学规划"的历史选择:

> 为了要成为自由的载体,科学和技术将不得不改变它们现在的方向和目标;它们可能必须被重建以适应一种新的感性——生命的本能需要。这样人们就可以谈论一种解放的技术,即一种自由地计划和设计没有剥削和辛劳之人类宇宙的各种形式的科学想象的产物。②

然而,马尔库塞的分析和主张都不为哈贝马斯所接受。首先,他不同意马尔库塞将技术视为服务于政治统治的设计,"因为如果全部技术被归结为一种设计,那么它只能被归结为全人类的'设计',而不能被归结为一种历史上过了时的'设计'"③。他借用阿尔诺特·盖伦(Arnold Gehlen)可称为技术人类学的观点来为自己辩护:

---

① 〔德〕哈贝马斯:《作为"意识形态"的技术和科学》,前引书,第42页。
② Herbert Marcuse, *An Essay on Liberation*. Boston: Bacon Press, 1969, p. 19.
③ 〔德〕哈贝马斯:《作为"意识形态"的技术和科学》,前引书,第44页。

如果说技术的发展遵循一种同目的理性的和能够得到有效控制的活动的结构相一致的逻辑，即同劳动的结构相一致的逻辑，那么，只要人的自然组织没有变化，只要我们还必须依靠社会劳动和借助于代替劳动的工具来维持我们的生活，人们也就看不出，我们怎样能够为了取得另外一种性质的技术而抛弃技术，抛弃我们现有的技术。①

此外，哈贝马斯还批判了马尔库塞据以提出其"新的科学规划"的自然观，并且认为这种自然观贯穿于德国浪漫派、马克思和一代西方马克思主义精英的思想之中：

> 马尔库塞在其某些文章中，试图结合人们从犹太教和基督教的神话中所熟知的"复活已经毁灭了的自然"的许诺，来研究一种新的科学观念：一种普遍承认的观念（ein Topos）。众所周知，这种观念通过施瓦本人的（schwaebisch）虔诚主义渗透在谢林（Schelling）和巴德（Baader）的哲学中，后来又出现在马克思的《巴黎手稿》（*Pariser Manuskripte*）中；今天，它决定着布洛赫哲学的中心思想，也以反思的方式控制着本雅明（Benjamin）、霍克海默（Horkheimer）和阿多诺（Adorno）的隐秘希望。②

---

① 〔德〕哈贝马斯：《作为"意识形态"的技术和科学》，前引书，第44—45页。
② 〔德〕哈贝马斯：《作为"意识形态"的技术和科学》，前引书，第43页。

这究竟是一种什么样的自然观呢？按照哈贝马斯的说法，就是那种把自然看成生存伙伴而非开采对象的观念，但他认为从这种态度中并不能引出一种新的技术观念，因为"对现有技术的选择，即对作为对立面，而不是作为对象的自然界的设计，是同一种可选择的行为结构联系在一起的，即同有别于目的理性活动的、以符号为媒介的相互作用联系在一起的"①。这个表述是不太容易理解的。哈贝马斯的意图是要把劳动的设计（技术和科学）和语言的设计（相互作用）区分开来，强调前者价值上的中立，以避免后者对它的不当干扰。有意思的是，哈贝马斯认为马尔库塞本人在这个问题上其实是有些摇摆的，认为他在《单向度的人》中表现出这样的倾向："革命化仅仅是制度框架的变化，而生产力本身并不受这种变化的影响。科技进步的结构是不变的，发生变化的只是起指导作用的价值。新的价值将转化成可以用技术手段解决的任务。"② 哈贝马斯称这种观念为"生产力在政治上的纯洁性"，认为它刷新了生产力和生产关系的关系的经典定义，但令人惋惜的是，马尔库塞终究还是因为指责生产力在政治上的堕落而错失了对这一新的格局的准确描述。这一分析所隐含的意思是，马尔库塞的"新的科学规划"就源于此种将生产力政治化的误识，所以不会有什么前景。但另一方面，哈贝马斯并未否定马尔库塞所观察到的社会问题（技术制约整个社会文化）的价值，只是认为需要以新的理论视野打量和应对。

---

① 〔德〕哈贝马斯：《作为"意识形态"的技术和科学》，前引书，第45页。
② 〔德〕哈贝马斯：《作为"意识形态"的技术和科学》，前引书，第46页。

二、哈贝马斯对马尔库塞问题的重释及应对

哈贝马斯认为马尔库塞对技术理性作政治内涵的理解,实际上掩盖的是这样一个问题:"科学和技术的合理形式,即体现在目的理性活动系统中的合理性,正在扩大成为生活方式,成为生活世界的'历史的总体性'。"① 但在哈贝马斯看来,无论是韦伯用社会的合理化,还是马尔库塞用技术理性的政治内涵,都未能成功地描绘和解释这个过程。为此,他主张用另一个坐标系,即劳动和相互作用来进行解释。哈贝马斯认为,在传统社会,其制度框架(相互作用)不受目的理性活动(即劳动)的致命威胁:

> "传统社会"指的是这样一些社会:(它们的)制度框架是建立在整个现实——宇宙和社会——所作的神话的、宗教的或形而上学的解释的毋庸置疑的合法性基础上的。只要目的理性活动的子系统的发展保持在文化传统的合法的和有效的范围内,"传统社会"就能存在下去。②

但资本主义的出现打破了这一格局,其目的理性活动的子系统(自我调节的经济增长机制)的不断发展,动摇了传统社会的制度框架在生产力面前的"优越性",传统社会由此宣告

---

① 〔德〕哈贝马斯:《作为"意识形态"的技术和科学》,前引书,第47页。
② 〔德〕哈贝马斯:《作为"意识形态"的技术和科学》,前引书,第52页。

结束，统治的合法性形式也随之发生了根本性的变化："资本主义提供的政治的合法性，不再是得自于文化传统的天国，而是从社会劳动的根基上获得的。"① 或者"说得精确一点：统治制度是依靠生产的合法的关系来取得自身的存在的权利的……社会的制度框架仅在间接的意义上是政治的，在直接的意义上是经济的"②。正是在这一新的历史背景之下，马克思能够从生产关系的角度重新认识社会的制度框架，采用政治经济学的形式对资本主义的合法性基础进行批判："他的劳动价值学说撕下了（资产阶级宣扬的）自由的外衣，而自由的劳动契约的法律关系就是披着这件外衣掩盖了给雇佣劳动关系奠定基础的社会权力关系。"③ 马尔库塞正是根据马克思的观点批判了韦伯的合理化概念，因为这种抽象概念掩盖了马克思所揭示的资产阶级意识形态的欺骗性。但哈贝马斯指出，在晚期资本主义社会，由于两个引人注目的发展趋势，即国家干预活动的增加和科学（通过迅速转化为技术）成为第一位的生产力，马克思据以批判自由资本主义的政治经济学的重要条件已经消失。

首先，"私人经济的资本增殖形式，只有通过国家对起周期性稳定作用的社会政策和经济政策的改进才能得到维持"④，这便意味着公平交换的意识形态的瓦解。但政治统治同时也就要求一种新的合法性："因此补偿纲领（Ersatzprogrammatik）

---

① 〔德〕哈贝马斯：《作为"意识形态"的技术和科学》，前引书，第54页。
② 〔德〕哈贝马斯：《作为"意识形态"的技术和科学》，前引书，第55页。
③ 〔德〕哈贝马斯：《作为"意识形态"的技术和科学》，前引书，第57页。
④ 〔德〕哈贝马斯：《作为"意识形态"的技术和科学》，前引书，第58页。

代替了自由交换的意识形态；而补偿纲领的依据不是市场体制所造成的社会后果，而是对自由交换的功能失调进行补偿的国家活动的社会后果。"① 其方式一是以宏观调控避免经济危机，一是以最低限度的福利保障维持社会稳定。但哈贝马斯指出："只要国家的活动旨在保障经济体制的稳定和发展，政治就带有一种独特的消极性质：政治是以消除功能失调和排除那些对制度具有危害性的冒险行为为导向，因此政治不是以实现实践的目的为导向，而是以解决技术问题为导向。"② 哈贝马斯此处所谓"实践的目的"是指"美好生活"一类的东西，其解释有赖公众的讨论，而公众也在这样的讨论中建立起相互作用的联系。但是，"当今占统治地位的补偿纲领仅仅同被控制的系统的功能相关；它不管实践问题，因而也不管关于接受似乎只涉及民主的意志形成的标准的讨论"③，其结果是，本应受制于交往理性的实践问题，被可用行政手段解决的技术问题排挤在外了。

再者，与自由资本主义时期技术革新仍具有自发的性质不同，晚期资本主义社会的技术发展有了重大的变化："随着大规模的工业研究，科学、技术及其运用结成了一个体系……技术和科学便成了第一位的生产力。这样，运用马克思的劳动价值学说的条件也就不存在了。"④ 哈贝马斯认为，随着科技进步的制度化，劳动和相互作用的区分就会变得越来越不重要，

---

① 〔德〕哈贝马斯：《作为"意识形态"的技术和科学》，前引书，第59—60页。
② 〔德〕哈贝马斯：《作为"意识形态"的技术和科学》，前引书，第60页。
③ 〔德〕哈贝马斯：《作为"意识形态"的技术和科学》，前引书，第61页。
④ 〔德〕哈贝马斯：《作为"意识形态"的技术和科学》，前引书，第62页。

就会让人产生这样一种看法，即社会系统的发展似乎是由科技进步的逻辑来决定的。由此产生的隐形意识形态（技术统治论）又会导致以下问题：

> 社会的自我理解（das Selbstverstaendnis der Gesellschaft）同交往活动的坐标系以及同以符号为中介的相互作用的概念相分离，并且能够被科学的模式代替。同样，在目的理性的活动以及相应的行为范畴下，人的自我物化（die Selbstver dinglichung der Menschen）代替了人对社会生活世界所作的文化上既定的自我理解。①

最极端的后果则可能是，相互作用行为类型的社会制度框架被目的理性行为类型的子系统完全吸纳。哈贝马斯认为这种情形虽然还没有在任何地方成为完全的现实，但作为一种趋势已经越来越明显。

以上两个层面的分析，哈贝马斯的目的是想通过他所谓的劳动和相互作用的框架，来重新阐释马尔库塞的技术政治论所瞄准的问题，即科学和技术的合理性正在扩大成为生活世界的总体性。现在的问题是，如果说哈贝马斯既不同意马尔库塞将技术和科学视为统治阶级的手段及意识形态，并且与此相关，也不同意马尔库塞建立在其时代诊断上的"新的科学规划"的话，他将如何应对他在马尔库塞的技术政治论中所看到的问题呢？

---

① 〔德〕哈贝马斯：《作为"意识形态"的技术和科学》，前引书，第63页。

首先，虽然哈贝马斯不同意马尔库塞以传统的阶级社会视野看待晚期资本主义社会的做法，但他并不否认晚期资本主义社会实际存在的阶级差异，只是在他看来，解决问题的途径不能诉诸阶级对抗乃至阶级斗争。其实马尔库塞也不寄望于阶级斗争，但和哈贝马斯不同，马尔库塞是因为看不到阶级斗争的成功的可能性，而哈贝马斯则是不认可阶级斗争的正当性。在哈贝马斯看来，晚期资本主义，即国家管理的资本主义，是应对公开的阶级对抗的危害而产生的，所以它平息了阶级冲突，在其社会系统中，那些同维护生产方式紧密联系在一起的利益不再是阶级的利益，不再有阶级的局限性。当然，哈贝马斯没有幼稚到认为阶级对立已经消亡，而是认为阶级对立以潜伏的方式存在，即表现为集团文化传统的形式及相应的差异形式——生活水平、生活习惯及政治观点；另一方面，冲突从阶级范围转移到没有特权的生活领域，并可能带来严重的冲突，只不过这些没有特权的集团不是社会阶级，因为社会制度并不依靠剥削他们的劳动而存在，所以他们的要求只具有"呼吁"的性质，而不具有取得阶级斗争的成功的可能性。哈贝马斯认为，随着阶级的对立不再成为主要关系，晚期资本主义社会的最大问题就不是阶级关系的重塑，而是相互作用领域的重建，而马尔库塞关心的"新的科学规划"的问题，也只有在相互作用领域才有得到有效思考的可能。

但有意思的是，无论是马尔库塞寄望于"新的科学规划"，还是哈贝马斯寄望于相互作用领域的重建，他们对于未来的展望似乎都不太乐观，甚至可以说相当悲观，因为他们找到的唯一的现实途径竟然如出一辙，即大、中学生的抗议活动。不过即使在这一点上,他们二人仍有所不同。哈贝马斯不同意学生运动走向激进,也就是说走到重组社会阶级关系的地步,而只是视其为一个相互作用领域的激进空间,马尔库塞所向往的"爱欲解放"和"新的科学规划",也只能是参与该空间的对话中的一种声音而已。但对于哈贝马斯来说,这个声音的确是非常重要的,这可以从下面这段谈及学生们的时代困惑的表述中见到:

> 他们不理解:在技术高度发达的(社会)状况下,为什么个人的生活仍然决定于职业劳动的命令,决定于成就竞争的伦理观,决定于社会地位竞争的压力,决定于人的物化价值和为了满足需要所提供的代用品的价值;为什么制度化的生存斗争、异化劳动的戒律、扼杀情欲和美的满足的行为,都受到保护。①

可以想象,马尔库塞该会何等认同这样的呼声。但是,为什么哈贝马斯不愿像马尔库塞那样把所谓"复活毁灭了的自然"作为社会批判的根本出发点,而只是视其为参与交往理性对话的一种声音,并更为强调相互作用领域的重建呢?要回答这个问题,需要我们对哈、马之争作更进一步的考察。

三、重审哈、马之争

如前所述,哈贝马斯认为晚期资本主义的真正问题不在于

---

① 〔德〕哈贝马斯:《作为"意识形态"的技术和科学》,前引书,第80页。

马尔库塞所说的统治阶级对科学和技术的操纵,而在于他所谓的（目的理性）系统对生活世界的殖民。在这个意义上,他承认马尔库塞所批判的时代负面现象,即目的理性的过度扩张,但他开出的药方却极其悲观,即仅在相互作用领域诉诸大、中学生的抗议活动。正是如此保守的姿态,被费恩伯格视为"对技术的冷淡态度"。至少从表面上看,哈贝马斯"打发"马尔库塞问题的方式的确是太过简单了。如果以此衡量他对"五月风暴"的态度,不能不说其太过消极。

不妨回顾一下哈贝马斯和马尔库塞产生意见分歧的两个问题：一是技术和科学是不是意识形态,一是是否可以从一种所谓生命的"本能需要"引出一种"新的科学规划"。两个问题有内在关联。

我们先看第一个问题。哈贝马斯反对马尔库塞把技术和科学视为一种意识形态,原因在于他认为技术和科学是中立的,不是像马尔库塞所认为的那样是为特定阶级利益服务的。这是哈贝马斯在《作为"意识形态"的技术和科学》一文中诟病马尔库塞的基本出发点。而在我看来,是否将技术和科学看成是为特定阶级利益服务的,与是否把技术和科学看成是中立的,并非一回事,但哈贝马斯似乎没有意识到这一点。事实上,哈贝马斯没有抓住马尔库塞论述中自相矛盾之处,即马尔库塞一方面声称政治权力的控制以及技术和科学在这种控制中所起的作用,另一方面却又并不认为这种控制的利益取向是特殊的：

> 今天,政治权力的运用突出地表现为它对机器生产程序和国家机构技术组织的操纵。发达工业社会和发展中工

业社会的政府，只有当它们能够成功地动员、组织和利用工业文明现有的技术、科学和机器生产率时，才能维持并巩固自己。这种生产率动员起整个社会，超越和凌驾于任何特定的个人和集团利益之上。①

但是在当代，技术的控制看来真正体现了有益于整个社会团体和社会利益的理性，以至一切矛盾似乎都是不合理的，一切对抗似乎都是不可能的。②

从这些表述中我们可以看到，哈贝马斯对马尔库塞把技术和科学视为服务于特定阶级利益的政治设计的批判似乎是不公正的。而以下这两段话，则会让人觉得哈贝马斯批判马尔库塞赋予技术和科学以政治内涵的观点似乎都不能成立：

这个世界势必变成甚至把管理者也包括在内的全面管理的材料。统治的罗网已变成理性自身的罗网，这个社会最终也会被困在该罗网之中。理性的超越方式看来会超越理性自身。③

肯定性思维的宽容是被强制的宽容——不是被任何恐怖机构所强制，而是被技术社会那压倒一切的、不知名的力量和效率所强制。④

---

① 〔美〕赫伯特·马尔库塞：《单向度的人》，前引书，第5页。
② 〔美〕赫伯特·马尔库塞：《单向度的人》，前引书，第10页。
③ 〔美〕赫伯特·马尔库塞：《单向度的人》，前引书，第151页。
④ 〔美〕赫伯特·马尔库塞：《单向度的人》，前引书，第203页。

更富意味的是，这些论述表明，马尔库塞似乎也犯了他曾经批判过的韦伯的错误，即强调抽象的合理化而看不到其中的政治设计，因为如果把一切都归结为由神秘的力量所致，那也就没有政治设计的份了。出现这种情形的确是令人困惑的，但至少表明，像哈贝马斯那样简单地认为马尔库塞把技术和科学看成是为特定阶级利益服务的意识形态的观点是不妥当的，而且在我看来，通过对马尔库塞的这样一种界定，哈贝马斯实际上避开了马尔库塞表述中的关键内涵，即技术和科学的非中立性，因为即便技术和科学不是意识形态（对哈贝马斯来说，以它是否为特定阶级利益服务这一点来界定），也并不就意味着技术和科学能够摆脱立场和价值取向，也就是说它并不是中立的。正是由于这个原因，费恩伯格在技术和科学是否中立的问题上站到了马尔库塞一边。费恩伯格假想了马尔库塞可能对哈贝马斯作出的反驳：马尔库塞承认技术原则可以从各种兴趣或意识形态中抽象出来加以阐述，但他认为这的确只是一种抽象，因为在现实世界中，技术总是与运用它们的历史主体相关。费恩伯格举了"效率"这个例子来说明"历史主体是什么"的问题。表面上看，它只关乎中性的输入和输出的比率，"但具体来说，当人们实际上开始应用'效率'概念时，他必须决定什么类型的事物能被输入和输出、谁能提供和谁能获得它们，并且依赖什么条件、什么被视为无价值的东西、废料和有毒物品，等等，这些都依特定的社会而定，在任何实际应用中的效率亦然"。同样，也可以用这样的分析来批判韦伯的"管理的合理性"。费恩伯格也假想了哈贝马斯的反驳：哈贝马斯可能会说强调技术的起源和应用的利益只是社会学的细节，在基本理论层面并不重要,因为如果技术要进入社会,就必须应用伦理的原则,但这对阐释和分析技术的操作规律而言并非一个严重的障碍。然而正如费恩伯格指出的,对马尔库塞而言,"批判这种客观性(即中立性)形式的要点在于把技术带到规范原则的裁判之下,有意识地提出它的规范的维度,从而使它能被讨论和挑战"。因为哈贝马斯也不能否认的一个现实是技术专家的统治,这种统治压抑甚至阻止了根据民主规范判断工作背景,所以"此问题的关键在于,中立性议题阻碍了关于待确定的技术替代物的公众对话"。在我看来,费恩伯格在这里提出了一个至关重要的议题,即技术和科学中的规范。通过对这个议题的思考,或许我们可以看到哈贝马斯回应马尔库塞问题的方式的深层关切所在。

哈贝马斯严格区分了"劳动"和"相互作用"两个领域,前者为目的理性策略行为,后者为交往理性规范行为。此区分的关键在于把劳动(技术和科学从属其中)从规范领域排除出去。费恩伯格在对《交往行为理论》图表11①进行分析后指出,在哈贝马斯那里,人与客观世界的关系只有工具理性和审美关系,而没有规范关系,但他认为"哈贝马斯的图表忽略了对客观世界规范关系的一个显而易见的领域:被建造的环境"。因为在费恩伯格看来,建什么和如何建是个实际的规范问题,虽然没有科学判断的标准,但至少可以像审美判断一样被理性化,并且他认为在这里"我们能对马尔库塞要求的与自然的一

---

① 参〔德〕哈贝马斯:《交往行为理论》(第一卷),曹卫东译,上海人民出版社,2004年,第228页。

种新型关系给出一个相当合理的内容"。可以看出，费恩伯格在这里似乎是把马尔库塞意义上的与自然的一种新型关系当成人与客观世界的一种规范关系，其意是说把自然作为另一个需要对其负责的主体予以尊重，并且在这个意义上谈论环境建造中的民主干预。很显然，费恩伯格在这个语境中使用的规范不是哈贝马斯交往行为理论意义上的规范，因为后者特指人与人之间的一种交往机制。但前述分析曾经提及，费恩伯格强调马尔库塞的启示是根据民主规范判断工作背景，也就是说，他也在哈贝马斯的意义上使用规范，那么，这两个意义上的规范在他那里是如何统一的呢？我认为理解的钥匙就在费恩伯格把规范问题比拟为审美判断这一表述。费恩伯格的表述实际上包含了两层意思：首先，我们需要把自然作为另一个主体予以尊重（马尔库塞意义上的规范态度）；然后，对自然的态度，我们可以进行民主讨论（哈贝马斯意义上的规范态度）；讨论最终会达到像审美判断一样的一致性（诉诸康德审美共通感的观念，但已经不是哈贝马斯意义上的规范态度）。在我看来，如果说此处分析的费恩伯格的意思就是对马尔库塞思想的同情式表达，那么哈贝马斯拒绝以马尔库塞的规范态度对待自然是有其道理的。这一点还可以通过对马尔库塞的"需要观"的分析看得更清楚，在马尔库塞那里，所谓一种与自然的新型关系就是由这种"需要观"导引出来的。

马尔库塞的"新的科学规划"有一个不可或缺的前提，即生命的"本能需要"，或曰"真实需要""根本需要"，等等。对此，马尔库塞曾多次提及：

> 我们可以把真实的需要和虚假的需要加以区别……现行的大多数需要，诸如休息、娱乐、按广告宣传来处世和消费、爱和恨别人之所爱和恨，都属于虚假的需要这一范畴之列。①

> 进一步的发展将意味着裂变，即量变向质变的转化。它展现一种本质上新的人类现实的可能性——即以实现了的根本需要为基础的处于自由时间中的存在。在此条件下，科学谋划本身将对超功利的目的、对远非统治必需品和奢侈品的"生活艺术"开放。②

> 为了要成为自由的载体，科学和技术将不得不改变它们现在的方向和目标：它们可能必须被重建以适应新的感性——生命的本能需要。③

然而，马尔库塞没有在任何地方精确地描述过他所谓的"本能需要"或"真实需要"究竟是什么，而且他还表明，需求的真实性只能由个人来回答，前提是这个人必须处于自治的状态。这很容易让人联想到卢梭的自由观，因为在卢梭那里，一个人是否自由是由其是否按理性行事来界定的，但卢梭对这个理性的内涵却语焉不详，正如马尔库塞对何为自治含糊其词一样。④ 另外值得注意的是马尔库塞以下这段关于"潜化"的

---

① 〔美〕赫伯特·马尔库塞：《单向度的人》，前引书，第6页。
② 〔美〕赫伯特·马尔库塞：《单向度的人》，前引书，第207页。
③ Herbert Marcuse, *An Essay on Liberation*. Ibid., p. 19.
④ 参〔英〕以赛亚·伯林在《自由及其背叛》（赵国新译，译林出版社，2003年）中对卢梭的论述，特别参见第47—50页。

表述：

> 但"潜化"这个词或许不再说明个人是以什么方式自动重复社会所施加的外部控制并使之永恒化的。潜化使人联想到自我把"外部的"移置为"内部的"那一整套相对自动的过程。因此，潜化意味着存在一种区别于甚至敌对于外部要求的内心向度，即把公众舆论和行为撇在一边的个人意识和无意识。"内心自由"的观念在这里有它的现实性，它指的是人们可以借以变成和保存"他自己"的私人空间。①

在我看来，从这里可以看到海德格尔对马尔库塞的影响，因为马尔库塞用"潜化"来反证"内心向度"的方式，与海德格尔用"沉沦"来反证"本真"的方式如出一辙。② 然而，无论是卢梭还是海德格尔的思维方式，都不能为马尔库塞的"本能需要"或"真实需要"提供真正的内涵。这也就意味着奠立在这一基础上的"新的科学规划"的设想必然落空，或者说，如果一定要以这样一种言之凿凿但内涵模糊的"需要观"来进行政治操作及科学规划，那势必导致以赛亚·伯林所恐惧的那种建基于积极自由的极权主义。可以推测，哈贝马斯之所以拒绝马尔库塞的"新的科学规划"而强调相互作用领域的重建，

---

① 〔美〕赫伯特·马尔库塞：《单向度的人》，前引书，第10—11页。
② "从生存状态上看来，自己存在的本真状态在沉沦中固然被封锁了、挤开了，但这种封锁状态只是一种展开状态的褫夺，这种褫夺在现象上公开于下述情况中：此在逃避就是在它本身面前逃避。"（〔德〕海德格尔：《存在与时间》，陈嘉映、王庆节译，生活·读书·新知三联书店，1989年，第224页）

很可能就是出于类似的忧虑。其忧心在于，社会建构的视野不能是主体哲学价值论的，而必须是交往理性规范论的。

费恩伯格也认为，马尔库塞很难不面对哈贝马斯对其思辨基础的质疑，所以虽在哈、马之争中更多地站到了马尔库塞的一边，但他并不认为简单地回到马尔库塞就能解决问题，而是主张在一个更可信赖的框架内重构马尔库塞批判理论的各个要素。这个框架就是"哈贝马斯的被修改、从而包括技术的交往行为理论的版本"①。

四、为设计确立规范：一种交往论视野中的"科学规划"的可能性

重构的契机在于哈贝马斯的媒介理论。受到帕森斯的启发，哈贝马斯的媒介理论根据从交换、管理和法律这些系统中分化出来的亚系统即金钱和权力媒介来解释社会生活的理性化。哈贝马斯认为，通过金钱和权力媒介，个体调整他们之间的行为，同时对世界采取一种工具理性的态度，但这样一来，社会生活的语言维度就被压缩甚至消解了。② 这是"系统"殖民"生活世界"的典型表现。哈贝马斯的分析意图在于调整两

---

① 〔美〕安德鲁·费恩伯格：《哈贝马斯或马尔库塞：两种类型的批判?》，前引书。

② "通过货币这个符码而流通的信息在内在特殊结构基础上左右着行为的抉择，而且不必付出更加具有冒险性的依赖有效性要求的理解努力。"（〔德〕哈贝马斯：《后形而上学思想》，曹卫东、傅德根译，译林出版社，2001年，第70—71页）另参 Jürgen Habermas, *The Theory of Communicative Action*, Volume 2, *Lifeworld and System: A Critique of Functionalist Reason*, trans. Thomas MacCarthy. Boston: Beacon Press, 1987, pp. 257—259.

种类型的理性之间的平衡,但费恩伯格指出,哈贝马斯在思考这一问题时令人吃惊地忽略了"技术",尽管他反对"生活世界的技术化"。费恩伯格甚至不免得意地透露,哈贝马斯本人也向他承认这是一个疏忽。在费恩伯格看来,技术也像金钱和权力一样在社会运转中起到组织的作用,比如在运输系统中,人们几乎不用讨论,只需遵从规则和计划行事。即便在管理系统中,技术也不可或缺,因为如果没有技术,只有金钱的动机和管理的规则,是不可能组织生产的。这种管理理论可以延伸到整个社会的官僚结构和市场体系,二者都有赖于精心制作的技术基础。所以费恩伯格认为,技术也应该进入哈贝马斯的媒介之中:"如果媒介理论中包含了技术,那么哈贝马斯想在金钱和权力周围划定的边界就有可能被延伸至技术领域。"① 但哈贝马斯的确没有将技术列入殖民生活世界的系统领域。在费恩伯格看来,这就为技术的批判理论所不能忽略的一个领域即"技术设计"留下了空间,因为:

> 事实上,哈贝马斯的系统理论没有为批判媒介的内在结构提供任何基础,他对它们向交往领域的过度延伸提出了挑战,但不是它们的设计。他的理论中没有对马尔库塞的管理批判或技术合理性批判提出回应。但是,一种技术的批判理论不能够忽视设计。无论问题是涉及到童工问题、医学研究,还是以计算机为媒介的交往或技术对环境

---

① 〔美〕安德鲁·费恩伯格:《哈贝马斯或马尔库塞:两种类型的批判?》,前引书。

的作用，设计都具有规范性的含义，而不只是一个效率问题。①

这段表述的关键是把规范内容引入技术设计，费恩伯格据此批判了哈贝马斯将系统和生活世界截然二分的做法。他同时指出，其实哈贝马斯也知道系统和生活世界的区分只具有分析的意义，因为在真实的境遇中，它们总是以不同的比例混合在一起的；哈贝马斯之所以执意对二者进行区分，目的是想借此阐释现代化的进程。但在费恩伯格看来，此举是弊大于利，因为正是它导致了一种将系统中性化的普遍倾向。费恩伯格进一步追究了哈贝马斯将系统中性化的方法论上的失败，认为他忽略了系统的"内在设计准则"，看不到系统理性实际上是以规范内容为基础的。基于此，费恩伯格认为我们应对技术的功能主义理解和解释学理解进行区分："在前者中，技术装置与社会及社会目标保持一种外在的关系，而对后者而言，装置拥有包括授权的标准和内涵的复杂的意义。这些技术的价值维度被嵌入于装置之中，一如意义被嵌入语言符号之中。"② 在我看来，费恩伯格对哈贝马斯的批判，的确可以说明哈贝马斯对忽略马尔库塞的技术合理性批判是难辞其咎的，同时还可以解释为什么哈贝马斯虽然以劳动和相互作用框架重新解释了马尔库塞所提出的问题（系统殖民生活世界），但在应对策略上却令

---

① 〔美〕安德鲁·费恩伯格：《哈贝马斯或马尔库塞：两种类型的批判?》，前引书。

② 〔美〕安德鲁·费恩伯格：《哈贝马斯或马尔库塞：两种类型的批判?》，前引书。

人大失所望（看不到规范内容进入技术设计的可能性，只是消极地寄望于大、中学生的抗议活动）；然而从另一方面，我们也可以说费恩伯格同样令人失望，因为他也不过是从哈贝马斯那里为马尔库塞争回了技术合理性批判的必要性以及规范内容进入技术设计的可能性，但对马尔库塞的"新的科学规划"的可操作性规范并无任何实际的提示，从而使其仍旧难免空洞玄虚和浪漫幻想之嫌。所以现在的问题是，如果我们承认马尔库塞的技术合理性批判的价值，同时又惋惜其"新的科学规划"的方向失误及实际内容的模糊不清，那么该如何设想这个"新的科学规划"的现实可能性呢？

说来令人唏嘘，或许是我孤陋寡闻，但至少就国内学界而言，的确只能看到一个人的研究真正回应了这个问题（或许正应了费恩伯格对中国学者的那句"警告"），这就是吴兴明先生的《人与物居间性展开的几个维度——简论设计研究的哲学基础》一文。吴文在批判赫伯特·西蒙的科学主义设计观的基础上，简明而清晰地阐述了设计的非中立性及其内涵：

> 实际上，不管是设计本身的广阔关涉度，还是今天已病入膏肓的生态危机、现代性危机，都表明设计绝不能够仅仅是科学，而是必须将自然、社会、文化、人类的生存前景等一体性纳入其中的综合性创造。换言之，作为现代生产之一往无前的智力发动机，在设计背后的智力坐标决不能只要科学，而是要有文化、思想和良知——借用存在主义的话，要有对人类生存价值及其前途的考量，尤其是在所谓"技术的批判理论"（critical theory of technology）

已经有深度展开的当代语境下。①

基于这一认识,吴文深度剖析了人与物居间性展开的三个维度:其一,物的功能性维度;其二,物的社会-符号性维度;其三,物的感性-美学的维度。然后根据物的中介形塑作用(即以物质的方式形塑人与世界的关系),从以上三个维度提出了关于设计的规范性基础:

> 具体地说,在技术的层面它显示出人与物的本源关系及其危机,这里有提出设计伦理学的根据;在审美的层面,它显示出作为感性世界的广阔范围,这里有提出物美学的根据;在社会-符号的层面,它显示出物序结构与社会自由的关系问题,这里有提出设计的政治或设计政治学的根据。②

具体而言,设计伦理学可以在宏观和微观两个层面展开:宏观上"关注技术设计对生态、人类生存环境的整体的形塑和影响,这远远不只包括限制杀伤性武器、核电站、动植物保护等等内容,还包括节能、环保、无碳、节约资源等",而微观上则"必须具体而微地考量产品使用、操作过程中与生命安全、

---

① 吴兴明:《人与物居间性展开的几个维度——简论设计研究的哲学基础》,载《文艺理论与研究》2014年第5期。
② 吴兴明:《人与物居间性展开的几个维度——简论设计研究的哲学基础》,前引书。

舒适感等等的交互影响"①。物美学定位于"整个感性世界的感知互动领域","包括了物对于人与其世界关系形塑的所有方面,它不仅关涉视觉,也关涉听觉、触觉以及整个身体、氛围等等的调节与互动"。② 设计政治学关注的是"设计延伸于人际的结构性关系调节",其含义在于:"所有人对人的监管、强制、压迫其实都是通过物的中介来实现的,物的系统实际上形塑和对应着整个社会的严密等级秩序。在此意义上,人的自由首先是社会物序的开放和自由,甚至可以说,人类社会最终解放的标志就是物序的解放和自由。"③ 在我看来,以上吴文从设计伦理学、物美学和设计政治学三个方面所阐述的内容,是迄今为止关于技术设计之规范内容的最为明晰的揭示,也可以说是消费社会时代对马尔库塞的"新的科学规划"最具针对性和建构性的回应。

本文前言部分曾提及费恩伯格对"中国的批判理论家们"可能效仿哈贝马斯"对技术的冷淡态度"的"警告",我想行文至此可以有个正面的回应了。我不清楚费恩伯格对"中国的批判理论家们"了解多少,但国内学界正在弥漫并日益加剧的一股否定现代科技和消费社会的风气,正在将他的担忧变为现实。在此局面下,吴文以其研究所表现出的建构性姿态及实际应对就极其可贵了,因为,面对一场我们正身处其中的从生产

---

① 吴兴明:《人与物居间性展开的几个维度——简论设计研究的哲学基础》,前引书。
② 吴兴明:《人与物居间性展开的几个维度——简论设计研究的哲学基础》,前引书。
③ 吴兴明:《人与物居间性展开的几个维度——简论设计研究的哲学基础》,前引书。

力、生活方式到正义结构的深刻的历史变革,"告别启蒙""告别现代性"一类的话很容易出口,以精致的文化研究戳穿资本和权力的把戏也很让人过瘾,但如果说我们还没有对历史的未来彻底绝望,那么像马尔库塞和哈贝马斯那样,视现代性为"一项未完成的工程"或许更为可取;如果只有粗暴的批判和无力的怀旧,则不仅没有任何意义,而且还有可能让我们错失一代知识分子应尽的职责。①

原载《文化研究》第 28 辑

---

① 参吴兴明先生的另外两篇论文(《重建生产的美学——论解分化及文化产业研究的思想维度》,载《文艺研究》2011 年第 11 期;《论解分化作为艺术研究的思想视野——对重建艺术研究思想背景的一个简要考察》,载《中外文化与文论》第 27 辑)对相关问题的思考。另参蒋荣昌:《消费社会的文学文本:广义大众传媒时代的文学文本形态》,四川大学出版社,2004 年。我认为这些研究所表现出的面对消费社会的积极姿态以及富有洞见的研究成果是值得国内学界高度重视的。

第三编

论施坦伯格的"约翰斯赏析"

——一个关于前卫艺术批评的反思

前卫艺术①批评在多大程度上是可靠的？这一发问和一般人在赏画这件事情上常有的一个困惑有关：那些看上去极其普通甚至常人都能画出来的作品（比如波洛克的滴洒画、弗兰克·斯特拉的不规则多边形画、莫里斯·路易斯的条纹画等），在批评家的眼里却充满了那么多不同寻常的意义，究竟是我们的鉴赏水平不够，还是批评家们在过度阐释？对一般人来说，审美素养不够从来都是一个事实，其程度因人因地因时代而异，而批评总是引发太多的争议而难以服众，则似乎是自前卫艺术的诞生以来才特别引人注目的现象。这种现象的产生与艺术批评变化了的语境有关。与弹药充足、武器完备因而总是充满了自信的传统艺术批评家不同，前卫艺术批评家一开始都是一些很苦恼的人，他们所遭遇的困惑，他们的前辈基本上不会遇到，而对他们作为批评家的身份来说却是很伤自尊的，那就是——竟然有他们看不懂的作品！在这里，看不懂的意思是：

---

① 本文所谓的前卫艺术，主要是指第二次世界大战以后抽象表现主义以来的西方现代艺术。

艺术可以这么搞吗？甚至，这是艺术吗？至于其品质的好坏，那就更让他们无从判断了。那么，弃之不顾吗？然而，现代艺术史一次又一次地将离经叛道者们的作品合法化甚至经典化的事实却让他们心有不甘，生怕又一次错过了见证伟大艺术诞生的良机。如此患得患失的焦虑可谓让他们痛不欲生，而往往是在经历如此反复的阵痛之后，他们的阐释终于"分娩"了，并成为命名艺术史事件、引领未来艺术方向的批评经典。这些批评的独创性的确令人耳目一新，但也让人对其作为一种阐释的可靠性疑窦丛生：究竟是那些他们所命名的艺术真有他们说的那么不同寻常乃至伟大，还是他们作为批评家的自尊促使他们说了一些可能连他们自己都没有意识到的欺人之语？这就是本文想要探讨的问题。不过，只是以在我看来可以作为典型案例的美国当代艺术批评家列奥·施坦伯格（Leo Steinberg，1920—2011）的"约翰斯赏析"所作的窥豹一斑的考察，所思有限，意在引起学界对这一现象的重视和研究，并由此反思前卫艺术批评的困境及出路。

一、作为形式主义批判者的施坦伯格

施坦伯格是著名的文艺复兴艺术专家，但其巨大影响却主要源于他作为一个前卫艺术批评家的身份，其贡献在于打破了以格林伯格为代表的形式主义理论一手遮天的批评格局，确立了一种据称是将形式分析、情感内容与历史语境熔为一炉的批评模式。"因此，目前国际艺术史界公认，是施坦伯格领导了拒斥格林伯格/弗雷德版本的现代主义运动。"① 其长达四十年的艺术批评成果汇集于《另类准则：直面 20 世纪艺术》（*Other Criteria: Confrontations with Twentieth-Century Art*. Chicago: University of Chicago Press, 2007）一书，收入其中的《另类准则》一文被人视为其批评思想的纲领，也是一篇讨伐形式主义理论的檄文。格林伯格认为传统绘画倾向于掩饰而现代绘画却故意突出绘画媒介特征的观点，即"在欣赏古典派大师的作品时，看到的首先是画的内容，其次才是一幅画面；而在欣赏现代派作品时，看到的首先是一幅画"②，施坦伯格以对伦勃朗的《读书的女人》的精彩分析令人信服地证明了格林伯格的这个说法其实是失之偏颇、无法成立的；进而针对格林伯格认为现代绘画以摆脱错觉的平面性为其目标这一核心论断尖锐地指出："格林伯格想将所有老大师与现代主义画家的差异还原为一个单一的标准，而这个准则要有多机械就有多机械——要么错觉，要么平面。然而，如此简单的艺术还有什么意义可言？"（第 96 页）更为关键的是，施坦伯格有力地证明了这种机械的二分法是完全站不住脚的。其实格林伯格在提出现代绘画以纯粹的平面性为目标之后，似乎也意识到了其理论可能面对的质疑，即在有的人看来，不管怎么画，画面上的（三度空间）错觉总是不可能完全消除的。如果承认这一点，格氏理论关于错觉和平面性的区分似乎立刻就会瓦解，但

---

① 〔美〕列奥·施坦伯格：《另类准则：直面 20 世纪艺术》，沈语冰、刘凡、谷光曙译，江苏美术出版社，2013 年，"译后记"，第 475 页。以下凡引该著，仅随文标注页码。
② 〔英〕弗兰西斯·弗兰契娜、查尔斯·哈里森编：《现代艺术与现代主义》，张坚、王晓文译，上海人民美术出版社，1988 年，第 5—6 页。

格林伯格认为他强调的其实是纯粹的视觉经验："现在这是一种严格属于绘画和视觉的三维空间。在古典派大师创造的空间幻觉中,人们可以想象身临其境,在画中行走,现代派画家创造的幻觉只能看,只能用眼睛遨游。"① 可以想象,当年格林伯格写下这段话的时候该是多么得意——有惊无险啊!卖个破绽,再杀你一个回马枪!然而,真能这么说吗?让我们看看施坦伯格是怎么讲的:

> 在什么样的绘制空间里,你可以让自己漫游其中?格林伯格显然能够想象自己步履蹒跚地行走在伦勃朗式的幽暗空间里,但他却无法想象穿行在奥列茨基的图画空间里会是什么状态。在一个太空旅行的时代,我们还需要被提醒,一种类似大气层外的虚空的图画,对想象中的穿梭来说是极为诱人的,不正如类似不断后退的风景的图画,对一个步行的人来说同样是有吸引力的吗?我们如今是在康德时代的交通概念的衬托下来界定现代主义绘画的吗?
> (第92页)

看了这段话,我们还能那么理直气壮地坚持格林伯格那种关于空间错觉的不同类型的区分吗?施坦伯格正是在这些几乎不容辩驳的技术分析的基础上,对现代艺术批评中的形式主义倾向进行了堪称毁灭性的调侃和打击:

---

① 〔英〕弗兰西斯·弗兰契娜、查尔斯·哈里森编:《现代艺术与现代主义》,前引书,第8—9页。

> 今天占主流地位的形式主义批评家总是将现代绘画处理成一种进化技术，在某个特定的时刻有某种特殊的任务需要解决——这是为艺术家们设置的任务，就像在大公司里为研究职员所设置的问题一样。只要他能提出正确解决问题的办法，那么作为工程师与技术研究人员的艺术家就变得非常重要。对那个问题的选择如何与个人的冲动、心理结构或社会理想相吻合，却无所谓；只有解决办法才是重要的，因为它回答了一个占主导地位的技术专家们提出的问题。（第100页）

这是迄今为止我所能看到的对形式主义理论的最为形象也最为辛辣的批判。① 在我看来，施坦伯格在这件事情上所扮演的角色，完全可以媲美那个说皇帝其实也什么也没穿的孩子，在形式主义理论统治批评界长达半个世纪而近于僵化的历史时刻，其批判质疑可谓应运而生，堪称功莫大焉。而我们现在要关注的是，就是这样一个具有高度的怀疑精神、极其敏锐的批判意识的人，在面临与当年形式主义者们所遭遇的类似的批评困惑时，最终似乎也未能免俗，没有经受住理论的诱惑而营造出他的可疑的"另类标准"。这一点在他对美国当代艺术家贾斯帕·约翰斯（Jasper Johns，1930— ）的批评阐释，即他所谓的"约翰斯赏析"（第40页）中表现得尤为突出。

---

① 为求辩证，读者也可参看国内批评家、自称"不折不扣的格林伯格的辩护者"的王南溟先生的著作《现代艺术与前卫——克莱门特·格林伯格批评理论的接口》（上海大学出版社，2012年）。

二、疑点重重的"约翰斯赏析"

前述施坦伯格批评文集《另类准则：直面20世纪艺术》收录了施坦伯格论及美国当代著名艺术家贾斯帕·约翰斯的两篇文章，即发表于一九六二年的《当代艺术及其公众的困境》以及同年发表但后来稍作修订和扩展的《贾斯帕·约翰斯：最初7年的艺术》。在我看来，这两篇文章提供了一个反映现代艺术对现代艺术批评家的困扰以及由这种困扰产生的批评效应的经典案例，所以值得深入剖析，以期对现代艺术批评的深层机制有所揭示。

贾斯帕·约翰斯被认为是一个界于抽象表现主义和波普艺术之间的艺术家，有时也被定义为新达达主义艺术家，于二十世纪五十年代末崭露头角，其作品充斥着旗帜、靶子、地图、数字、字母等一类平淡无奇的图像或物品（有些形象因为是直接挪用或做出来的，所以称其为物品而非图像）。对于一般人而言，它们看起来是如此无趣，甚至让人怀疑它们怎么可能是艺术，但令人惊叹的是，约翰斯却因为这些作品而获得巨大的成功，成为油画卖得最贵的在世画家①，《纽约时报》的艺术批评家甚至称他为"自杰克·波洛克以来最伟大的美国艺术家"②。这一巨大的反差不仅让一般公众困惑不已，就连像施

---

① http://en.wikipedia.org/wiki/Jasper_Johns,2014—03—12.
② Charles A. Reily，Ⅱ，*Art at Lincoln Center：The Public Art and List Print and Poster Collections*. Hoboken，New Jersey：John Whiley & Sons, Inc.，2009，p. 20.

坦伯格这样的批评家也曾为之伤透脑筋："这些画，特别是它们的主题，既激起观众巨大的热情，也使他们惊慌失措。这些主题前所未有地'陈腐'，过去似乎从来没有见过如此单调乏味的东西。他何以要选择如此不讨人喜欢的主题来作画？"（第35页）施坦伯格也诚实地向我们透露了一九五八年他在纽约第一次观看贾斯帕·约翰斯的首次个展时的反应：

> 我本人的第一反应也很常见。我不喜欢这个展览，泰然自若地认为它令人厌烦。但是它使我感到沮丧，却不知道原因何在。接着我意识到自己身上有一个门外汉在面对现代艺术时的典型症状。我对艺术家感到愤怒，就好像他请我去吃饭，却让我吃一些根本不能吃的东西，例如亚麻布和石蜡。我对某些朋友装出一副很受用的样子感到生气——不过带着一丝不安，也许他们真的喜欢？因此我对自己如此麻木，在整个参观过程中出尽洋相，感到更加不快。
>
> 与此同时，这些画一直萦绕在我脑海里——使我不安，令我沮丧。每念及此，我都感到强烈的失落感或被剥夺感。（第27页）

这段文字在我看来称得上是反映前卫艺术批评心态的金子般的文献。其中的"门外汉"一词是关键，因为正是这个自己居然是个门外汉的意识严重地伤害了施坦伯格作为一个艺术批评家的自尊，所以他要么阐明它确实不是艺术，或至少不是好的艺术，要么阐明它不仅是艺术，而且还是意义重大的前卫艺术。

施坦伯格选择了第二条道路。

对于约翰斯作品的阐释，施坦伯格是从对其主题的疑惑切入的："我想不断地质疑这些主题的普通性，看一看它们是如何在他的绘画中发挥作用的。"（第 44 页）他列举了约翰斯绘画主题的八个特点，并一一进行了分析。在这个过程中，我们可以看到施坦伯格是怎样一点点地发现约翰斯作品之"不同寻常"的意义，从而一点点地克服其"强烈的失落感或被剥夺感"的。而我们要做的，就是紧随其后以探讨这些分析是否言之成理。

1. "不管是物体还是符号，它们都是人造物。"

施坦伯格认为，约翰斯之所以选择人造物，其目的是与模仿艺术彻底地分道扬镳，因为"街道与天空——它们只能被模仿（simulated）；但是一面旗帜、一个靶子、一个数字 5——这些却可以被制造（made）出来，而创作出来的画所再现的，不过是其物体本身罢了。因为没有一个 5 的拟像或图像是可以画出来的，只有 5 这个数字本身才可以画出来"（第 45 页）。在我看来，这个论断对于数字或字母一类的图像来说是成立的，甚至对于约翰斯作品中的靶子来说也是成立的，因为它本身的确就是一个可用的靶子，但却不适用于以旗帜为主题的那些作品，因为对大多数人而言，它们仍然不过是对现实之旗的某种模仿，而非自身就是旗帜，不然的话就太奇怪了。而施坦伯格进一步得出的结论则更不能成立："20 世纪艺术的一个关键问题——如何使绘画成为一种直接的现实——在主题从自然转向文化时得到了解决。"（第 45 页）如此理解绘画的现实性完全是一种误解，因为绘画的现实性并非提供一个非模仿的对象，而是绘画性本身的呈现。就拿约翰斯所说的数字"5"来说，只要我们首先看到和意识到的是数字"5"而不是这个"5"的绘画构成，那它作为绘画的现实性就是失败的。

2. "所有主题都是我们周围的普通物品。"

首先，施坦伯格认为这些普通物品"属于不偏不倚的、没有等级的、普遍的东西"（第45页），然后评论道：

> 在仔细打量这些标准化了的事物时，我们会对其存在的正常等级感到一种陌生的减速感……
>
> 所有这一切都慢了下来。由于它们不是工业化流水线上大规模生产出来的物品，因此它们不再屈从于人类使用者的机械状态……我们看到的是一种改变态度的可能性……出于一个奇怪的悖论，这些人造的、独一无二地制作的普通事物，从人类的阴影中摆脱出来了。
>
> 如果说他的作品总是扰人心绪，那或许是因为它们暗示了我们的缺席，不是从一个浪漫主义的荒原上缺席，也不是从一个抽象能量的宇宙中缺席，而是从我们自身所在的位置缺席了。（第46—47页）

对于这个评价，我要提出三点异议。第一，约翰斯作品中的旗帜不是普通物品，至少相对于其作品中的抽屉和自制晾衣架来说，它给人的感觉具有更多的象征意味，所以即便是在约翰斯自己使用的这些物品之间，等级的不同事实上仍是存在的；此外，如果确如施坦伯格所说，约翰斯总是选择那些日常普通的东西而非像泰姬陵那样不寻常的事物入画，那也正好体现了他在主题选择上的等级意识。第二，说这些普通物品在约翰斯作品中的呈现可能会让我们产生一种态度上的改变，这自然有其道理，但是，即便是艺术家给我们呈现一个非手工的物品，因为观看语境的缘故，我们同样可能产生一种态度上的转变；另外，在传统绘画中，多如牛毛的静物写生画同样可以让我们产生类似的反应，所以施坦伯格的做法并不独特。第三，这些普通物品"从人类的阴影中摆脱出来了"，这一说法在我看来颇为费解，因为正如施氏所说，约翰斯这些普通物品的特征在于可制造性，约翰斯的作品体现了"从自然向文化的转折"，那又何谈"从人类的阴影中摆脱"？

3. "所有主题都拥有一种常见的形状，这一点不会改变。"

通过这一点，施坦伯格想要说的是约翰斯在其作品中所使用的物品都是现成品，没有对它们进行任何变形或设计的处理，也就是说，拿来就用，顺其自然：

> 在贾斯帕·约翰斯的画里，常规的意义从来没有被嘲弄。也没有用愤怒、反讽或唯美主义的态度来改变他所转录的形状。没有任何东西令人想起大多数富有原创性的达达主义作品那种反复无常、故意离题，或杂乱无章的东西。在他的所有主题里，约翰斯都承认一种前结构的形式，就像一个艺术家正式接受人体解剖那样。（第48页）

施坦伯格因而称约翰斯为一个现实主义者。我不明白这种拿来主义意义上的现实主义在此意味着什么。是不是一成不变地挪用现成品就是现实主义？是不是这种挪用就是一种完全摆脱了主观任意的客观？很不幸的是，正如施坦伯格本人所讲，约翰斯告诉他说："之所以喜欢这些模板，是因为它们不怎么像艺术。"（第 50 页）这难道不仍然是一种偏好吗？而且，执意要在艺术与非艺术之间进行区分，这不就是关于物品的等级意识吗？所以，实际情形是，约翰斯选择了这样的"现实"而非那样的"现实"，那么，怎么能说他的方式是"最实在的现实主义"呢？而更为关键的是，强调所谓的现实主义在这里究竟意味着什么？在我看来，施坦伯格仍然纠缠于我们在第一个主题里指出的那个误解，即把绘画的现实性视为非模仿的现实物而非绘画性的呈现。

4. "它们要么是整体的现实，要么是完整的系统。"

施坦伯格的意思是说，约翰斯的作品所呈现的东西，要么是一个单一的东西（例如一个数字、一个靶子或是一块遮阳板），要么是一个可能性的完整的集（例如美国国旗、地图）。对此，施氏是这样理解的："由于他的对象不是从特殊的视点观察到的，因此这里不存在一种有意义的碎片得以孤立出来的思想立场。没有党派性。他的系统或现实的完整性暗示着艺术拒绝推广他主观的立场。"（第 52 页）这段话的逻辑是相当奇怪的，它的意思是，只要一个艺术家呈现了单一或完整的事物，那么他就是没有立场的。这一点其实马上就被施坦伯格所提到的两件"例外"作品（《有四张人脸的靶子》和《带石膏模型的靶子》）反驳了，这两件作品都有非完整的人体部件，按照施坦伯格本人的理解，"主题仍然是完整的靶心，那些解剖碎片只是为其提供强调性的衬托而已"（第52页）。既如此，又怎么能说约翰斯是没有立场的呢？

5. "它们倾向于限定画作的形状和向度。"

对此施坦伯格是这样解释的："在约翰斯的作品里，'内在框架'具有绝对的驾驭能力，无论被刻画的图像是旗帜、靶子、字母、书籍、画布或是遮阳板。"（第55页）施坦伯格认为，由于选择这些被制作的实物进入画面，画作的外框大小就由这些实物自然构成而不受画家的主观左右。在我看来，这也是无稽之谈。因为，这些所谓被制作的实物，如果是现成品（如书籍、遮阳板），大小虽固定，但仍然有赖于艺术家的选择和使用；如果是被制作的（如旗帜、靶子或字母），它们的大小就是由艺术家决定的。所以，不存在作品的大小由这些所谓实物的"内在框架"来决定这回事情。以约翰斯的作品《坦尼森》为例，施坦伯格的解读就难以让人认同。第一，施坦伯格认为画面底边组成坦尼森名字的罗马字母确立了画的宽度，但我们完全可以认为约翰斯是在完成了作品的主要部分之后，才以底边长为限来安排这几个字母的，至少在我看来，这更有说服力。事实上，该作品的宽度是由约翰斯选择用来拼成作品其余部分的两块独立的担架面板决定的，而这种选择仍是一种主观的外部决定。第二，施坦伯格居然在这幅作品里读出了这样的意味："由于某种原因，我觉得，人们还能感觉到这些简单做法的步骤；缓慢、庄重的姿势，就像在一个不知名的葬礼仪式上，床单略微倾斜的两侧产生了一种高大墓碑的感觉。"（第56页）我们无权要求施坦伯格不能产生这样的感受，但毫无疑问，期待别人也有同感恐怕没有什么道理。

6. "它们是扁平的。"

施坦伯格就此想要强调的是约翰斯的作品不再转化为一种媒介的特点："油彩就是油彩，数字就是数字，但其中的每一个都只是它自身。你还可拥有各种涂了油彩的物品。但是你无法拥有一片涂上了色彩的风景，因为其中风景成为伪造的东西，而油彩则成了掩饰物。"（第59页）在另一处，施坦伯格以《有四张人脸的靶子》为例评价道："在约翰斯的画里，人们感到了错觉的终结。油彩的处理不再被当作一种转化的媒介……平面便是平面，坚实性则是三维的，这就是本案的事实，不管它是不是艺术。不再有变形（metamorphosis），也不再有媒介的魔术。在我看来，这是绘画的死亡、突然断裂、道路终绝。"（第28页）而在我看来，这既不符合我们观看约翰斯某些作品的直观感受（如《地图》），也不符合施坦伯格本人对约翰斯作品的解读，因为他总能从这些他称之为非媒介的作品里读出么多的意味——以他对《遮阳板》的解读为例："遮阳板与基底的画布一起，散布着油彩本身，这些油彩难得地富有大气的氛围，而且可以产生深度错觉。这成了一个夜晚的空间，闪烁着从未知的源头射出的白光，就像升空而后落下的烟火在半空形成的烟雾。"（第63页）

7. "它们通常是无等级的，这允许约翰斯维持一个均等质量的画面区域，而不需要强调或突出什么。"

施坦伯格评论道："在约翰斯的图画世界里，所有的成员都处于民主平等的状态。没有任何一个部位会以另一个部位为代价突现出来。图像的每一个部分都趋向于画面，就像所有的河流都归于大海一样。油彩有时候会有波痕，有时候也有意外之笔，但都像水平面那样公平；人们可以设想，任何一部分都可以在任何一点上取代另一部分。"（第63—64页）这个论断是无法让人认同的，尤其是最后一句话。因为事实上很简单，如果可以用画面上的任何一部分取代任何另一部分的话，我们可以据此得到完全不同的画，而我们能说这幅完全不同的画还和原来的画是一样的吗？施坦伯格还进一步说："换言之，没有一个人可以指出一样特殊的东西，或许正因为没有一个人在场。"很可惜，这些强制命名式的话语既没有逻辑支撑，也没有可诉诸他人共鸣的直观体验。

8. "它们可以与隐忍而不是与行动联系在一起。"

令人大跌眼镜的是，就这个主题特点而言，施氏所谈的居然是约翰斯作品的象征意味！其表述像一位善感的诗人：

> 约翰斯的象征主义也许不那么明显，但是忽略他图像中的象征意味的变量，要么是疏忽，要么是教条主义。因为他所选择的物品显示了一种独特的偏好：让事物发生。除了认知意义外，一面旗帜什么也不是。一个靶子是用来

瞄准的；一本书是为了被打开的，字母与数字则是用来被打乱的，遮阳板是拉下的，抽屉填满了东西却关闭着。（第65页）

施坦伯格进而总结道："他的主题是他作为一个人、作为一个画家所拥有的意图的敏感载体。"（第65页）既然如此，他此前怎么能说约翰斯的作品是非媒介化的呢？对约翰斯作品的这种象征意味的解读在以下这个总结性的陈述里更加煽情：

> 我发现约翰斯早期的所有绘画，在其主题的被动性及穿越时光之隙的缓慢绵延中，都暗示着一种永恒的等待——就像面朝墙壁的图画等待着被翻过来，或是那个空荡荡的衣架等待着有人来晾衣服一样。不过，这是一种无所期待的期待，因为这些物品，如约翰斯所呈现的那样，并不认可任何生命的在场；它们只是人类缺席于人造环境的符号而已。（第72页）

特别注意这段话中的"符号"一词，因为既是符号，就不可能是非媒介化的。

至此，我们可以总结一下施坦伯格对约翰斯作品的八个主题特点的分析了。在我看来，可以归结为三点。第一，绘画的现实性。这是第一和第六个主题特点分析想要强调的东西，但前者强调的是绘画对一个非模仿物的呈现，后者强调的是绘画非媒介化的真实。而据我的分析，前者是一种对绘画现实性的误解，后者又被施坦伯格本身的分析否定（参第六和第八个主题特征的分析)。第二,约翰斯作品主题呈现的无主观色彩的客观(第二、三、四、七个主题特点的分析),据我的分析,这个论断并不成立。第三,实际上奠基于第二、三、四、七个主题分析之上的约翰斯作品主题的所谓被动性的意义,即施坦伯格所谓"人类缺席于人造环境"。这一点,除了视其为施坦伯格个人的善感性领悟,我们还能说它是什么呢?这就是我关于施坦伯格的"约翰斯赏析"的结论。那么我们是不是可以说,施坦伯格因为约翰斯作品而产生的焦虑"分娩"出的批评阐释不仅漏洞百出、自相矛盾,而且充斥着善感性的过度表达?有意思的是,施坦伯格本人似乎早就料到了我们的这番质疑,并且备好了"自我拆台"的答词:

> 我所说的——是可以从他的画作中看到的,还是人们赋予它们的?它与画家的意图吻合吗?它与其他人的经验相符吗?我的感觉正常吗?我不知道。我明白这些画作看上去并不必然像是艺术,因为艺术向来被认为解决了远为困难的问题。我不知道它们究竟是不是艺术,是否伟大或优秀,会不会升值。无论过去我拥有什么样的看画经验,这种经验似乎都有可能既是一种障碍,也是一种帮助。我被迫评判,比方说,塞进一张画布里的抽屉的审美价值。但是我曾经看到过的事物中没有任何东西教会我该如何作出评判。在可行标准缺席的情况下,我孤军奋战,得自行评判这些画。我用于这些画的评判的价值,将考验我个人的勇气。在这里,我能够发现自己是否有能力来经受一种崭新经验的冲突。我是在通过过度分析来逃避这种经验

吗？我偷听过别人的谈话吗？试图在这类艺术中看出某种意义来——这只是表明我自己身上的某种东西，还是一种本真的经验？（第31页）

这段话的真诚令人刮目相看，而且，它似乎让那些试图批判施坦伯格的人感到无趣——人家都不打自招了，你还能说什么呢？然而在我看来，这个"掏心窝子"的表白并不能为施坦伯格起到挡箭牌的作用，因为无论如何，一个人的表述总不能自相矛盾。上面提到的他关于约翰斯作品所谓"不再有媒介的魔术"这个说法，就与他本人在约翰斯作品中读出来的那么多文学或哲学内涵的表述前后不一。事实上，这个说法也与施坦伯格的祖师爷潘诺夫斯基的图像学的路子相悖，因为图像学的最终诉求是图像的意义及其背景，这就决定了在某种意义上图像必须是"媒介的魔术"。

当然，施坦伯格还有更为高明的辩护。当再次提到自塞尚以来的艺术对批评的挑战时，他这样写道：

> 与戈尔凯郭尔（Kierkegaard）的上帝一样，这样的作品以其扰人心绪的荒谬扰乱我们，贾斯帕·约翰斯几年前呈现在我面前的也是如此。它要求作出决定，从中你能发现自己的某种品质；而这一决定，用戈尔凯郭尔时髦的话来说，就是一种"信念的飞跃"。与戈尔凯郭尔的上帝一样，他要求阿伯拉罕在对每一个道德标准的背离中都必须做出牺牲；与戈尔凯郭尔的上帝一样，这些画作似乎是任性的、残忍的、非理性的，要求你无条件的信仰，却不

允诺任何回报。换言之,将自己呈现为一种厄运,正是原创的当代艺术的本质所在。而我们这些公众,包括艺术家在内,应该为自己身处这样的困境而感到骄傲,因为没有别的东西像它那样真实;艺术毕竟被认为是生活的镜子。

(第31页)

最后一句显得有点莫名其妙,它不像出自一个现代艺术批评家之口,但这不是关键,跃然纸上的语调的悲壮感才是这段话想要表达的东西:"要求你无条件的信仰,却不允诺任何回报。"这就是克尔凯郭尔笔下的信仰骑士亚伯拉罕所面临的处境。这非常有意思,施坦伯格作为一个前卫艺术批评家的悲壮感在与信仰骑士亚伯拉罕的想象性比拟中达到了巅峰。在《恐惧与颤栗》中,克尔凯郭尔饱含激情地颂扬了那个让他从小就迷恋不已的信仰骑士亚伯拉罕。通过一系列繁复的论证,他要为之辩护的是,亚伯拉罕遵从指令向上帝献祭亲子的行为不仅没有伤天害理,而且还是一种比伦理更高的伟大的信仰激情的表现。然而,除了不断地重复这一断言外,克尔凯郭尔并没有提供令人信服的说辞,倒是以下这些句子所勾画的图景却令不少人为之动容:

当一个人走上了悲剧英雄那艰难曲折的道路,这里会有许多人可以给他忠告;可是对于走了信仰的羊肠小道的人,却无人能够给予忠告,因为无人理解他。

就当我们在狂欢节的群宴上以嚣声来骚扰天堂,并以

为这就走上了与信仰的骑士同一条道的时候，那信仰的骑
士却在寂无人声的旷世间，肩负着可怕的责任独自
前行。①

在我看来，这两段话中以"羊肠小道"和"寂无人声的旷
世"作为背景所呈现的信仰骑士的孤绝超卓的悲怆形象，是克
尔凯郭尔为亚伯拉罕所作的最有效的辩护，但由此我们也就可
以看到，克尔凯郭尔所诉求的不过是一种形象的感染力罢了，
也就是说，他所采用的竟然是一种美学的手段。在这里，我们
可以比较一下施坦伯格在对贾斯帕·约翰斯进行阐释之前，对
于自己作为一个开路先锋充满了自觉意识的一段话：

> 1958 至 1961 年这四年间的形势揭示了艺术的某种本
> 质特征。一件艺术品终于不再像一张小小的明信片那样上
> 面盖着标示其价值的邮戳；尽管有其物性的一面，艺术品
> 的价值却更多地被认为是对想象生活的一种挑战，而"正
> 确"地思考或感知艺术品的方式，则完全没有。除了困惑
> 或憎恨，人们如果还想感知到别的东西，他们的思想与感
> 受的既定习惯就必须被清空。长期以来艺术界洪流的流向
> 一直不明，要么被拦蓄起来，要么泛滥而出，直到经过一
> 些冒险的批评家多次试切（trial cuts），某些河道才得以
> 成形。最后，我们也可以称之为"约翰斯赏析"的宽阔河

---

① 此两段分别见〔丹麦〕克尔凯郭尔：《恐惧与颤栗》，刘继译，贵州人民
出版社，1994 年，第 43 页，第 55 页。着重点为笔者所加。

道——尽管它仍然弯来弯去——终于可以航行了。（第40页）

很明显，我们可以看到施坦伯格为其作为一个前卫艺术批评家的辩护竟与克氏所为如出一辙，而其效果自然也就不言而喻了。

三、施坦伯格批评的症结及可能性出路

以上分析探讨几近烦琐，却是本文刻意为之，目的在于通过对一个批评样本的详尽解剖，获得对于前卫艺术批评之操作机制的近距离感知。现在，我们再回顾一下施坦伯格的"约翰斯赏析"所呈现给我们的东西：被误解的绘画现实性观念、个人化的诗性感悟，以及批评姿态的悲壮感。然后我们看到，抛开属于施坦伯格的个性呈现但无助于艺术批评之有效阐释的后两个因素，构成施坦伯格批评之技术支撑的第一个因素其实仍然完全处于格林伯格形式主义理论的阴影之下。

这种主要由机械的形式主义分析加上主观随意性的感悟表述的批评方法，对于施坦伯格来说并不是偶然的，其实在《另类准则：直面20世纪艺术》中的另一篇重磅论文《〈阿尔及利亚女人〉与一般意义上的毕加索》里也有运用。毕加索创作的一系列有关阿尔及利亚女人的绘画也曾让施坦伯格感到困惑，因为他想不明白毕加索何以对这个题材情有独钟、恋恋不舍。最终，在用了一百多页的篇幅对毕加索的十五幅阿尔及利亚女人画进行了对读者来说堪称精神折磨的极其烦琐的技术分析之

后，施坦伯格得出了这样的结论，即毕加索最终想要实现的乃是全方位（即从正面、侧面、反面同时）地再现人体这一目标，而对这一目标的追求，不仅是西方艺术，尤其是文艺复兴以来艺术的再现传统的现代延续，而且也和毕加索个人的色情冲动相关。如此一来，这个分析就达到了所谓主题分析和形式分析的有机融合。在我看来，这个结论的技术部分给人的感觉恰像那句"高射炮打蚊子"的俗语，而以毕加索的色情冲动来解释这个技术结论，则近乎一个理论的笑话。

这一批评方法还在其名篇《另类准则》一文中用于阐述其所谓的"平台式画面"理论。施坦伯格认为，有一条贯穿传统绘画甚至直到立体派和抽象表现主义的中心线："绘画再现一个世界的观念，这是某种世界空间（worldplace），它可以从画面上读出与人类的直立姿势相一致的东西。画作的上部对应于我们头部所在的空间；而其底边则对应于我们的双脚所站的地方。"（第105－107页）而在一九五〇年前后，以罗伯特·劳申伯格和杜布菲的作品为代表，"绘画发生了某种新变化……这些画不再模拟垂直区域，而是神秘的平台水平面"，这一画面"从垂直向水平方向的倾斜"则被施坦伯格视为"艺术主题中最激进的转移，即从自然向文化的转移"。（第107－108页）——这就是施坦伯格的"平台式画面"理论！以严肃的艺术史家眼光对绘画主题之历史演变所作的严肃的学术论断！然而在我看来，它完全经不起推敲：第一，我们可以从传统绘画中找到大量的非直立姿势的视线所形构的画面；第二，说对垂直区域的模拟就是自然，而对平台水平面的模拟就是文化，这一区分毫无道理（因为按照这套荒谬的理论，采取直立姿势所看到的世界是自然的，而躬身或低头的视角及所看到的世界就是文化的）；第三，在一九五〇年以后的绘画中，也仍然可以找到大量的所谓模拟垂直区域，至少在量上不会出现施坦伯格仅在几个艺术家的身上所发现的那种绘画主题的演化趋势。其实，这几条质疑的理由，以施坦伯格的智力来说，难道他会想不到吗？但为什么会出现这样的情况？或许，在理论场上也会有"利令智昏"的现象，不然，该怎么解释呢？这些话可能过于尖刻，但是前卫艺术批评中这种理论建构上的粗糙和随意确实令人不敢恭维，也让人对前卫艺术批评的学术品格感到沮丧和忧虑。

　　施坦伯格之所以无法走出批评的怪圈，其根本原因在我看来是他仍然像他所批判的格林伯格一样，也未能在根本意义上理解现代绘画之自我确证的含义，这就决定了他对格林伯格形式主义理论的批判仅仅属于技术层次的批判，而非观念层次上的根本动摇，也决定了他在潘诺夫斯基的图像学理论背景下提供的批评阐释不可能有什么真正的突破。至于究竟该如何理解现代绘画的自我确证，国内艺术批评家吴兴明先生的洞见似乎终于捅破了那层挡住格林伯格视野的窗户纸："在康德、黑格尔，所有现代事物的自我确证归根到底都是主体性原则的产物，是主体性的自我确证或自我确证的对象化，因此门类艺术的现代性自我确证归根到底是人的自我确证。"因此，

> 在现代语境中，艺术归根到底是人的感性合法性的自我证明（审美现代性）。这是"人义论"的必然要求。与理性以反思为根据的自我确证不同，感性的自我确证要求感性

价值的独立自足及其实践性的肯定和创造。因此，开创新时代的感性形式，清除、抵制理性、意义、宗教、象征对感性的抽空、异化和统治，抵抗体制、惯例对感性的藩篱与强制，不断保持感性的新锐度、活力度，抵制物感的惯习化、僵硬化、空洞化——简言之，对不断生长着的活生生的现代感性之永无止境的创造和推进，就形成了现代艺术包括现代美学自我确证背后的真正价值诉求。①

很可惜，无论是提出现代绘画之自我确证的格林伯格本人，还是批判格林伯格的施坦伯格，都没有理解到这个层次，从而未能对吴兴明先生所说的自印象派以来的西方艺术中的"物性凸显"（即现代性感性的自我确证）足够敏感并发现它。就拿贾斯帕·约翰斯的作品来说，其重点并不在于施坦伯格所误解的那种绘画现实性（即遮阳板一类现成品的挪用，靶子一类的制作物或像数字、字母一类非模仿物的呈现），更不是他所谓"人类缺席于人造环境"的荒凉感的表达，而是基于新型画法基础上的物感设计。以《旗》为例，"虽然画中之旗确有美国国旗的形状和颜色，然而它是一幅画；不是随便什么样的画：而是以蜡画法画成——多种质地的亮蜡叠加，但薄到可以看见作为底衬的报纸。旗所显露的是作为一幅画的紧密的物质呈现"②。或许这样理解才是正确的方向，也才能说明为什么贾

---

① 吴兴明：《论前卫艺术的哲学感——以"物"为核心》，载《文艺研究》，2014年第1期。

② Jacquelynn Bass, *Smile of the Buddha: Eastern Philosophy And Western art from Monet to Today*. Berkeley and Los Angels: University of California Press, 2005, p. 145.

斯帕·约翰斯的作品直到今天仍受追捧。

《另类准则》一书的译者沈语冰先生曾在译后记中语重心长地说:"我以为,缺乏形式分析和图像的训练,是我国美术批评这个学科始终上不去的根本原因",而"奇怪的是,国内的美术学院(尽管有批评专业或策展专业)似乎从来不教如何做批评"。(第501页)忧切之情令人感动,其译介之功也堪可称道。但我也有另一种担忧,就是我们在接受西方的这些理论时大多亦步亦趋而无起码的质疑和反思,邯郸学步,反倒忘了自己的东西。所谓争论才是最好的学习,那么这篇看似不敬的批判文章,就算是一个我们学习和研究施坦伯格的起兴吧,如果能够引发更多更有价值的探讨则是本文的期冀所在。

原载《文艺理论研究》2014年第5期

论比梅尔的毕加索解读及其蕴含的艺术观

德国哲学家瓦尔特·比梅尔（Walter Biemel）在其名著《当代艺术的哲学分析》（1968）的第三部分《论毕加索：对多维性的解说尝试》中，对毕加索创作于二十世纪三十年代末至四十年代初的女人肖像画作了一番哲学意义上的深度阐释。[①] 题目中所谓的多维性，是指毕加索从多个角度绘制其女人肖像画的那种特征。作为一个哲学家，比梅尔关注如此具体的艺术手法或风格问题，倒不是因为对毕加索个人的特别兴趣，而是出于对现代艺术作为一种文化现象的深切忧虑。在他看来，现代艺术相对于传统艺术的巨变，一方面使那些传统艺术的鉴赏者"大感错愕"，另一方面也造就了一批浅薄可鄙的跟风者，把那些装神弄鬼的"货色"视为"真正的艺术"，所以，有必要对作为一种文化现象的现代艺术作深入考问，解读其中所蕴含的意义，以此缩小现代艺术创作和欣赏之间日益扩大的鸿沟。但要做这样的工作，在比梅尔看来只能从特定的个案入手，而

---

① 参〔德〕瓦尔特·比梅尔：《当代艺术的哲学分析》，孙周兴、李媛译，商务印书馆，2012年，第275—308页。以下凡引该著，仅随文标注页码。

不宜从宏大的纲领出发。毕加索就是这样进入其考察视野的。同理，这篇小文则企图通过详解比梅尔的毕加索解读这一批评个案，揭示其论证分析的逻辑理路，对一种主体性美学视野的艺术阐释范式进行反思。

比梅尔认为，任何一种理解的尝试都由一种"先行筹划"引导，而"艺术表达世界关联"说，就是他为其毕加索解读所确定的"先行筹划"："在艺术中，我们看到人类揭示、'表达'其世界关联的基本可能性；而当我们说'世界关联'（Weltbezug）时，我们指的是：人对其同类的理解，人对非人的存在者和超越人的神性之物（只要这种神性之物对人来说是举足轻重的）的理解，以及人对他自身的理解——这种理解，乃是上述关联保持于其中的轨道。"（第276页）由此，比梅尔把艺术看成是一种言说方式，并且属于"一般人类存在"（第277页）。关于这个判断，比梅尔并没有给出什么有说服力的理由，所以，正如他自己所担心的那样："这样一种解说是危险的，因为其中所作的，无非是把哲学的观念强加给艺术而已；而这样一来，艺术就被滥用了，就被贬低为哲学的奴仆了。"（第277页）但令人吃惊的是，对于这个可能的反对意见，比梅尔竟再次不加说明地借助黑格尔的艺术观进行自我辩护，即艺术"只不过是神性之物、人类最深刻的旨趣、精神的最广博的真理获得意识和表达的一个种类和方式"（第277页）。所以，他同意黑格尔那种把艺术置于哲学之下的做法，并且进一步露骨地认为："谢林把艺术解说为哲学的工具，这种解说在我们看来倒是更富于成果的。"（第277页）不得不说，比梅尔并没有有效地回应他自己提出的那个质疑，因为其回答不过是一种附庸（已被现代思想广泛质疑的）权威的同语反复而已。但挑剔比梅尔的论证逻辑暂时不是我们关心的要点，我们只需记住他把艺术主要视为一种人类意识和精神的表达这个倾向就可以了。正如他再次引用黑格尔所说的那样："艺术从中得以源起的那个普遍的和绝对的需要，其根源就在于，人乃是思维着的意识，亦即是说，人之为人以及终究是人，是从自身自为地作成的。"（第278页）接下来，我们就来看看比梅尔是如何从这种"艺术表达世界关联"的角度来解释毕加索女性肖像画中的多维性的。

比梅尔的解释是相当迂回的，在端出他自己的"正解"之前，他探讨了好几个其他理论家的解释。他从毕加索早期的女性肖像画入手，发现这些人像同时给出了多个透视的维度，并且有一种令人难解的丑化。他不赞同以加塞特（Ortega y Gasset）的"艺术的非人性化"的观点对此进行理解①，转而诉诸另一个与立体派联系紧密的德国艺术理论家和收藏家卡恩韦勒（Kahnweiler, D.-H.）的解释。卡恩韦勒认为毕加索提出了一种新的描绘方式，即不以透视手段伪装出某种虚假的深度，而是从多个角度对对象作直观描绘。对于这种方法，比梅尔的理解是："一方面，画家们想克服他们的前辈们的那种引起错觉的描绘方式，其目的是为了公正地对待对象，而且是那种具有持久特性的对象（作为印象派艺术家的平衡力量）；另一方面，他们又不得不为了画的构造使对象变形。"（第286页）要特别注意该表述中所谓"为了公正地对待对象"这一耐

---

① 参〔西班牙〕奥尔特加·伊·加塞特：《艺术的去人性化》，莫娅妮译，译林出版社，2010年，第17—21页。

人寻味的说法,在后面的分析中我们将会对此进行探讨和评价。比梅尔进一步重点探讨的是这句话中"使对象变形"的含义。他将其归结为两点:一是在象征或标志的意义上,而不是通过相似性的途径把绘画对象描绘出来;一是对绘画对象的"形象化的现实的再造"。比梅尔的这些理解均源于卡恩韦勒对他的启发。紧接着,他转向哲学家盖伦(A. Gehlen),对卡恩韦勒的观点作进一步的阐释。盖伦相对于卡恩韦勒的可取之处在于,他所提出的是这样一个深层问题:"从何种哲学观点出发,这样一种对现实的态度和相应的描绘才是可能的?"(第287页)而盖伦从中洞见到的哲学观点乃是新康德主义,就绘画而言,它指的是绘画描绘中的一种主观化倾向,但"不是在个人任意性意义上,而是在某种合规律的普遍性(一切具体事物都符合于这种普遍性)意义上……简言之,这一使命现在就在于:把那种无意识地进行的构造性的和产生世界的意识工作提升到反思层面上"(转引自比梅尔,第288页)。在比梅尔看来,立体派所做的恰恰就是这样的工作,因为正如卡恩韦勒所说,"立体派在其描绘中使物体世界的形象尽可能地接近于作为它们的基础的'原始形式',这些'原始形式'乃是人类对物体的观看和感受的基础"(转引自比梅尔,第288页)。这里所谓的"原始形式",指的就是立体派作品中的那些几何形,所以几何形可以解释为立体派企图本质而普遍性地把握事物的手段。但是,多维性如何从这个所谓新康德主义的视角得到解释呢?

这里的关联是,如果说几何化是我们得以通达事物的那些先天条件,那么多维性也是这样的一种先天条件吗?比梅尔引用盖伦的话对此作了肯定的回答："立体派的一个革新手法，即在同一幅画上同时给出同一个事物的几个面：人们预先假定的恰恰不是单纯的视觉观察，而是事物本身，事物本质上是在不同的方面展现自身的。"（第289页）要理解这个说法，需要提及胡塞尔的"侧显"理论。胡塞尔认为，一般情况下，虽然我们只是从一个特定的视角去看事物，但我们却能马上意识到这个事物的全部，仿佛我们是从多个视角穷尽了这个事物似的。① 这就是比梅尔把多维性和事物的本质关联起来的原因。在此，比梅尔特别提示说："惟当我们把事物设定为视觉事物（She-Ding），或者说，把事物设定为可为主体把握的事物时，这个胡塞尔式的侧显问题（Abschattungsproblem）才会出现。"（第289页）注意这段话中的关键字句："可为主体把握"，其意图我们将会在后面的分析中看到。

比梅尔进一步探讨了盖伦关于立体派的多维性描绘乃是一种"要放弃与视点相关的表现画"的企图的观点。他对此表示认同，但不接受无视点描绘更加真实地描绘了事物这一论断，因为在他看来，立体派以"变形和打碎"为特征的"那种间离手法是那么巨大，以至于简直把对象摧毁了，而且不再谈得上'概念'的重构"（第290页）。所以，他并不认同多维性是一种企图公正而客观地描绘事物的尝试。那么，比梅尔自己将会给出什么样的解释呢？

比梅尔仍然从对几何化的解释入手。在他看来，几何化是

---

① 参〔德〕胡塞尔：《纯粹现象学通论》，李幼蒸译，商务印书馆，1995年，第115—117页；胡塞尔：《生活世界现象学》，倪梁康、张廷国译，上海译文出版社，2005年，第44—51页。

服务于对事物的把握的。具体到毕加索,比梅尔认为:"毕加索证明,最完美的被给予状态绝对不一定在于对现成事物的最完美的适应中,而倒是可能在于现成事物向一个由主体提供出来的模式的变换中。"(第293页)这个模式就是所谓的几何化,几何化就这样得到了进一步的解释。那么,这和卡恩韦勒尤其是盖伦的新康德主义解释有什么本质上的区别呢?区别或可如是概括,即在比梅尔看来,新康德主义强调的是"对现成事物的最完美的适应",而毕加索在意的却是"现成事物向一个由主体提供出来的模式的变换"。由此,多维性也就可以得到解释,其与几何化的联系在于:二者都不过是主体把握事物的手段而已——通过几何化,事物变得透明了;而通过多维性,则实现了对事物的总体性把握。此处的关键是,比梅尔把几何化和多维性视为一种支配意志的表现,因为通过它们,"我们被抛回到观看者那里,从被观看者抛回到观看者那里,而且这个观看是通过暴力、通过改变而显示出来的"(第297页)由此,比梅尔从绘画表现观看者意志这一点出发解释了毕加索后期女性肖像画的特征,其含义在于:通过把女人还原为一些最简单的几何形,她们的魅力被祛除了,不再令人迷惑了,而画家的支配意志却得以显现——"这背后隐含着对作为意志的主体的形而上学的自我解释"。同样,"在通过多维性的手段而进行的总体表现中,发生着这样一种支配。不再有任何能够逃脱这种暴力的非当前的物"。(第297页)值得特别注意的是,比梅尔以尼采哲学解释了这种意志支配:"逻辑的和几何的简化乃是力之提高的一个结果;反过来,对这样一种简化的知觉又提高了力感……发展的顶峰是:伟大的风格。"(转引自比梅尔，第298页）比梅尔还以此思路解释了毕加索的另一画作——《梳发裸女》。从表面看，这幅画好像是本能脱离意志的表现，但比梅尔认为，这种把女人还原为性征的做法，恰恰"表明本能是屈服于意志的"（第300页），因为"本能已经被纳入了意志的势力范围之中，变成了意志的一个工具"（第301页）。至于这种意志支配的目的，比梅尔的解释是："这种对骚乱的控制对于毕加索来说具有关键性意义。"（第302页）①

至此，我们较为详尽地了解了比梅尔对毕加索女人肖像画中的多维性的解说。我一开始就指出，比梅尔的意图不是对毕加索作专题研究，而是想借此提出一种现代艺术鉴赏的标准，并企图通过建立这样的标准来消除现代艺术鉴赏中盲目跟风的乱象。那么，比梅尔究竟提出了一个什么样的标准呢？其实，这个标准比梅尔早就提出来了，即所谓"艺术表达世界关联"，而据上文的分析，毕加索女人肖像画中的"世界关联"含义则是，毕加索以几何化和多维性的手段实现了对其绘画对象（女人）的掌控。这个看起来似乎并不复杂的结论，在比梅尔那里却是经过一番相当烦琐的分析才得出来的。其中的关键是，比梅尔不认可把毕加索绘画中的几何化和多维性视为画家客观公正地再现事物的企图，而是将其看作画家对绘画对象进行符合其意志甚至是暴力意志支配的结果。如果将此结论进一步抽象

---

① 参尼采的相关表述："艺术家，就其类型来说乃是感性的人，敏感十足的人，无论怎么说，都欢迎远来的刺激和灵感。尽管如此，一般说来，在自身使命感的压力下，在自身要出众的意志制约下，他们其实都是有节制的人，通常是守贞洁的人。他们的主导本能要求他们如此。"（〔德〕弗里德里希·尼采：《权力意志》，张念东、凌素心译，中央编译出版社，2000年，第526页）

的话，我们可以说比梅尔主张从表现而非再现的角度去阐释现代艺术。那么，这算得上是一个新的有效的标准吗？

我们如果回顾比梅尔对毕加索的解读，就可以看到，他在新康德主义视角和尼采视角之间进行区分其实并无多大必要。因为在新康德主义那里，对事物本质的认识并非所谓主体对客体的适应，而是让客体符合主体的认识；那么这个所谓的本质，不过就是先天形式，是主体赋予客体的范畴，而非客体本身所有。在这个意义上，我们可以说认识也是支配，康德称其哲学为"哥白尼式的革命"，缘由即在于此。当然，如果不是太过较真，我们还是能在所谓认识性支配和意志性支配之间进行区分的，但也就可以看到，表现论的艺术观和再现论的艺术观之间其实有着内在的关联，并没有看起来那么大的差异和距离。所以可以认为，比梅尔似乎并没有通过他的毕加索解读为我们提供什么新的艺术鉴赏标准，其"艺术表达世界关联"说也并没有超出艺术要么再现、要么表现这个传统艺术理论的老框架。而据上文分析，再现论和表现论其实是一体两面，归根结底，出场的都是主体性这个东西，无论其是认知还是意志，皆属人类中心主义的范畴，只不过在表现论中，人类中心主义的气质显得高昂一些而已。固然，比梅尔的"世界关联"也提到了人对"非人的存在者"以及"超越人的神性之物"的理解，但要注意的是，他所强调的确也只是人对它们的"理解"，而照上文的分析思路，这个"理解"在比梅尔那里，恐怕也只是服务于人对它们的"支配"和"控制"的手段而已，并没有溢出他所谓"一般人类存在"的范围。

富有意味的是，比梅尔的毕加索解读并非空谷足音，我们还可以在另一个著名的毕加索阐释者——列奥·施坦伯格（Leo Steinberg）的毕加索研究中看到类似的阐释思路。施坦伯格曾对毕加索的十五幅阿尔及利亚女人画作过堪称烦琐的研究，而这些画和比梅尔解读的毕加索女人肖像画一样，都有绘画视角上的多维性特征。对于这种多维性，施坦伯格的研究结论是：其一，它展现了毕加索想要全方位（即从正面、反面、侧面）地展现人体这一目标，这一追求乃是西方艺术，尤其是文艺复兴以来的西方艺术的再现传统的现代延续；其二，它表现了毕加索对其绘画对象即阿尔及利亚女人的色情冲动（窥视欲）。从表面上看，施坦伯格认为毕加索的绘画既是再现的，也是表现的，但实际上，表现论在这个解释中占有明显的上风，也就是说，我们可以把毕加索全方位地展现阿尔及利亚女人这一做法，看成是为其色情冲动服务的手段，就像比梅尔认为毕加索女人肖像画中的多维性并不是为了客观公正地再现事物，而只是服务于毕加索总体性地支配其绘画对象的目的一样。①

施坦伯格的中译者沈语冰先生激赏施坦伯格的毕加索研究，称其分析具有"逻辑必然性的那种美感"："最终，毕加索的形式主义冲动被整合在情感冲动之中，形式被整合在主题之中，形式主义艺术史和艺术批评，也被整合进图像学之中。"② 在我看来，或许他也愿意把类似的评价用于比梅尔，至少在他所说

---

① 参〔美〕列奥·施坦伯格：《〈阿尔及利亚女人〉与一般意义上的毕加索》，载《另类准则：直面20世纪艺术》，沈语冰、刘凡、谷光曙译，南京：江苏美术出版社，2013年，第169—264页。

② 〔美〕列奥·施坦伯格：《另类准则：直面20世纪艺术》，前引书，第497页。

的前两个"整合"的意义上。不得不承认,无论是施坦伯格还是比梅尔的毕加索解读,都因其不避烦琐的技术分析而显得相当"专业",而且如此"专业"的技术分析通向其结论的论证思路看起来也逻辑自洽;然而吊诡的是,其结论本身的无聊却倒过来令其"专业"的技术分析显得小题大做,多此一举。因为,难道我们真的相信,通过把女人的身体在画面上简化为几何图形,并从多个维度加以呈现,毕加索就可以实现对那些令其感到恐慌的女人的支配?抑或通过全方位地展现阿尔及利亚女人的诸种形象,毕加索就可以满足其不可遏止的色情冲动?[①] 诚然,几乎没有人会否认毕加索的伟大,但这个伟大的含义是就他作为一名艺术家的才华,而不是作为一个荷尔蒙超人的能量和自控力而言的。令人遗憾的是,两位理论大家所传递的恰恰就是这个无聊的信息。

何以如此?究其根本原因,就在于他们的阐释都未能超出一种主体性美学视野的艺术观。

一种主体性美学视野的艺术观所存在的问题在于,其无论以怎样的方式出场,都始终把艺术本身视为第二级亦即手段的存在,此乃比梅尔的毕加索解读及其所谓"艺术表达世界关联"说最深层的症结所在。然而正如罗杰·弗莱所说:"一件艺术品永远不可能公正地被认为是另一样东西的手段,只有将

[①] 尽管如沈语冰先生指出,在另一篇关于毕加索的论文《毕加索的窥觊者》里,施坦伯格最终以平面构图的需要来解释毕加索的绘画主题,但在我看来,这个观念并没有成为其毕加索阐释的主体思路,只是被他不经意地提及,所以并没有什么说服力。参〔美〕列奥·施坦伯格:《另类标准:直面20世纪艺术》,前引书,第497页、第136—138、497页。

它视为目的本身,才有可能公正地看待艺术品。"① 在这个意义上,我们可以说比梅尔还完全没有触及现代绘画的精神,即格林伯格所说的绘画的自我确证。② 虽然可惜的是,格林伯格只是把该自我确证的诉求落实为对平面性的强调,未能洞悉到其真正内涵乃是人的感性合法性的自我确证③,但他把艺术从服务于宗教、文学、哲学等外在目标的附庸性存在中拯救出来的做法却功不可没。这一贡献的伟大意义是怎么强调也不过分的,因为正是缺乏这一全新的艺术认知,比梅尔(和施坦伯格)才无法超越主体性美学的视野,并使其费尽心机且不乏真诚的毕加索阐释最终以无聊而滑稽的结论收场。

然而,如果说现代绘画的自我确证归根结底乃是人的感性的自我确证,绘画岂不是又成了感性表达的手段而再次落入附庸性存在的命运?这样的艺术观难道不仍然是一种囿于主体性美学视野的艺术观?对此,列维纳斯的这番见解或可解惑:

> 我们是这样来理解当代诗歌和绘画研究的:在艺术真实中力图保存其异域感,从中驱除可见形式所依存的灵魂,解除被再现的客体为表述服务的宿命。由此而来的是对主体的宣战,即绘画式文学;是单纯地使用色彩和线条,让它们为感觉服务的考量(对感觉来说,被表现的现实的价值

---

① 〔英〕罗杰·弗莱:《弗莱艺术批评文选》,沈语冰译,江苏美术出版社,2010年,第122页。
② 参〔美〕格林伯格的《现代主义绘画》一文。沈语冰编著:《艺术学经典文献导读书系·美术卷》,北京师范大学出版社,2010年,第269—276页。
③ 此乃吴兴明先生的洞见。参吴兴明:《论前卫艺术的哲学感——以"物"为核心》,载《文艺研究》2014年第1期。

在于它自身，而不是在于它所包裹的灵魂）；是各个客体之间、它们与世界的条理性格格不入的方方面面之间的关联；以及在将一个真实客体引入一些客体或一些被绘制的客体的残片的时候，对可能混淆不同角度的现实的担忧。在世界的终结中把自在的现实呈现出来，这是一种普遍的意向。①

这段话的核心字眼是最后一句中的"自在的现实"，其内涵则由括号中的句子得以阐明，其意是说，在现代绘画里，感觉就在绘画客体之中，由绘画客体本身所充实、填满和确证，除此而外，它没有其他栖身之所。因此，就不能说绘画客体是感觉的手段或符号，而须认其为感觉本身，或者用萨特的话讲，它是完全物化了的情绪。② 循此思路，我们就不能像比梅尔那样，把毕加索绘画中的几何形或多维性看成是绘画之外的某种意图的手段，而应接受其作为本体的存在，并且仅在画面构成的范围内领悟其意义。其实，比梅尔正是无法理解如此意谓中的艺术真实，才与加塞特关于"艺术的非人性化"的洞见失之交臂。在加塞特看来，在现代绘画中，"剔除了其中人性化现实的一面后，画家早已破釜沉舟，断了通往正常世界的后路。他将我们封闭在一个神秘的空间里，迫使我们面对一些在现实中不可能面对的东西"③。照我的理解，这个"现实中不可能面对

---

① 〔法〕埃马纽埃尔·列维纳斯：《从存在到存在者》，吴惠仪译，江苏教育出版社，2006年，第59—60页。
② 参〔法〕让-保罗·萨特：《萨特文学论文集》，施康强等译，安徽文艺出版社，1998年，第71—72页。
③ 参〔西班牙〕奥尔特加·伊·加塞特：《艺术的去人性化》，莫娅妮译，译林出版社，2010年，第20页。

的东西",就是上引列维纳斯表述中"保存其异域感"的"艺术真实",而对其深层内涵,列维纳斯也有深刻的论述:"在一个没有视域的空间里,一些将其自身强加于我们的片段,一些碎块、立方体、平面、三角形摆脱了束缚,向我们迎面扑来,互相之间不经过渡。这是一些赤裸、单纯、绝对的元素,是存在之脓肿。"① 何谓"存在之脓肿"?其实就是承认世界(包括人和非人的存在者)作为客体的优先性,其不可被我们的意识完全穿透和支配的他性。现象学家梅洛-庞蒂对此有极其深刻的论述,他称之为存在的暧昧或非透明性,并自始至终都致力于"对整个透明性观念论的批判,不管是对从我到我的透明性,还是从我到我知、从我到他者的透明性的主张皆入此列"②。令人遗憾的是,同样是现象学出身的比梅尔则深陷对主体哲学视野的透明性的迷恋,并且公然宣称欣然接纳黑格尔和谢林将艺术置于哲学之下的做法,这不仅让人怀疑其作为一个现象学家的"成色",而且也暴露了他完全没有意识到现代艺术在反思和破解(以工具理性扩张为核心的)现代性危机这一意义上的贡献和价值。③

比梅尔的著作出版于一九六八年,施坦伯格的著作出版于一九七二年,其时,风起云涌的先锋艺术运动已接近尾声,距

---

① 〔法〕埃马纽埃尔·列维纳斯:《从存在到存在者》,前引书,第60—61页。
② 参〔法〕艾曼努埃尔·埃洛阿:《感性的抵抗:梅洛-庞蒂对透明性的批判》,曲晓蕊译,福建教育出版社,2016年,第16页。
③ 无独有偶,相较于比梅尔的毕加索解读,另一位现象学美学家杜夫海纳对拉普拉特的抽象画作出过有过之而无不及的解读:"在那幅酷刑画的画面中央集中的华丽色彩,告诉我的与其说其是酷刑的卑鄙恶毒,毋宁说是受刑者的光荣……同样,画面左边盘旋升起的条纹告诉我的是,想躲避拷打的、毛发竖立的肉体升向天堂,也告诉我这个肉体的狂乱。"参〔法〕米盖尔·杜夫海纳:《美学与哲学》,孙非译,中国社会科学出版社,1985年,第227页。

离海德格尔发表"艺术作品的本源"系列演讲（1935—1936）① 以及格林伯格发表《前卫与庸俗》（1939）、《走向更新的拉奥孔》（1940）②，都已经三十年左右了，可以说对主体性美学的反思以及对艺术自主的强调已经成为艺术研究的一种相对共识，而一种再现论和表现论的艺术观仍旧如此自信地出场，不能不令人费解，从而也提醒我们，在艺术理论的"战场"上，"亡灵"不会那么轻易地退场。这一点，即便是在最有可能摆脱主体性美学视野的抽象艺术领域也可以看到，从最早的康定斯基、蒙德里安，中经以波洛克、罗斯科为代表的抽象表现主义，一直到当代暴得大名的抽象派大师托姆布雷，其间的诸多理论家，甚至包括艺术家本人，都仍然深陷主体性美学的艺术视野而不自知。那么即便在今天，和如此顽固的"亡灵"的短兵相接就不仅没有过时，而且还相当紧迫而必需了。

原载《中外文化与文论》第 39 辑

---

① 参〔德〕海德格尔：《海德格尔选集》（上），孙周兴选编，上海三联书店，1996 年，第 237—308 页。
② 两篇文献分别见〔美〕克莱门特·格林伯格：《艺术与文化》，沈语冰译，广西师范大学出版社，2009 年，第 3—24 页；《世界美术》1991 年第 4 期，第 10—16 页。

"世界"和"异域":打量装置艺术的两个视野

荒诞派剧作家尤奈斯库有一部叫作《新房客》的戏剧,讲的是有一位"先生"搬家,不仅整个屋子都被家具占据,而且外面的楼道、大街、塞纳河、地铁乃至全国,都堆满了他的家具,他本人则几乎被这些家具淹没,只露出一个若隐若现的帽顶。这个夸张的故事并不难解,一般人都能在其中读出被理论家们称为"异化"的那种东西,其意大致是说,本来是我们创造了物,却反过来被物控制了。这就是尤奈斯库这样的人对现代社会的忧虑,可以说,这样的情绪,在现今很多文化精英身上,不仅没有消除,反而愈益加重了。比如像波德里亚(Jean Baudrillard)这样的大家,就对消费社会永无止境的符号化消费充满了恐惧。然而,普通人的心思不会如此善感,尽管他们偶尔也会警惕,不要像剧中的那位"先生"一样,安于做那种被物包围的"空心人",但这样的反思却不会妨碍他们照样起早贪黑,去创造和拥抱物质的生活。其实除了他们,还有一群特别的人更不惧物,那就是——装置艺术家。物,对于装置艺术家而言,虽然仍然可能是令人产生异化的可怕之物,但同时也可以成为严肃艺术的表达媒介。

以现成品为媒介的装置艺术,对物之地位的提升这回事情的作用,是不可等闲视之的。因为现今所谓主流艺术,即非架上艺术,其勃兴泛滥就来自物之地位的重大转变。而就这个转变而言,马塞尔·杜尚(Marcel Duchamp)的名字,乃是一块熠熠生辉的里程碑。一九一七年,当他把那个他命名为《泉》的小便器拿去参加美国独立艺术家展览时,装置艺术(或者说现成品艺术)的历史就不可阻挡地拉开了序幕。尽管在此之前,立体主义的拼贴画就已经有过利用现成品的行为,但艺术史的叙事还是让开创者的荣光落到了杜尚的头上。因为毕竟,立体主义拼贴画对现成品的使用仍然没有摆脱架上艺术这一传统形式,而像杜尚这样在现成品上签个名就把它当成艺术品的行为还从来没有过,所以他是当得起装置艺术的鼻祖这个名头的。不过细加审视,从《泉》到现今的装置艺术,其间的发展逻辑似乎并不那么理所当然。按照一般艺术史的观点,《泉》的意义在于它揭示了何为艺术这个问题,关键不在于艺术的内涵,而在于认可艺术的惯例。拿《泉》来说,它不过就是一个小便器,但因为杜尚把它拿去参展,将其置于一个在人们心中只有艺术品才能进入的空间,所以它就逼迫观众将其作为一件艺术品来看待。杜尚此举多少带有恶作剧的味道,但据考察,其背后也有相当严肃的意图。事情要从杜尚那幅人尽皆知的名作《下楼梯的裸女》说起。它曾在一九一二年被巴黎的秋季沙龙拒绝,却在第二年美国的"军械库展览"(Army Show)上引起轰动。这件事让杜尚意识到"是观众创作了绘画",而且观念比作品本身更重要。杜尚的《泉》就是冲这个而来的,即挑战美国艺术界对艺术的认可边界。幸运的是,杜尚赢了,而且赢得很大。①

　　现在的关键是，如果说《泉》揭示了何为艺术，乃是一个有关艺术认可的惯例问题②，那么能不能由此推论说，现今的装置艺术就是由这个艺术的观念发动和发展而来的？在我看来，可能的情形是，一方面，很多艺术家都会感谢杜尚带给他们的解放和自由，即关于艺术，其实没有所谓本来，而只是一个能不能得到承认的问题；但另一方面，可能很多艺术家并不认为他们的作品只是一个诉求艺术之名（"这是艺术"）的姿态，而是真的觉得他们的作品具有一般人所不了解的深意。这第二个方面，其实也跟杜尚有关。杜尚花了整整八年时间（1915—1923）制作了他那个名为《大玻璃》的装置作品，其实它还有一个名字，叫作《新娘，甚至被光棍们扒光了衣服》。至少从命名上来看，这个作品似乎是有什么我们从表面上看不出来的深意的。虽然据杜尚本人讲，"甚至被光棍们扒光了衣服"中的"甚至""这个副词不起任何作用，因为它无论和画面上的东西还是和题目都没有关系。因此它只是一个最美的副词的表现，其中没有任何意义"③，但是，这仍然无法阻止批评家们去猜测"深藏"于该作品中的种种意义，比如"对女性的否定"一类的说法。或许正是这样的"误读"带来了艺术观念的一个革命性转折，即不必使用绘画和雕塑这样的传统艺术样式，仍然可以进行艺术的表达。随之而来的，就是艺术形态

---

①　参〔比利时〕蒂埃利·德·迪弗在《杜尚之后的康德》（沈语冰译，江苏美术出版社，2014年）第二章中对杜尚小便器出笼这一艺术史现实的还原。
②　参朱狄：《当代西方艺术哲学》，人民出版社，1994年，第116—132页。
③　〔法〕皮埃尔·卡巴纳：《杜尚访谈录》，王瑞芸译，广西师范大学出版社，2013年，第72页。

和艺术媒介的全面解放。这或许就是杜尚产生深远影响乃至被推上神坛的根本原因。这个令人茅塞顿开的转变所带来的欣喜甚至狂喜，在劳申伯格（Robert Rauschenberg）一九八六年的北京个展对中国艺术家的冲击上可见一斑："在那种强烈的效果前，中国艺术家开始感受到使用多种媒介和现成品材料从事艺术创作的魅力，可以说这次展览为中国艺术家送上了一道国际艺术方式的大餐。"①

装置艺术作为一种全新的艺术样态，对于那些没有经受过专业的美术训练，但又有遏止不住的艺术冲动的人来说，更是一个巨大的福音，因为他们也可以由此堂而皇之地进入艺术的殿堂了。这就涉及一个聚讼纷纭的话题，即艺术的民主化，博伊斯（Joseph Beuys）所谓"人人都是艺术家"。当下世界，艺术家可以说多如牛毛，任何一个普通人都有可能突然成为艺术家，其原因就在于他们看破了这一点。要知道，他们可不会因为没有受过什么专业的训练就觉得低人一等，而是恰恰相反，不但觉得自己很前卫，而且还非常瞧不起那些仍然固守传统路数的艺术家。更有意思的是，这一情形还反过来倒逼某些传统的艺术家摇身一变，玩起了前卫艺术，现代水墨实验多属此种情形。不过要注意的是，虽然装置艺术带来艺术的民主化这一点似乎已成共识，但这实际上却是很成问题的一个说法，因为在装置艺术展览上常常发生的情形是，大多数观众根本看不懂他们所看到的东西。所以，这个看似民主化的艺术实际上走到了它的反面，即远离一般人，成了另一种阳春白雪，虽然

---

① 顾丞峰、贺万里：《装置艺术》，湖南美术出版社，2003年，第70页。

它看起来不过就是那些我们司空见惯的东西摆弄出来的玩意儿，但我们完全不知其表意为何。这正是装置艺术作为一种艺术的合法性被人质疑之所在。

装置艺术的难解给艺术批评带来了阐释的压力。那么究竟该如何看待各种千奇百怪的装置艺术？如果认可其作为一种艺术的样态，该如何为其合法性进行辩护？迪弗（Thierry de Duve）在《杜尚之后的康德》中提供了一条独特的思考路径。简括地讲，他以"这是艺术"替代康德的"这是美"，而且按照其论述逻辑，"这是艺术"就是从康德的"这是美"推演出来的。何以如此？因为迪弗认为，在康德那里，审美判断作为一种判断的有效性来源于一个重要的东西，即康德所说的共通感，"这一共通感，或者更确切地说，这一共同情感（common sentiment），虽非确然之物，但却是必有之物，也就是说，必须设定似乎我们能够确定，它是人性的共同基底"①。这意思是说，共通感只不过是一种理性的要求，而无法成为一个关于审美的建构性概念，同样，"这是艺术"中的"艺术"，所诉诸的也不过是关于艺术认同的一种理性要求，由此，从"这是美"过渡到"这是艺术"似乎就是顺理成章的。然而在我看来，这番推理实际上是有问题的。因为康德美学中的共通感，虽然的确如迪弗所分析的那样，更多的只是一个调节性的概念，一种理性的要求，但在康德那里，"这是美"的判断，必须建立在趣味的基础之上，而迪弗所谓"这是艺术"

---

① 〔比利时〕蒂埃利·德·迪弗：《杜尚之后的康德》，前引书，第 249—250 页。

的判断，完全抽空了这个趣味的基础，所以二者之间并不能顺利过渡。其实迪弗也清楚这个道理，但他过于强调共通感中的超验因素，并指责康德在审美判断上过于经验主义，殊不知他一厢情愿地断章取义之举并不能自圆其说。

另一个值得检视的理论是阿瑟·丹托（Arthur Danto）的"艺术的终结"论。如果说迪弗以"这是艺术"取代"这是美"来为前卫艺术（尤其是现成品艺术）进行辩护的话，阿瑟·丹托则是以"艺术走向哲学"来为它们背书的："如今艺术品在我们身上所唤起的东西并不只是即刻的愉悦，而且也是我们的判断，因为我们使艺术的内容及其再现手段这二者之间的符合或不符合，都服从于我们的智性的沉思。"① 此处所谓"即刻的愉悦"，实际上就是艺术品的"感性显现"在我们身上所引发的审美效应。在丹托看来，现在的艺术不再有这个效应了，因为艺术的内容（作为理念）与艺术的形式（感性显现）之间的关系完全是任意的、强制的。在这个意义上，艺术已经终结了，或者说，艺术已经走向它的另一种形态，即不再诉诸感性显现的艺术哲学。

其实，正是有意无意间存于观赏者心中的康德美学所强调的趣味，以及黑格尔美学所强调的感性显现，成为被后现代艺术，尤其是五花八门的装置艺术（又尤其是现成品艺术）挑动的那根神经。就国内的装置艺术来说，一九八三年的"厦门五人展"所引起的那种不解、困惑甚至愤怒，就是因为一般观众

---

① Arthur Danto, *After the End of Art*, *Contemporary Art and the Pale of History*. New Jersey: Princeton University Press, 1997, p. 31.

乃至一些批评家都无法接受其艺术的媒介表现形式。但是，徐冰在一九八八年展出《析世鉴》的时候，却引来艺术界的一片赞誉。何故？不过就是因为徐冰的作品提供了虽然令人感到惊讶、震撼，但毕竟不能否认其为美的一种形式而已。所以，尽管徐冰的作品是不是完全处于古典美学的笼罩之下尚可讨论，但古典美学在其引发的批评效应中的确起到了关键的作用，也就是说，是对于康德美学之趣味和黑格尔美学之感性显现的期待在起作用。这一情形，也可以在西方装置艺术的接受上看到。比如，像路易斯·内维尔森（Louise Nevelson）那种容易引发怀旧情绪的作品，就比博伊斯那种让人在视觉上产生极度不适的作品更能让人接受，尽管可能在丹托这样的理论家看来，后者具有更可取的形式，即已经演变为哲学的艺术形式。

　　至此，我们可以得到阐释装置艺术的三种角度，即惯例、趣味或感性显现、否定趣味或感性显现（"这是艺术"或"艺术走向哲学"）。我把它们统称为"世界"的视野。"世界"，在此取海德格尔哲学中"此在"因缘勾连之域的含义。无论是把艺术的标准视为一种惯例，还是纠缠不纠缠艺术的趣味或感性显现，都是对人的主体视野的强调，因此也就是对"世界"视野的强调。但问题是，这个单纯"世界"的视野，对于理解某些装置艺术作品来说却完全失效。这些装置作品虽然也使用物，但并不体现趣味，不是对观念的感性显现，不要求资格的认可（惯例），不是纯粹的观念（艺术走向哲学），也并不诉求艺术之名（"这是艺术"），而只是单纯"物感"的呈现。我把这类装置艺术称为诉诸"异域"的艺术。"异域"，在此取列维纳斯（Emmanuel Levinas）相关论述中的含义，即那个未被我们的主体性渗透的领域。在艺术中它表现为世界的去形式化："艺术将它们赤裸裸地呈现给我们。这是真正的赤裸，它并不意味着衣着的不在场，而是——姑且这么说——意味着形式的不在场，也就是说，形式所执行的外在性向内在性的嬗变并没有发生。"① 列维纳斯关于"异域"的论述主要是就抽象艺术而言的，但同样适用于对装置艺术中的物感追求的阐释。

装置艺术的这个突破是从现代雕塑开始的，其源头可以追溯到罗丹，他对黏土以及青铜材料特性的关注和表现，正是其作为现代雕塑之父的意义所在。俄国的构成主义雕塑，如塔特林和罗德琴柯的装置机械，则已经是对纯粹材料及其构成进行探索的成熟形式，而不再是作为再现或表现之媒介的传统雕塑。到二十世纪六七十年代的极简主义（Minimal Art），这一倾向进一步凸显，如大卫·史密斯（David Smith）的"立方体"系列、唐纳德·贾德（Donald Judd）的"矩形盒子"系列等作品。雕塑史上这一物感探索的进程似乎不难理解，但装置艺术对物感探索的进一步推进却容易为人忽略。此处不妨以著名装置艺术家克里斯托（Jeanne-Claude Christo）的作品为例。二〇〇五年，克里斯托和他的夫人在纽约中央公园的走道上树立起七千五百零三道由聚乙烯制成的门，每道门上都悬挂了一条橙色帘幕，门廊幕布绵延三十七千米，穿越整个公园。这件作品其实并没有什么深意，只不过以我们意想不到的形式，将我们平日视若无睹的工业化材料作了全新视觉形态的壮

---

① 〔法〕埃马纽埃尔·列维纳斯：《从存在到存在者》，吴蕙仪译，江苏教育出版社，2006年，第56页。

观呈现。其另外一件轰动一时的作品《包裹德国国会大厦》，用超过十万平方米的丙烯面料以及一万五千米绳索，包裹了整栋德国柏林国会大厦，把建筑物最基本、最抽象的形状强调出来，其结果是将一座功能性和象征性的建筑转化为完全诉诸视觉新异感的景观建筑。他还有一件广为人知的作品《包裹海岸》，将澳大利亚悉尼附近的整个海岸用尼龙布包裹，面积达九万多平方米，银白色的织物绵延十六千米，使悬崖绝壁消失，整个海岸成为陌生的"人造世界"。这件作品看起来是将自然转化为"人造世界"，但实际上是将已在人们心中完全钝化的自然赋以全新的视觉质感，所敞现的乃海岸之物性的神秘"异域"。除了克里斯托外，托尼·克拉格（Tony Cragg）的后现代雕塑、安塞尔·基弗尔（Anselm Kiefer）的"废墟"系列、罗伯特·史密森（Robert Smithson）的《螺旋形防波堤》、瓦尔特·德·玛利亚（Walter de Maria）的《闪电原野》等作品，都堪称装置艺术物感探索的经典之作。就国内而言，一九九三年上海华山美术学校的一群青年教师在"十月艺术实验展——后先锋的空间"上所呈现的作品，可能是这一艺术方向最早的探索，与其时着眼于人文反思和社会批判的装置艺术主流不同，这些作品看不出有什么人文情绪的表达，而完全是对物的质感、体积、形状等物理性的探索。正如有论者指出的那样，"华山美校以装置为呈现手段的这批艺术家，之所以称为'华山群体'，其共同倾向是对物理的量的度量的审视和人对其标准确立的疑问。在中国艺术史上，这类关注问题的角度可以说是首次出现，尽管在国外并不罕见"①。近些年来，此类倾向的作品逐渐增多，不再停留于边缘状态。如隋建国的《地罡》（包裹着螺纹钢的巨大鹅卵石）、李树的《重金属时代》（用一系列树脂金属漆做成的似人非人的形体）、许燎源的异形家具（诸种材料令人意想不到的拼接和组合）、宋坚的"钉子"系列（用钉在木头上的密集的钢钉塑造的各种难以描述的异形）等作品，以其或令人震惊，或令人讶异，或令人眩晕的物态和物感的呈现，彻底改变了中国装置艺术的面貌和取向。

从"异域"视野对装置艺术的打量，在目前的装置艺术研究中是被严重忽视的。像迪弗或丹托这样的理论大家，在我看来都是因为这个视野的缺乏，所以虽不愿接受古典美学的立场，但终究还是走不出主体美学的视野，因而在前卫艺术的阐释上看似新颖深刻，实则漏洞百出，自然也就看不到潜藏于装置艺术物感追求中的隐蔽的伦理学诉求，即对导致现代性危机之理性宰制的锐意突破。其重大意义正如吴兴明先生所说："从尼采、海德格尔以来，异域的求解已成为现代思想史上饱受争议而又无法回避的难题。可是在前卫艺术，异域的开启是活生生的实存。在现代性高歌猛进和绝望反思的双重震荡中，这一存在为人类前赴后继、连绵不绝地开启了另一个抵抗、渗透的维度，一个可栖居体验、活生生开放的世界——我认为，这就是前卫艺术中'物性凸现'的根本意义。"② 令人欣慰和乐观的是，装置艺术中的这股解放力量，正在通过以设计为其

---

① 顾丞峰、贺万里：《装置艺术》，前引书，第96页。
② 吴兴明：《论前卫艺术的哲学感——以"物"为核心》，载《文艺研究》，2014年第1期。

核心的文化产业的方式，悄然改变现代人的体验方式和体验结构，日益突进消费社会的日常生活和社会景观，并展现出允诺一个消除了现代性分化的理想社会的无限可能性。由此可以认为，在装置艺术甚至整个前卫艺术的研究上，从囿于主体性美学的"世界"视野朝向超越主体性美学的"异域"视野的转移，已是迫在眉睫，刻不容缓。

原载《艺术广角》2016 年第 1 期

许燎源的态度和句法

在中国白酒包装领域,许燎源是公认的首屈一指的设计师,其设计理念和设计制作帮助众多白酒商家创造了一个又一个的销售神话,这本是一件值得称道的事情,但其作为一个艺术家的身份却因此而被削弱甚至屏蔽,以至于有人谈起他时会以"一个设计酒瓶子的"这样一句轻飘飘的描述而把他打发了;此外,他虽然还创作了大量的油画、雕塑、装置艺术等作品,却因为没有表现出被诸多当代艺术批评家视为不可或缺的"人文精神"而被人看轻。由于这两个方面的原因,许燎源在当代艺术批评界不受重视也就不难理解了。但幸运的是,有赖于吴兴明先生的眼光和阐释,许燎源作为一个当代艺术家的重大意义终于为人所知,只不过从目前来看,这一所知的范围和深度都还极其有限,所以吴先生的努力并没有引发应有的影响和关注，基本上还处于孤军奋战的状态。① 有感于此，这篇小文意图在吴文所启发的视域中进一步探讨许燎源艺术的态度和句法，以期引起对许燎源艺术更多的关注和研究。

一

对于那种只是把许燎源看成一个酒瓶设计师的态度，自然不必认真对待，因为它完全出于不了解相关实情的无知。而就我本人的感受而言，我不得不说，与许燎源作品的遭遇堪称一次震惊性的体验。可以说在相当长的一段时间里，其作品留给我的都是一种挥之不去的眩晕感。因为说实话，我没有见到过，甚至也没有想到过会有这样的一位艺术家——似乎整个生活世界都是其艺术表达的领域：绘画、书法、雕塑、装置、摄影、包装、家具、器皿、生活艺术馆、地标性建筑……其范围之广，品类之盛，形式、风格的惊艳，马上就让人想到了波德莱尔对雨果的评价："一个没有边界的天才"②。波德莱尔的原意是指雨果描绘一切的才能，而许燎源所表现出的也是一种以其艺术游走整个生活世界的气度和自由。所以，用"没有边界"而不是"跨界"来描述许燎源的创作领域更加准确。但更

---

① 吴兴明先生关于许燎源的专论文献包括：《许燎源的意义——设计分析：中国式现代性品质的艰难出场》（载《中外文化与文论》第22辑）、《许燎源的新感性》（许燎源现代艺术博物馆出品）、《走向物本身——论许燎源》（许燎源现代艺术博物馆出品）。另见《反省"中国风"——论中国式现代性品质的设计基础》（载《文艺研究》，2012年第10期）、《论前卫艺术的哲学感——以"物"为核心》（载《文艺研究》，2014年第1期）二文中的相关论述。

② 〔法〕波德莱尔：《波德莱尔美学论文选》，郭宏安译，人民文学出版社，1987年，第99页。

为重要的是,许燎源看似没有边界的创作并非自不量力地随意蔓延,因为细加审视就可以发现,其作品创意似乎只是来自一个单纯的兴趣,即对材料特性及材料组合形式的无尽探索。你很难看到一个艺术家像许燎源这样对各种材料近乎痴迷的研究,给人的感觉是,在他的眼里,各种材料,甚至是那些我们早已司空见惯的材料,都包裹着一个个秘而不宣的宝藏。所以在他的手里,每一次材料的运用其实都是一次与材料的尝试性对话,而每一次对话的结果都能让材料的特性获得崭新的发挥空间,这尤其表现在他对现代人造材料(诸如玻璃、不锈钢、竹钢等)的运用当中:玻璃可以焕发陶瓷一般的温润,不锈钢可以呈现细藤编织的肌理,竹钢可以展露现代金属的质地。在我看来,这其实是一个意义重大的探索,而其传统可以接续到二十世纪初的未来主义。对于这个曾经名噪一时的现代主义流派,很多人,甚至包括艺术史家,似乎都未能明了其真正的关心所在,即现代文明所带来的全新物感:马里内蒂飞行在米兰上空的感觉①,马雅可夫斯基第一次看见电灯和工厂的震撼②,以及阿波利奈尔对工业化街道的赞美③,其实都是一种全新的现代物感的表达。当然对许燎源而言,物感的表达不只是基于这些现代新型材料的设计和运用,而是针对全部物性的探索。许氏作品最为明显的两个特征,即异形和功能的模糊化,恰是这一探索的结果。异形其实就是陌生化,它所产生的效应就是

---

① 参柳鸣九编:《未来主义 超现实主义 魔幻现实主义》,中国社会科学出版社,1987年,第51页。
② 参〔苏联〕马雅可夫斯基:《马雅可夫斯基诗选》(下),飞白译,上海译文出版社,1982年,第436页。
③ 参罗洛译阿氏《地带》一诗。

让那些我们习以为常的"用物"之在重新回到让我们产生惊讶的"物"之在。多少"用物"已在我们毫无感觉的程式化、模式化的生活之流中被熟视无睹了，这些异形则迫使我们的眼睛在它们身上驻留，以使该物之"物"性在我们的视野中显露。与此类似，功能的模糊化在让我们产生对该物之"何所用"的犹疑和揣度中，同样达到了使我们的眼光在其身上驻留的目的。随着如此这般的眼光驻留进一步的延长和深入，该物之整体显现便分解甚至瓦解为其构成物之物性的全部显现。在这里，我们便可以看到许氏作品特有的或者说最为明显的句法特征，即异形结构主导下的材料自身与自身以及不同材料间的各种可能性的碰撞与组合，如在红木板面上异形不锈钢斑块的嵌入中，在陶罐环壁、环口上实木条的镶拼中，在漆器表面如贴纸般的色块构成中，在造型惊艳、肌理凸显的诸种装置中，无不可以见识到材料与材料、形式与形式的对话，而许氏作品最大的旨趣或许就在于此，即把我们习以为常的用物之形式和表面全部作为重新创作的文本，以使"用物"之物性得以重新为我们所见。

  然而，如果说对于物性的探索或对于物感的表达就是许氏作品的宗旨所在，那我们要进一步追问的是，它有什么样的美学意义？对此，我们不妨通过对许氏抽象画的分析来作一个尝试性的回答。

二

  许燎源创作了大量的抽象画。乍一看，那不过是一条抽象表现主义的老路,我就亲耳听见过一位颇有声望的学者在参观现场嘟哝过此类评价。然而在我看来,许氏抽象画与抽象表现主义判然有别。这是因为,许氏抽象的特点在于它是由材料激发的敏感不断带出新感性或新物感的表达,而不是那种无中生有、向壁虚构的灵感式抒发,或是一开始就堵死了世界向自我敞开之路的主题先行化创作。由此也就可以解答一个困扰很多人的问题,即那些看似随意的线条是随便怎么绕都可以的吗?为什么换个人就绕不好?因为他/她一方面只是把那些线条视为表意性的符号,但另一方面却又不知其表意为何,也不知自己胸中究竟该有何意要表,自然就逡巡不前、难以落笔了,要么就是一通生硬的乱舞,绘出一堆不忍目睹的乱象。而对许燎源来说,无论是西人颜料的挥洒,还是中国水墨的游走,都是在心物一体的眩晕中达成的。这也就决定了时间性是许氏艺术的明显特征,并由此把他与康定斯基和蒙德里安一类的抽象派画家区分开来。因为在蒙德里安和康定斯基那里,其实一切都已得到先行的草图规划,其画面的精致结构也就不可避免地呈现出程度不同的机械和生硬。不可否认的是,康定斯基也有极其生动的作品,但似乎只是偶然所得,其艺术观仍然深深地禁锢于艺术作为表意的传统之中。[①] 我们要进一步追问的许氏作品的美学意义也就在完全不同的维度上显现出来,一言以蔽之,它是一种非符号化的现代新感性的表达,因为符号化就意味着对象的命名化、意义化安置,它一经产生,对象之为对象

---

① 康定斯基的画论思想有着非常浓厚的黑格尔色彩。特别参见〔俄〕康定斯基:《论艺术的精神》,查立译,中国社会科学出版社,1987年,第74—94页。

的自性（即相对于我们而言的他性）就完全向我们关闭了它本有可能向我们呈现的异域风貌。所以在这个意义上我们可以说，许氏艺术是对以康德、黑格尔美学为主体的传统美学的重大突破，因为无论说美是"没有目的的合目的性"，还是说"美是理念的感性显现"，都说明了传统美学完全是在理性主导下的对诸种感觉的殖民，或者说，传统美学一直深陷于顽固的主体性迷恋之中，从未真正地审视过感觉本身。对此，列维纳斯一针见血地指出："艺术的运动在于走出知觉以求重建感觉，在于从这种向客体的退回中分离出事物的质。"① 二十世纪六七十年代兴起于美国的极简艺术（Minimal Art）其实就是这样一种意义上的极端探索，因为照美国当代艺术批评家弗雷德的说法，它"并不寻求击溃或悬搁它自身的物性，相反，它要发现并突显这种物性"②。但遗憾的是，弗雷德本人非但没有意识到极简艺术这种物性追求的重大意义，相反，还以对此追求的严厉批评延缓了人们对这一重大意义的认知。在我看来，也正是弗雷德式的狭隘视野导致了当代中国艺术批评界对许燎源的轻视，对其看似缺乏人文精神的艺术表达未能产生敏锐的意义感知。

三

就我本人而言，许燎源作品看似与"人文反思"的毫无关

---

① 〔法〕埃马纽埃尔·列维纳斯：《从存在到存在者》，吴蕙仪译，江苏教育出版社，2006年，第56—57页。
② 〔美〕迈克尔·弗雷德：《艺术与物性》，张晓剑、沈语冰译，江苏美术出版社，2013年，第159页。

联才正是我的兴趣所在。这些年陆陆续续看了不少当代艺术的作品,但不仅没有看到丝毫让人眼前一亮的东西,而且还有一种愈益加深的审美疲劳。具体说来,就是我对那种在艺术里越来越多的文学与哲学意味的东西深表怀疑。这些所谓文学或哲学意味的东西都有一个共通的,但在我看来已经极其陈腐的主题,那就是对现代文明的批判,其内容无非就是关于现代社会的欲望泛滥、精神信仰的虚空、家园感的丧失这类已经毫无新意的东西,但它们却一而再、再而三地出现在当代的艺术作品里。我之所以对其感到厌倦,并不是因为我完全无视现代文明所带来的诸种弊端,而是觉得这些像怨妇一样的艺术家们的艺术语言太过陈旧了。而且,我对他们那些批判的真诚度也充满了怀疑,或许,那不过是他们借以媚俗的一张张名片罢了,而其多年不变的主题和风格,也不过就是他们生怕一旦丢失,艺术市场的买家就无法识别他们的商标而已。跟这些无病呻吟、面目可疑的艺术家不同,许燎源身上有一种彪悍而坦荡的现代气质。我的意思是说,他没有那种软弱无力、多愁善感的怀乡病,面对这个急功近利、粗鄙庸俗的现代世界,单纯的咒骂和逃避不是他的选择;相反,如其所言,"新生活,自定义",去积极地介入和改变才是他决然的姿态。而以上对其艺术的深入考察则会使我们认识到,许氏作品其实比那些看起来很有"人文精神"的作品更富有人文精神,因为许氏艺术以物性探索或物感表达为其宗旨的独特路径实际上有隐蔽的伦理学诉求,即它在根本的意义上属于应对现代性危机的存在之思,其含义在于,诸物并不只是供我们支配和剥夺的对象,它们有其自身的我们尚未参透的他性存在。所以,这个世界也不应该只是一个与我们的利益相勾连或唯有我们的心意呈现的世界,像萨特那样因为他物不与我们的意识相关就产生恶心感的存在态度①,其实是一种毫无理由的骄傲,因为我们确实不能说这个世界就是以我们的存在为目的的,那么,对于我们而言最可取的存在方式就应该是谦卑地与他物共处。当然,我们总要在大地上立下根基,我们总要创造属于我们自己的世界,这是我们的存在的宿命,也是我们的存在的见证,但同时我们要明白,这只是属于我们的一场游戏,我们不能因此而要求诸事物的存在只是实现我们的目的所需要的材料或手段而已,并由此完全关闭我们可能通达诸事物之他性存在的意识和眼光。在这个意义上,可以说极简艺术之后的西方艺术所陷入的那种所谓"艺术的终结"的危机和困境其实是一次误解,而从七十年代后期重新出现的那些叙事性、寓意性主题的绘画则是现代艺术的一次倒退,是陈腐的传统艺术的沉渣泛起,而不是如有的学者所认为的那样,"是要把最近的现实同西方传统文化重新连接起来,并企图按照一种世界文明和多元文化的理想来重新恢复西方人道主义的文化价值"②。所以我们要重新审视抽象派艺术和极简艺术所标示的艺术方向,并由此锚定许氏艺术给我们提供的范例性启示,即对物性的探索或物感的表达才是未来艺术取之不竭的源泉。许氏作品带给我们的那种拨动心弦的奇异感、出人意料的震撼感,其实是把我们从庸俗的实用世界、了无生气

---

① 参〔法〕萨特的小说《厌恶》,载《萨特小说集》(下),亚丁、郑永慧译,安徽文艺出版社,1998年。

② 常宁生:《后现代的转型——欧美当代新绘画评述》,载〔美〕金·莱文:《后现代的转型:西方当代艺术批评》,常宁生等译,江苏教育出版社,2006年,第4页。

的主体世界中拽身过来的一次唤醒，一次我们可能由此获得像初生婴儿般观看周遭世界的良机。伟大的康德曾无限接近这一层次。他在考察"崇高"这一审美范畴时，敏锐地把捉到了他称之为"不愉快感"的那种审美体验，即当我们面对在数学或力学意义上无法把握的对象时所产生的那种挫败感。但康德却马上来了一个华丽的转身，他认为在这种时候，我们的理性有一种直接就把无限作为一个整体来思考的能力，由此，我们也就获得了对于那种看似无法尺度化或形式化的对象的掌控，而我们所谓的崇高感，其实就是有限的感性对于超感性的理性的崇敬而已。① 在我看来，康德的论述堪称辩证思维的精彩发挥，但也就是在这个过程中，他却与我们正在强调的那种对物之他性的开放擦肩而过了。这非常可惜，令人感到极度遗憾。那么反过来，我们从中得到的启示则是，即便平凡如我们，也不能在历史赋予的机遇中再一次重蹈覆辙。

原以《许燎源的艺术及其启示》为题载于《中外文化与文论》第 27 辑

---

① 参〔德〕康德：《判断力批判》（上），宗白华译，商务印书馆，1996 年，第 83—106 页。